EL PRÍNCIPE BENGALÍ

LAURA BORONAT

EL PRÍNCIPE BENGALÍ

MUNYX
EDITORIAL

Primera edición: marzo, 2025
El príncipe Bengalí

www.munyxeditorial.com
© Corrección: Grupo editorial Sargantana.
© Ilustración de cubierta: Sira Miralles (sirasmir_art).
© Maquetación: Marta F. Alarcón.

Impreso en España.

978-84-125415-7-1
Código deposito legal: V-295-2025

A mi madre por empujarme a cruzar la India con mi imaginación y a mi José por subirse al tren conmigo.

Esta novela es una obra de ficción histórica que, aunque se nutre de personajes, lugares y eventos reales, no pretende ser un retrato fiel de los mismos. Me he tomado la libertad de adaptar y modificar hechos y figuras históricas, modelándolos según los requerimientos de la trama. Así, algunos personajes, aunque puedan compartir nombre o detalles con personas que existieron, son producto de la imaginación y no deben tomarse como representaciones exactas de su vida o acciones.

La documentación utilizada para recrear la época ha sido exhaustiva, pero, como ocurre con frecuencia, algunos datos pueden ser contradictorios o inciertos. En tales casos, he optado por decisiones narrativas que favorecieran el ritmo y el espíritu de la historia, siendo consciente de que estos desvíos sirven al propósito literario y no al rigor histórico.

Este relato, por tanto, debe entenderse como un juego entre la verdad y la ficción, donde la fantasía complementa a la realidad para crear una experiencia literaria más rica y evocadora.

Prólogo

Jardines de la mansión Spinner
Calcuta, 1860

—¡A ver quién llega antes a la fuente! ¡Esta vez no me ganarás, patas largas!

Empujé a Hasin hacia atrás y eché a correr con todas mis fuerzas. Nuestras risas bailaban sobre un atardecer con olor a jazmín.

Siempre que podíamos nos escapábamos a jugar por los jardines de la mansión de mis padres. En aquellos tiempos nada me importaba la moral victoriana ni el comportamiento que se esperaba de una jovencita inglesa de buena familia. Pronto las cosas cambiarían, pero aquella tarde que jamás olvidaría aún disfrutaba de ser una niña de catorce años que había nacido en la India, feliz y libre.

Hasin era mi mejor amigo. Su padre, el señor Aadi Radhav, era la mano derecha del mío en Fine Cotton Spinner's, una de las más potentes empresas textiles de Inglaterra, establecida en Calcuta unos años antes del inicio del Raj británico.

Su madre, la encantadora Dyvia, se había convertido en la salvación de la mía al mudarse a la India. Le había enseñado la ciudad, el idioma y las costumbres hindúes. Entre ambas existía una complicidad que rompía toda barrera cultural.

La familia de Hasin era de Cuttack, la capital de Orissa, y la mía venía de Londres. Las dos mujeres se habían conocido embarazadas y viviendo lejos de su gente debido al trabajo de sus maridos, por esa razón nosotros fuimos criados juntos, *casi* como iguales.

Mister Montrose acudía todas las tardes a darnos clases a los dos de lengua inglesa y geografía, entre otras materias. Mi padre nunca estuvo muy de acuerdo con este altruismo propiciado por su mujer. Para él, Hasin no era más que el hijo de uno de sus empleados indios y opinaba que cada uno debíamos ocupar un lugar acorde a nuestra posición. Pero adoraba a mi madre y respetaba que fuera algo importante para ella.

Solo estábamos separados por las mañanas. Miss Davenport me daba clases de «cómo ser una dama» mientras Hasin iba al colegio más cercano con los demás chicos de nuestra edad.

—¡Eso no vale, Angie! ¡Eres una tramposa! —me gritó él en cuanto recuperó el equilibrio después de mi empujón.

Siempre me ha gustado ganar, y me divertía mucho sorprendiendo a Hasin. El camino más corto para llegar a la fuente era lanzándose al agua, y estaba segura de que él jamás hubiera imaginado que yo me metería con mi vestido nuevo. Pero lo hice, salté al estanque y nadé todo lo rápido que la risa me permitió.

—¡Estás loca! ¡Si te ve tu madre, te castigará un mes entero! —Le vi dudar unos segundos, no podía creer mi atrevimiento, pero enseguida dijo—: ¡No me vas a ganar, ni lo sueñes!

Se quitó su sencilla camisa de lino, sin desabotonarla, y se lanzó de cabeza al estanque.

Mi recién estrenada curiosidad femenina no pudo evitar darse cuenta de que su cuerpo estaba cambiando. Se había hecho muy alto, los hombros se le ensanchaban y cada vez tenía la mandíbula más marcada. Había heredado la belleza de su madre y se estaba convirtiendo en la verdadera imagen de un príncipe de cuento.

Llegué casi sin aliento al borde del estanque. Tomé impulso con los brazos para salir del agua y tocar triunfante la fuente, pero algo me agarró las piernas y tiró de mí con fuerza hacia abajo. Abrí los ojos dentro del agua y, alumbrada por los rayos de sol que se colaban entre el manto de nenúfares, vi acercarse la sonrisa radiante de Hasin.

En ese instante, aún con la cabeza sumergida, oímos la voz de mi madre que se acercaba.

—¡Angelina, cariño! ¡Ve a arreglarte para la cena, que tu padre está a punto de llegar!

Emergí y nos quedamos quietos, muy juntos, escondidos entre las flores de loto, hasta que poco a poco sus pasos sobre la gravilla se fueron alejando.

—Lo siento, no quiero, pero tengo que irme —le dije con cara de pena—. Mañana nos vemos.

—Espera, Angie. Tengo una cosa para ti.

Sus ojos ambarinos centelleaban con un brillo especial. Me cogió suavemente la cara y posó sus labios sobre los míos. El tiempo se detuvo dibujando aquel esbozo de beso perfecto, sincero y anhelado por los dos. Nuestros corazones, que siempre habían latido juntos, acompasados, en ese momento estaban desbocados. Tuve que reconocer que esa vez fue él quien me sorprendió.

—Hacía mucho tiempo que quería darte un beso. —Sus dedos tostados contrastaban con los cabellos dorados que me retiraba dulcemente de la frente y colocaba detrás de las orejas—. Y ahora vete, o tus padres te desheredarán.

En cuanto las piernas me dejaron de temblar, salí del agua, me escurrí el pelo e intenté recomponer un poco mi aspecto. No tendría más remedio que colarme por la puerta del servicio a hurtadillas. Pero entonces me di cuenta de que me faltaba algo muy importante.

—¡Dios mío, Hasin! ¡Se me ha caído el colgante que me regaló mi padre! No puedo perderlo, significa mucho para él.

—No te preocupes, vete. Corre y no llegues tarde a la cena. Yo lo encontraré y te lo haré llegar sin que se enteren.

—Por favor, no pares hasta encontrarlo.

Por supuesto, lo primero que me preguntó mi padre, en cuanto me senté a la mesa, fue que por qué no llevaba puesto su regalo de cumpleaños. A lo que yo le respondí, restándole importancia, que me lo había dejado en la habitación al cambiarme de ropa para cenar.

Lo que no sabía era que con aquella mentira piadosa para evitar una estúpida regañina estaba a punto de destrozar mi mundo feliz. En menos de un año mi infancia habría acabado para siempre.

Hasin cumplió su promesa. Buscó mi colgante de piedras preciosas hasta que, bien entrada la noche, lo halló enredado en una mata de caléndulas.

A la mañana siguiente noté cierto revuelo entre el servicio, había algo raro en el ambiente. Hasin no se presentó a la clase de mister Montrose de la tarde. Pensé que se encontraría indispuesto y me dediqué a luchar por mantener quietas a las mariposas de mi pecho que se morían por verlo después de nuestro beso.

Sin embargo, quien sí se presentó, y mucho antes de lo normal, fue mi padre. Vi aparecer su carruaje a toda prisa a través de la ventana. Todo era muy extraño.

—Angelina, ya lo he arreglado todo, mañana por la mañana partirás hacia Londres con tu madre —dijo mi padre mientras sacaba una cajita del cajón de su escritorio—. Ya es hora de que empieces a relacionarte con la gente adecuada, pronto te presentaremos en sociedad.

—Pero, padre, ¿por qué? —No entendía a qué venía aquello—. Yo no quiero… —logré balbucear, aunque sabía que con él no tenía ningún derecho a réplica.

—Toma, hija, ábrela —indicó mientras me pasaba la caja con una sonrisa de suficiencia—. Menos mal que lo pillamos con las manos en la masa. No te preocupes que ya no volverás a ver a ninguno de esa familia de ladrones aprovechados. Con lo que hemos hecho por ellos…

Y entonces lo entendí todo. Habían descubierto a Hasin intentando colarse en el pasillo de las habitaciones para devolverme el colgante, y lo que realmente era una demostración de su amor hacia mí, había acabado siendo el motivo de nuestra separación. Todo el mundo creyó que me estaba robando.

La familia Radhav fue obligada a volver a Cuttack, con una maleta llena de odio y con el honor mancillado.

Me sentía como una hormiga aplastada por un elefante. Nadie escuchaba a la ingenua Angelina, la pobre niña mimada que no se enteraba de nada de la cruda realidad.

En menos de veinticuatro horas me encontraba de camino a Inglaterra, un país desconocido para mí. Mi madre lloraba por dejar atrás una bonita amistad, sin haber podido ni despedirse, y yo tenía el corazón tan hecho pedazos que creía morir de pena.

Dolía pensar que lo más probable era que jamás volviera a ver a Hasin.

Salón de baile del palacete de los Beadon
Londres, 1865

La vida en Londres era encorsetada, superficial y clasista. Había aprendido que, al igual que la niebla escondía la suciedad que cubría sus calles, las personas no eran honestas y se ocultaban detrás de una falsa moralidad pública.

Aparentemente, yo me había convertido en todo lo que se esperaba de mí, pero lo cierto es que no había día en el que no hubiera dejado todo por volver a vivir una tarde cualquiera en los exóticos jardines de Calcuta.

Desde hacía un par de años, mi padre había trasladado sus fábricas indias a Manchester. Comentaba que allí cada vez había más miseria y que los indios le daban demasiados problemas.

No eran buenos tiempos para Fine Cotton Spinner's, la producción en Inglaterra era más cara y cada vez había más competencia con la importación de tejidos fabricados en Estados Unidos. Así que desde que cumplí los dieciocho, en vista de mi falta de iniciativa, mi padre se encargó de que asistiera a todos los eventos de la alta sociedad británica donde pudiera haber varones casaderos.

—Querido Cecil, muchas gracias por invitarnos a mi hija y a mí a este fabuloso Baile de Primavera. Tendrás que perdonar que no asistiéramos al del pasado invierno, pero, desgraciadamente, en el mes de noviembre enterramos a mi esposa y todo estaba demasiado reciente.

Mi padre me había insistido en que fuera amable con sir Cecil Beadon, el anfitrión, pues les unían varios asuntos de negocios.

—Mi gran amigo Bruce, no hay nada que perdonar y menos habiendo traído contigo a esta joven belleza. Tú debes ser Angelina. —Me cogió la mano y la besó de una forma tan lenta que me resultó indecorosa—. Si pudiera llevarte conmigo a la India no se me haría tan insoportable lidiar con mis menesteres diarios. Pero claro, ¿a qué joven de hoy en día le interesaría viajar a Cuttack acompañando a un viejo como yo?

El corazón me dio un vuelco. Cuttack. Una inesperada oportunidad de buscar a Hasin acababa de surgir de la nada y el ímpetu propio de mi juventud no estaba dispuesto a dejarla escapar.

—Pues igual se equivoca, mister Beadon. Sin duda, estaría encantada de que un hombre con su experiencia me enseñara la región de Orissa. En mis catorce años viviendo en la India no tuve el placer de visitarla y oí verdaderas maravillas sobre sus tierras.

—Esto sí que es una sorpresa para mí. Le tomo la palabra y, con el permiso de su padre, la invito formalmente a viajar conmigo a principios del año venidero.

—Permiso concedido —dijo el aludido, quien no daba crédito a lo productiva que le estaba saliendo aquella tarde—. ¿Quién soy yo para oponerme a una invitación del mismísimo gobernador colonial de Bengala? Mejor os dejo juntos y así podéis pulir los detalles del viaje.

Así fue como empecé a verme con Cecil Beadon, un hombre de mediana edad, viudo y con diez hijos, todos fruto de su anterior matrimonio.

A la legua se notaban sus intenciones de cortejarme, y huelga decir que, aunque yo le seguía el juego para no perder sus favores, procuraba mantener las distancias.

Después de casi un año de paseos por Hyde Park, visitas a la ópera y demás eventos sociales como acompañante del gobernador, nuestra relación se hizo oficial. La empresa de mi padre recuperó milagrosamente gran parte de su esplendor y yo solo tachaba los días que me quedaban interpretando aquella farsa para poder regresar a la India.

Mezquita de Shahi, interiores de la fortaleza Barabati Killa Cuttack, finales de 1866

Tras interminables días recluida en la opulenta residencia de Cecil en Cuttack, por fin había conseguido salir sola, en un palanquín, a visitar la ciudad bajo la excusa de conocer sus monumentos.

Buscaba alguna pista sobre la familia Radhav, un milagro quizá, siempre cuidándome de mantener mis intenciones ocultas. Aunque Cecil estaba demasiado ocupado con sus asuntos como gobernador, debía disimular ante sus sirvientes, que eran los que me llevaban de acá para allá.

Me hallaba, pues, en el corazón de Cuttack visitando los restos de la antigua fortaleza Barabati. Como una bofetada a mis sentidos, los olores de las especias, los exóticos perfumes florales y las cálidas temperaturas despertaron en mí recuerdos de la infancia.

Observaba absorta las hermosas cúpulas que adornaban la mezquita de Shahi cuando tropecé con un hombre con turbante al girar una esquina. Del golpe se me cayó el sombrero a los pies de una mujer de impresionante delgadez. Me agaché veloz a recogerlo y, al levantarme, quedamos cara a cara. Sus ojos eran unas oscuras cuencas excavadas en un rostro cadavérico.

Mi egoísmo de londinense pudiente me había impedido darme cuenta de lo que estaba ocurriendo en realidad: una gran hambruna azotaba la ciudad. Allá donde mirases, veías personas tristes y demacradas, niños famélicos... y por doquier se oían lamentos que imploraban algo que llevarse a la boca.

Regresé a casa de Cecil y le conté alarmada lo que había visto. Él encendió su pipa con parsimonia antes de decirme:

—Mi bondadosa e ingenua niña... —Su tono anticipaba mucha sangre fría—, cualquier número excesivo de muertes no es más que la respuesta de la naturaleza a la superpoblación. Ningún gobierno puede hacer mucho para evitar o aliviar estas vicisitudes de la providencia.

—Pero Inglaterra debe ayudar a esta gente o morirán a millares... —Me eché a llorar de rabia e impotencia—. ¡Por Dios, Cecil! ¡Son personas como tú y como yo!

No podía quitarme de la cabeza los ojos de aquella mujer, que bien hubiera podido ser la propia madre de Hasin.

—Una mujer no está preparada para este tipo de decisiones —respondió—. No se puede dejar que la compasión gane a la razón. Si intentáramos regular los precios disparados de los granos, nos arriesgaríamos a alterar las leyes naturales de la economía. Y de hacer esto, mi dulce Angelina —hizo una pausa mientras exhalaba el humo con denotado placer—, me estaría rebajando al nivel de un *dacoit*, que no es más que un bandido birmano, un ladrón.

Con esas palabras, Beadon abandonó a su suerte a sus súbditos en Orissa y, lo que es peor, se dispuso a suprimir los esfuerzos de asistencia programados con financiamiento privado.[1]

Yo no cesaba en mi búsqueda, aunque sabía que sola tenía pocas oportunidades de éxito. Pero el tiempo apremiaba y necesitaba saber si seguían con vida, así que me arriesgué y contraté los servicios de Yamir. Era un trabajador de Cecil que, por unas cuantas rupias, podía conseguir hasta un pacto con el mismísimo diablo, y siempre con la máxima discreción.

---

[1] Las palabras citadas por boca del gobernador Beadon son textuales según el historiador Dinyar Patel en un artículo de fecha 12 de junio de 2016 para *BBC* titulado «Cómo el gobierno colonial británico dejó morir de hambre a un millón de indios».

Definitivamente, parecía que los Radhav se hubieran esfumado.

Empezaron a excavar fosas comunes en las calles. Entre el hambre y el cólera se apilaban cada día cientos de cadáveres. Ante tamaña visión dantesca, mi prometido seguía negándose a ayudar, además, era él en primera persona quien rechazaba cada oferta caritativa sin piedad alguna. Era un auténtico diablo racista.

Yo aguantaba interpretando mi papel de perfecta acompañante y a la vez exprimía mi estancia, que se preveía breve, en mi infructuosa búsqueda. Hasta que un buen día, cuando ya iba a tirar la toalla, el milagro ocurrió.

Estaba tomando el té en el despacho de Cecil en su ausencia mientras leía la correspondencia de mi familia. Al lado de la taza descansaba el montón de cartas con ofrecimientos humanitarios ignorados que se apilaban antes de ser arrojadas al fuego. Curioseé los remitentes, sin duda almas piadosas, cuando de pronto uno de ellos captó toda mi atención. Firmaba el señor Hasin Radhav como propietario de la Compañía de Hilado y Tejido de la India Central, una empresa textil de Bombay.

Abrí la carta, ansiosa por comprobar si se trataba de mi príncipe, y solo con echarle un vistazo por encima no me cupo ninguna duda.

Se expresaba en un inglés pulido y elegante, poco habitual en los nativos y muy del estilo de mister Montrose, pero lo que me hizo sentir un escalofrío fue reconocer su caligrafía. Habíamos aprendido a escribir juntos y aquella misiva era incuestionablemente del hombre que se había llevado consigo la llave de mi corazón.

Me guardé la carta y empecé a hacer averiguaciones. Unas monedas más para Yamir y pude conocer la trayectoria de la empresa de Hasin.

El gran dominio del idioma y de la cultura sajones, obsequiados por mi madre, sumados al conocimiento de la industria textil, por parte de su padre, configuraron al precoz heredero perfecto de las fábricas del señor Tata, un viejo pariente lejano de los Radhav que no tenía hijos.

Además, Hasin había sido muy astuto y había dado, con éxito, un arriesgado paso más allá. Se había desmarcado dentro de la competencia nacional gracias al uso de una materia prima excepcional, las costosas y largas fibras de algodón egipcio que trabajaba con una sofisticada maquinaria de Estados Unidos. Con todo ello conseguía un hilar más fino y de calidad, mientras que otras fábricas de la India solo producían hilo grueso y basto con algodón de fibra corta local y maquinaria precaria importada de Gran Bretaña.

Mi Hasin estaba vivo y además era un empresario de éxito. En la intimidad di saltos de alegría y lloré de emoción sobre mi almohada durante horas.

Paralelamente a mis pesquisas, una comisión de investigación había confeccionado un duro y desfavorable informe sobre el manejo de la hambruna del gobernador Beadon. Se le había notificado que debía abandonar su cargo y regresar a Inglaterra inmediatamente.

—Yamir, necesito que me ayudes a llegar a Bombay... Sola. Tengo este colgante para pagar el viaje que sé que va a ser largo y difícil. ¿Será suficiente?

Entonces lo tuve claro: unas gemas de ágata, cornalina roja y aguamarina me habían arrebatado al amor de mi vida y esas mismas gemas me ayudarían a recuperarlo.

1. El color del polvo del camino

En algún lugar entre Cuttack y Calcuta, principios de 1867

Después de mi regreso a la India, el atardecer se había convertido en el momento del día que más añoranza traía a mi marchito corazón. Los mejores recuerdos de mi infancia con Hasin habían sido construidos en ese pacífico limbo entre el final de nuestras clases y la hora de la cena mientras jugábamos libres por los jardines de casa de mis padres.

Éramos dos niños, criados juntos, que nos queríamos más allá de prejuicios, razas y clases sociales. Me partía el alma pensar en tantos atardeceres perdidos, y todo por culpa de un terrible malentendido.

Me pareció escuchar su risa y hasta creí ver su silueta en el cuerpo de un niño que correteaba por la calle, aun consciente de que él ya se habría convertido en un hombre después de siete años sin vernos.

El carro se había detenido. Yo sabía que, muy a mi pesar, los bueyes debían descansar y la oscuridad de la noche era demasiado peligrosa para proseguir con el viaje a Calcuta.

—Lo siento, señora. Lo más sensato es esperar aquí hasta el amanecer. —La mano del cómplice de mi fuga asomó entre los sacos de grano para ayudarme a salir del escondite.

—Está bien, Yamir, pero prométeme que a la primera luz del alba nos pondremos en marcha con premura.

—Descuide, le aseguro que cogerá el tren a Bombay a la hora convenida. Tiene mi palabra —respondió el criado solícito.

Acepté su ayuda y descendí del carro, cuidándome mucho de esconder mi llamativo cabello rubio bajo un pañuelo que, a esas horas, había dejado de ser azul para tener el color del polvo del camino. Nunca se sabe qué árbol ni qué pared puede tener ojos y, en aquellos tiempos, mi prometido ostentaba demasiadas influencias por las tierras de Orissa. De una cosa estaba segura, en cuanto se percatase de mi ausencia movería cielo y tierra para encontrarme.

Ni las dificultades ni los nervios que me estrujaban el estómago, ni siquiera las interminables millas que me separaban de él, iban a impedir que yo luchara por hacer justicia. Había huido de un hombre malvado capaz de dejar morir a miles de personas de hambre solo por su color de piel y lo volvería a hacer. Me reencontraría con mi príncipe bengalí, aunque ello me costara la vida.

Estación de ferrocarril en Howrah
Calcuta, principios de 1867

Tal y como había prometido, a las nueve menos cinco Yamir me estaba ayudando a acomodar mi pequeña maleta en el tren con destino a Bombay. Oculta entre las enaguas atesoraba la carta que la fortuna había querido que encontrara entre los papeles de Cecil. La sentía como un talismán, era de puño y letra de mi Hasin y en ella se desvelaba que esa era la ciudad donde ahora residían los Radhav.

—Aquí tiene, señora —me dijo el criado haciéndome entrega de un pequeño saco de tela—. Dentro tiene todas las rupias que he podido conseguir por la joya que usted me entregó.

—Muchas gracias, Yamir. No sé qué hubiera hecho sin tu ayuda. —Introduje las manos en la bolsa dispuesta a pagar los servicios de mi fiel asistente. Era indudable que sin él jamás hubiera podido escapar de casa de mi poderoso prometido: el «mismísimo gobernador colonial de Bengala» como le encantaba llamarlo a mi padre, pero posó su curtida mano sobre la mía deteniendo mi intención.

—No tiene que darme nada. Estoy feliz de ayudarla a escapar lejos de ese viejo desalmado. —Me dedicó la mirada más tierna que había recibido en mucho tiempo y se despidió diciendo—: Que su Dios la ayude a encontrar a ese buen hombre de Mumbai[2].

Di gracias por que el tren no tardara en iniciar su marcha, pues la gente que vi a mi alrededor no parecía entrañar peligro. Todos debían de ser lugareños de clase media-alta y nadie mostraba el más mínimo interés en mí. Era temprano y las conversaciones todavía mantenían un volumen comedido. Me llegaban ráfagas de conocidos perfumes de almizcle, pachuli y sándalo mezcladas con el olor propio a polvo y a desgaste de los transportes públicos. Todos aquellos detalles, unidos al familiar paisaje verde plagado de esbeltas palmeras de las tierras de Calcuta, hicieron que el traqueteo me sumiera en un duermevela, a pesar de mis intentos por permanecer alerta, hasta que el silbido que anunciaba una parada me sacó del trance.

Subieron varias personas al vagón, entre ellas un par de soldados del Ejército británico con su inconfundible casaca roja. Entonces caí en la cuenta de que a esas horas Cecil bien podía haber enviado ya unos cuantos telegramas para organizar la búsqueda de su pálida, rubia e inconfundible prometida londinense.

El corsé me cortaba la respiración y el denso aire caliente de la estancia no favorecía nada la situación. Sentí cómo unas gotas de sudor frío me empapaban la frente a la vez que la vista se me enturbiaba. Agachada y medio tambaleándome, me trasladé al último y más arrinconado asiento del vagón. Me cubrí de nuevo el pelo con mi mugriento pañuelo y deseé fundirme con el desvaído tapizado del respaldo.

Los soldados se sentaron unas filas por delante de mí, y, en cuanto el tren retomó su marcha, me desmayé.

---

[2] Bombay en marati, una de las lenguas más habladas de la India y con una larga tradición literaria.

No sé cuánto tiempo permanecí inconsciente, solo recuerdo despertarme en brazos de un joven indio que me secaba la frente con un pañuelo y trataba de darme agua.

—¿Se encuentra bien? —me preguntó en un inglés con un marcado acento que no pude ubicar.

—Sí, muchas gracias. Ya estoy mejor —le respondí tajante con la intención de evitar el menor contacto con nadie.

—Esos hombres británicos me han pedido que cuando dejara de estar indispuesta les avisara, querían hablar con usted.

—¡No! —exclamé sin permitirle continuar—. Por favor, no les diga nada.

—¡Lo sabía! Se está escondiendo de ellos…

—¿Cómo?

—Perdone mi atrevimiento, pero la curiosidad me ha hecho inventar esta mentira para comprobar su reacción. —No me levanté para huir escandalizada porque mis sentidos aún estaban entumecidos. Debía ser discreta, además, había algo en el gesto de aquel hombre que me transmitía confianza y me agarré a ese clavo ardiente. Tenía una voz cálida y de forma pausada me explicó—: Sin moverme de mi asiento, he podido ver cómo le ha mudado la expresión de la cara cuando han entrado esos soldados en la parada de Arrah, y he sido testigo de cómo se ocultaba aquí y se desvanecía contra el cristal. No es habitual que una mujer de su clase viaje sola —prosiguió el joven que vestía elegantes prendas de lino de color naranja—, así que yo apuesto a que huye de algo, o de alguien.

—Muchas gracias por su preocupación, pero me temo que el motivo de mi viaje no es de su incumbencia, caballero.

—Anjali, ese es mi nombre, y no debe temer nada. Disculpe, no era mi intención asustarla. —Con una sonrisa afable se me acercó para susurrarme—: Todo enemigo de los soldados británicos es mi amigo. La ayudaré en lo que pueda. Si me acepta un consejo, lo primero que debe hacer es cambiarse esas ropas, destaca usted aquí como un macaco albino. ¿Me permite?

Sin dejarme responder, mi nuevo amigo abrió una maleta de mano que llevaba a sus pies, sacó dos telas enormes de un vivo color púrpura y me envolvió en ellas con una especial destreza. En pocos minutos mi sencillo vestido celeste quedó cubierto por una preciosa seda que a la vez me tapaba la cabeza al estilo de las mujeres de la zona.

Anjali tenía una mirada limpia y compasiva. Resultó ser un conversador alegre, cortés y nada entrometido. Compartió conmigo la comida que llevaba para el viaje y resultó ser como un soplo de aire fresco. Él no me preguntó nada, y yo me cuidé mucho de darle ningún detalle que me pudiera delatar, solo le confesé que mi destino era Bombay.

Unas horas más tarde, para mi sorpresa, el tren se detuvo en la estación de Allahabad. Los pasajeros se dispusieron a recoger el equipaje y a descender del vehículo.

—¿Pero ahora por qué paramos? —pregunté yo desconcertada.

—Señorita, debemos apearnos —aclaró mi acompañante—. El próximo tren a Mumbai no saldrá hasta mañana por la mañana.

—¡No puede ser! Yo debo proseguir con mi viaje de inmediato, debe tratarse de un error.

Pero para mi desgracia no lo era, y allí estaba yo, en las últimas horas de luz del día, en una estación perdida de la mano de Dios completamente desamparada.

—Me parece que no tiene usted ningún lugar a dónde ir esta noche, ¿me equivoco? —Anjali podía ver mi mirada de cachorro perdido.

—No, pero no se preocupe —respondí tratando de encontrar en mis palabras la firmeza que le faltaba a mis piernas—, me esperaré aquí en uno de estos bancos de la estación…

—Querida, no creo que este sea un buen lugar para pasar la noche —me interrumpió él—. Además, cerrarán el edificio en un rato… ¿Puedo invitarla a cenar algo en mi casa y ofrecerle un techo bajo el que cobijarse hasta mañana?

—Bueno, es que yo… —No sabía qué contestarle. No tenía alternativa, pero me resultaba demasiado atrevido aceptar su ofrecimiento. En ese momento los dos soldados ingleses bajaron del tren y caminaron en nuestra dirección, así que recogí la maleta del suelo y lo agarré del brazo diciendo—: Acepto su invitación encantada, Anjali.

2. La diosa Bahuchara Mata

Anduvimos media milla hacia las afueras de la ciudad de Allahabad y pronto nos encontramos ante una gran puerta de madera, exquisitamente tallada, que anunciaba la posición social elevada de los propietarios. Una fuente de piedra daba la bienvenida al contiguo patio adornado por aromáticas matas de albahaca de un verde vibrante. Una sirvienta acudió ligera al encuentro del señor, pero en cuanto reparó en mi presencia, paró en seco y me miró con ojos desorbitados. Hablaban exaltados en un dialecto que yo desconocía, pero podía intuir lo que se decían casi a la perfección. En aquella casa los de mi nacionalidad no éramos bienvenidos.

Anjali le dio varias órdenes y, en cuanto ella se retiró a atenderlas, me explicó:

—Le he pedido a Priyanka que le prepare agua para lavarse, unos cuantos saris y que la ayude… a *cambiar* su aspecto. ¿Le parece bien, señorita?

—Mi nombre es A…

—De hoy en adelante se llamará Alisha —me interrumpió él, sin permitirme decirle mi nombre, en un generoso acto más de complicidad—, significa 'protegida por Dios'. Creo que le hará mucha falta la ayuda divina para conseguir su propósito, sea cual sea.

—Busco reencontrarme con el hombre al que amo y hacer justicia —expuse yo emocionada—. No tengo palabras de agradecimiento.

—Mejor guarde esas palabras para Elid, que es la verdadera señora de la casa. Acompáñeme, voy a presentársela antes de que se convierta del todo en Alisha. —Me sonrió de nuevo con los oscuros ojos llenos de compasión y me indicó por dónde debía avanzar—. ¡Ah! Y procure no escandalizarse demasiado...

En cuanto se abrieron las puertas del gran salón de la señora Elid comprendí que debía seguir al pie de la letra el último consejo de Anjali. Si no quería dejar demasiado expuesta mi soberana ignorancia sobre la vida a causa de mi educación puritana, sería mejor que me mordiera la lengua.

Los suelos de intrincados mosaicos estaban cubiertos de alfombras persas sobre las que descansaban almohadones de todo tipo de texturas, colores y tejidos. Predominaban los tonos morados y los naranjas en los detalles de toda la decoración. Al fondo, un tapiz con la imagen de una diosa hinduista montada sobre un gallo presidía la sala.

Una nube de humo transportaba los últimos rayos de luz cobriza del ocaso que se colaban por las celosías de las ventanas y le confería un halo de misterio a la estancia. En cuanto la vista se me acostumbró a la tenue iluminación, pude distinguir a la que, sin duda, debía ser Elid, recostada con majestuosidad sobre un mullido cojín dorado.

Era una mujer corpulenta que vestía un elegante sari de color ocre con delicados bordados en seda lavanda. Lucía recargados pendientes que unían el lóbulo con la nariz y collares de enormes piezas de oro con incrustaciones de perlas y piedras preciosas. Una trenza de pelo azabache adornada con flores de jazmín le caía por el hombro hasta más abajo del pezón de un pecho que se insinuaba con descaro por debajo de las transparencias de la tela.

—¡Anjali! Te estábamos esperando para cenar —saludó ella con impostada dulzura sobre una voz grave—. ¿A quién has traído contigo? Acércate, bella, no mordemos...

—¡No morderás tú! En cambio, yo no puedo prometer nada —apostilló la voz lenta y pastosa de un hombre de acento francés que estaba tumbado de forma indecente sobre un diván, a la derecha de Elid, oculto en la penumbra. Fumaba de una pipa muy larga, con el torso desnudo y el resto del cuerpo mal cubierto por una frazada violeta damascada.

—Mi impetuoso Aimé, no tienes remedio... —replicó ella riendo. Entonces se incorporó y avanzó hacia mí a la vez que yo me acercaba con cierto recelo. Había demasiados detalles que no comprendía de aquella escena, pero tenía claro que algo en el ambiente olía a pecado—. Supongo que habrá una buena razón para que nos hayas traído a casa a una joven inglesa. ¿Cómo te llamas?

—Me llamo A... Alisha, señora.

—Permítame, por favor —me cortó Anjali—. Es un gorrión que ha escapado de su nido y vuela solo a Mumbai. Nos conocimos en el tren, la asistí porque perdió el conocimiento al ver a unos soldados británicos entrar en el vagón.

—¿Se puede saber de qué huyes, hija?

—Huyo de un hombre malvado con el que me prometí solo para volver a la India y poder reunirme con mi verdadero amor, que me espera en Bombay —expuse yo lanzando la mentira de que alguien me esperaba en mi destino.

—Interesante... —susurró Elid a la vez que me cogía la cara con una mano de dedos cargados de anillos y tatuajes para escrutarme de arriba abajo—. ¿Y ese «verdadero amor» que te espera en Bombay es un... caballero inglés?

—No, señora, es un joven de Calcuta.

El hombre francés rio socarronamente exhalando el humo con la cabeza hacia atrás.

—Más interesante todavía —susurró la dueña de la casa pensativa—. Todo enemigo de los soldados británicos es nuestro amigo. Y ¿en qué podemos ayudar a la dama, Anjali?

Mi nuevo amigo le expuso a su ornamentada señora que ya le había pedido a la criada que me preparara agua para lavarme, ropas indias y muchas más explicaciones que no entendí, porque se pasaron al dialecto khariboli.

—Mañana, cuando salgas de esta casa, no te vas a reconocer ni tú misma al mirarte a un espejo. —Elid dio unas palmaditas de emoción y remató diciendo—: ¡Qué divertido! ¡Vamos a convertir a una muñeca de cabellos dorados en la diosa Bahuchara Mata[3]! Por favor, te ruego que cuando acaben de arreglarte pases a cenar algo con nosotros para contemplar el resultado. Tienes mi bendición.

—Por supuesto, señora, le agradezco tanto…

—Estoy empachado de tanta diosa y de tanto amor verdadero —interrumpió de nuevo el hombre con brusquedad. Casi no podía abrir los ojos al hablar. «Vaya un borracho maleducado», pensé—. Con permiso de ustedes, señoras, me retiro.

El tal Aimé se levantó, con grandes esfuerzos por mantener el equilibrio, hizo una exagerada reverencia y se dio la vuelta sobre los talones para desaparecer tras una cortina que había detrás. Yo no pude evitar sonrojarme, era un hombre de bellas proporciones, tenía el cabello largo y rojizo, alborotado de haber retozado en el diván, y había estado a punto de perder del todo la tela violeta.

Priyanka hizo un trabajo encomiable. Me ayudó a bañarme y me ungió por todo el cuerpo aceites matizados con cúrcuma y sándalo, que me añadieron un color tostado a la piel. Para convertir mi cabello trigueño en avellana le aplicó un emplasto de henna. Me enseñó a vestirme con el sari propio de las mujeres autóctonas y a maquillarme como ellas. El toque final fue pintarme el *bindi*, el punto rojo de la frente, que por el color indicaría que yo era una mujer casada, protegiendo así un poco más mi honor ante algún desalmado.

[3] Diosa hindú de la castidad y la fertilidad. Patrona del tercer sexo de la India, una comunidad transgénero, frecuentemente representada como una mujer sentada a horcajadas sobre un gallo.

Después de una hora larga volví a entrar en el salón, totalmente metamorfoseada. Sentados al otro lado de la mesa baja, que había sido acondicionada en el centro de la estancia para servirnos una suculenta cena a base de carne en salsa y arroz, estaban Elid y otra mujer con un sari color arena. Ambas se quedaron boquiabiertas al ver mi espectacular cambio, y de la misma manera me quedé yo al descubrir que aquella mujer tan finamente maquillada y vestida era Anjali.

No negaré que al principio me costó encajar toda aquella información, pero lo cierto es que durante esa cena aprendí que la vida y el amor tienen muchos más colores que el blanco y el negro, y que aquella diversidad enriquecía al ser humano, en tanto que le hacía libre de expresar sus sentimientos con sinceridad.

Me explicaron que ellas eran *hijras*, el tercer sexo de la India, y que durante siglos habían sido una casta muy religiosa y respetada. Sin embargo, desde el conocido caso de asesinato a manos de su amante de una *hijra* llamada Bhoorah en Mainpuri, los británicos habían enloquecido con todas ellas y las consideraban un insulto a la moralidad victoriana: sucias travestis y prostitutas «no naturales». Todo aquello había desembocado en una persecución a las de su condición en general.

Me resultó indignante que mis compatriotas se sintieran con el derecho de reprobar una forma de vida ancestral en aquellas tierras solo por no ser capaces de hacer uso del respeto y de la tolerancia. ¿Cómo se podía repudiar a un colectivo reconocido durante siglos en una sociedad por culpa de los prejuicios de unos extranjeros ignorantes?

Según me confesaron, no les quedaba más remedio que mantener una vida lo más discreta posible en aquella casa, tratando de que no las descubrieran los ingleses o afines y aceptando regalos de amigos a cambio de «favores» o en «ocasiones propicias», como nacimientos de niños o bodas.

Me prepararon una habitación modesta, pero que para mí fue como descansar en una nube blanca de un cielo de verano. En cierta manera, en aquella casa en la que todos íbamos a contracorriente me sentía a salvo, comprendida, o al menos nada cuestionada… ni por mí misma. Sin embargo, al acercarse el alba, cuando el sueño rozaba la vigilia, mi conciencia se empeñó en enumerarme los peligros a los que iba a enfrentarme y las probabilidades de fracaso que existían en la misión de encontrar a Hasin.

Al día siguiente, bien temprano, Priyanka me ayudó de nuevo a prepararme para reemprender el largo viaje a Bombay. Me dio una serie de tarros que había preparado con los ungüentos para retocarme la piel y el cabello mientras necesitara mantener el anonimato. Les agradecí a todas la hospitalidad y la vital ayuda.

Habían dispuesto un carruaje para ir a la estación de tren. Las abracé con afecto sincero y, cuando ya no me quedaba más gratitud en el tintero, me dispuse a subir al vehículo mientras Anjali me anunciaba:

—¡Qué suerte has tenido, querida Alisha! Vas a ir todo el trayecto acompañada de nuestro amigo Aimé. Ha sido toda una coincidencia que compartáis el mismo destino.

3. La bibi y el francés descarado

Antes de llegar a la estación, el caballero francés de dudosa moral ya se había dormido y a los pocos minutos de iniciada la marcha en la máquina de vapor lo hizo de nuevo: una muestra más de su falta de modales.

Ocupábamos asientos contiguos y, puesto que no tenía nada más en lo que invertir el tiempo, me dediqué a observar a mi acompañante que seguía en un profundo letargo.

Ciertamente, parecía otro hombre respecto al que había conocido la tarde anterior en casa de la *hijra*. La chaqueta oscura de cachemir contrastaba sobre una camisa blanca de cuello almidonado. Los pantalones y las botas eran de una calidad que denotaba un alto nivel adquisitivo. ¿Pero qué hacía un hombre de su clase, semidesnudo, en casa de Elid? Una capa más de ingenuidad estaba a punto de serme arrebatada.

Llevaba el cabello cobrizo bien peinado hacia atrás e iba pulcramente afeitado. La nariz era afilada, los rasgos angulosos le sumaban belleza masculina al rostro. Pero lo que más me llamó la atención fueron las manos. Tenía los dedos muy largos y unas uñas pulcras, cortas y delineadas los remataban con delicadeza. A su lado descansaba una especie de portadocumentos grande de cuero que aferraba como si fuera la única parte de su equipaje que tuviera importancia.

—¡¿Quieres dejar ya de mirarme?! —soltó de repente sin dignarse a abrir los párpados—. Si te viera tu «amor verdadero», ¿qué diría?

—¡¿Qué está usted insinuando?!

«¿Cómo podía ese hombre ser tan impertinente?», pensé.

—¡Venga ya! A estas alturas creo que podemos empezar a tutearnos. —Aimé se recolocó en el asiento ahogando un bostezo. Se situó casi de frente a mí y comenzó a hablarme con excesivas confianzas—: Hace un buen rato que me estás observando, pero no he querido interrumpirte. Eso sí, te advierto que un poco más y ese servicio dejará de ser gratuito para costarte unas buenas rupias...

—¡¿Habrase visto?! ¡Qué descaro! —protesté yo escandalizada a la vez que él se mofaba de mis mejillas ruborizadas. Me escrutaba sin pudor, con los ojos entornados, como si fuera una integrante de una de esas «exposiciones de rarezas»[4] que tan de moda estaban en Londres.

—Hay que reconocer que Priyanka ha hecho un trabajo excelente contigo... mientras no caiga un chaparrón y se te destiña la cara, claro. —Aimé se rio ante tal visión, pero de pronto cambió el gesto y una repentina mueca de dolor le atravesó el rostro. Se masajeó las sienes y farfulló—: Maldito opio... Distráeme, por favor. Cuéntame por qué estás aquí de verdad.

—Yo no tengo por qué entretenerte, ni que contarte nada. ¡No soy ningún mono de feria!

—¡Qué carácter! ¿Podrías no alzar la voz? ¿No ves que tengo jaqueca?

—Eres insoportable...

[4] Las «exposiciones de rarezas» presentaban *curiosidades* humanas, así como exhibiciones cuestionablemente científicas. Eran similares a las barracas de circo y en ellas destacaban los *freaks*: humanos que mostraban sus condiciones extraordinarias para el impacto de los espectadores.

—¿Me dejas al menos que te dibuje? —Ya estaba abriendo su carpeta de piel a la vez que añadía—: Me resultas un espécimen la mar de curioso.

—Yo no te he dado permiso, ¡eres un maleducado!

—Pero si nos queda casi un día entero de viaje... ¡¿Qué más te da?! ¡Relájate y no seas tan estirada!

—Estoy a punto de cambiar de asiento, te lo advierto. —No estaba dispuesta a soportar más a aquel tipo tan enervante. Me di la vuelta y traté de quedar lo más de espaldas a él que pude.

—Está bien... Volvamos a empezar de nuevo. —El francés dejó en el suelo el portafolios, se levantó y, cogiéndome la mano por sorpresa, me dijo—: Hola, me llamo Aimé Jérôme de Lesseps, encantado de conocerla. ¿Seré tan afortunado de que me obsequie con su nombre?

—Me llamo Alisha.

—¡Eso no se lo cree ni usted! ¡Ese nombre indio es tan falso como el carbón que le tizna la cara!

—¿Quieres bajar la voz? —Algunos pasajeros del vagón nos dedicaban miradas curiosas y yo me debatía entre las ganas de matar a aquel descarado y la necesidad de pasar desapercibida—. Ahora mismo eres la última persona a la que le confesaría mi nombre.

Aquel hombre me alteraba tanto con sus salidas de tono que no me di cuenta de que un soldado inglés se acercaba por el estrecho pasillo entre los asientos. Venía directo hacia nosotros.

—Sígueme la corriente y calla.

Y después de aquella orden, me cogió la cabeza por la nuca para envolver mis labios con los suyos. Me besó con fuerza y seguridad, aspirando con ansia mi olor. Yo no salía de mi asombro. Era un sinvergüenza..., si bien no podía negar que también era endiabladamente apuesto.

—¡Hombre, amigo De Lesseps! —le saludó el soldado con familiaridad, plantado al lado de nuestra fila de asientos—. No sabía que tenía una *bibi*[5]. Aunque no me extraña, nunca le vemos por los bungalós, siempre anda con los indios... Cuénteme, ¿es verdad lo que dicen de ellas?

—Le aseguro, capitán, que la complacencia de mi *bibi* no tiene parangón con la de ninguna mujer europea. —Me pasó un brazo por los hombros, apretándome contra el pecho como si fuera de su propiedad, para añadir en un tono gutural e indecoroso—: Mi Alisha se desvive por hacer realidad todos mis deseos. ¿A que sí, querida?

Me faltaba la respiración y el corazón estaba a punto de escapárseme por la garganta al galope. Debí callarme y mover solo la cabeza en una devota afirmación, pero toda la rabia acumulada por su comportamiento desde que lo había conocido en casa de Elid hasta culminar en ese beso inmoral me hizo responder en un perfecto bengalí:

—*Lo que yo ahora desearía es darte una buena bofetada por grosero.* —Eso sí, usé un tono sumiso e inocente y mantuve la mirada gacha bajo el pañuelo con el propósito de evitar que la claridad de mis iris llamara la atención del militar. Por supuesto, ninguno de los dos entendió aquellas palabras y se regodearon en su demostración de poder del hombre «civilizado».

—Más le valdría a sir Cecil Beadon, el gobernador de Bengala, hacerse con una de estas —empezó a contar el casaca roja[6] señalándome con la cabeza. Aquel nombre hizo estallar una explosión de nervios en mi pecho—. Se trajo a Cuttack a una joven londinense que se empeñó en cortejar aburrido de la solitaria viudedad —explicó—, y ahora va buscándola por toda la India.

[5] En la época del Raj británico, muchos ingleses tenían dos esposas: una oficial en Gran Bretaña y otra nativa en la India. Las *bibis* eran mujeres hindús que vivían colmadas de lujos a cambio de satisfacer los deseos de sus maridos. *Bibi* es un título respetuoso que se utiliza en la cultura musulmana del sur de Asia, especialmente en países como Pakistán e India, para dirigirse a mujeres de alto estatus o ancianas, similar a *señora* o *doña* en español.

[6] La expresión «casaca roja» se utilizaba para referirse a los soldados británicos en el siglo XVIII, ya que su uniforme, tanto para ceremonias como para combate, se distinguía por tener una casaca de color rojo.

La cacería del zorro se había inaugurado, con la particularidad de que el zorro era yo. Quise que la tierra se abriese y me tragase hasta desaparecer por completo, pero, como aquello no era posible, me quedé petrificada como una estatua de sal expuesta a merced de un francés enajenado.

—¡Menuda contrariedad! —observó Aimé con la intención de parecer compungido, aunque a mí me sonó divertido en extremo. Me acariciaba el brazo como si llevara haciéndolo toda la vida mientras seguía con su interpretación magistral de caballero ilustre—. ¿Se habrá perdido? ¿Cómo se llama la dama o cómo es? Por si podemos ayudar…

—El pobre hombre desconoce el motivo de su desaparición, ha telegrafiado a varias compañías para que la busquemos sin descanso. La describe como una mujer de veinte años, de piel y cabellos muy claros. Añade que es culta, de belleza delicada y que responde al nombre de Angelina Spinner.

—Me solidarizo con la inquietud del gobernador ante la pérdida de su flor más preciada. Tenga por seguro que si la veo avisaré a las autoridades con apremio.

—Se lo agradezco, De Lesseps, además es mi deber informarle de que el gobernador ha prometido recompensar a quien se la devuelva, sana y salva, con una generosa cuantía.

—Lo tendré en cuenta, capitán. Descuide.

El soldado se despidió con un cortés movimiento de cabeza para seguir investigando al resto de los pasajeros. Yo suspiré, aliviada de haber escapado una vez más del despiadado gobernador. Me negaba a admitirlo, pero la actuación de Aimé en mi favor había sido clave. A pesar de que tenía los músculos tensos como cuerdas de ballesta, mantuvimos la acaramelada postura en la que nos había dejado el militar hasta que lo vimos salir de nuestro vagón, una eternidad después. En ese momento me separé de él y, liberando toda la tensión acumulada, le propiné la bofetada que bien se merecía.

—¿Esta es la forma de pagarme el favor que te acabo de hacer, «Angelina»? —se quejó él llevándose la mano a la mejilla—. Si lo sé te delato y me gano unas rupias…

—¡¡¡Eres un descarado y un insolente!!!

—Si ese viejo se entera de que su «culta, bella y delicada prometida» lo utilizó solo para viajar hasta aquí a encontrarse con un vulgar indio…

—Aimé Jérôme de Lesseps, no creo que la familia De Lesseps esté muy contenta si se entera de que su hijo anda fumando opio y *relacionándose* con las que seguro verán como «sucias prostitutas desviadas».

—*Touché.*

4. Petite poupée

La locomotora acortaba la distancia que me separaba de Hasin a un ritmo demasiado lento, aunque debo reconocer que me hubiese desesperado igual viajando montada en una estrella fugaz. Nos mantuvimos en silencio un buen rato, hasta que el asiento de mi acompañante pareció llenarse de pinchos. Ya comenzaba a conocerle, era un hombre poseído por el espíritu de un niño revoltoso, y estaba claro que su infante interior se aburría sobremanera.

—¿No irás a retirarme la palabra hasta Bombay, An-ge-li-na? —preguntó con entonación tediosa para enseguida responderse a sí mismo en voz baja ante mi mutismo—: Ya veo que sí. Así que tu nombre es Angelina... Pues para el viejo gobernador —continuó farfullando—, más que un ángel estás siendo una pequeña diablesa. ¡Pobre hombre! Buscando a su prometida por toda la India... No tienes corazón.

Yo me limité a ignorar sus intenciones de provocación y permanecí con la vista perdida en el paisaje de horizontes brumosos. No pensaba entrar nuevamente en su juego, así que le dejé bufar y resoplar un buen rato hasta que su altanería se desinfló.

Como yo seguía reacia a abrirme a él, Aimé tuvo que sucumbir a cambiar su táctica si quería tener algún tipo de trato conmigo, y se decidió por romper el hielo con una nueva estrategia. Fue algo así como la tercera oportunidad de empezar de cero, pero lo cierto es que, a partir de ese punto de inflexión, nuestra relación inició un descenso en su tirantez. A ninguno de los dos nos convenía convertirnos en enemigo del otro, y más cuando realmente no lo éramos.

—Está bien, voy a tratar de contarte quién soy y qué hago aquí a ver si dejas de odiarme, aunque sea un poco. —Le miré con cara de incredulidad y él me guiñó un ojo antes de comenzar su historia—. Soy el menor de cinco hermanos, pero la mayoría de ellos ya están muertos.

—Lo siento mucho, Aimé. —Mi buena educación se había abierto paso por mi garganta sin pedirle permiso a mi orgullo.

—¡¡¡Al fin me hablas!!!

—¿¡No te lo habrás inventado para llamar mi atención!? ¿¡Cómo puedes ser tan…!?

—No, Angelina —me cortó él antes de que me sulfurase—, te juro que es verdad, pero lo cierto es que murieron de niños o al poco de nacer, y después de darme a luz se fue también mi madre.

Todo empezaba a cobrar sentido. Aimé encajaba a la perfección en el perfil de un infante que no había llegado ni a conocer a su madre, y al que su padre, Ferdinand Marie, el vizconde De Lesseps en Francia, había criado viajando tras su sombra por medio mundo. Como vio que yo no tenía ni idea de quién era su progenitor, me mostró varias pinceladas sobre el ilustre personaje. Antes de casarse, había sido ya cónsul general de Francia en Alejandría y, más adelante, había seguido con sus labores consulares en Rotterdam y en España, donde nacieron Aimé y sus hermanos. Me explicó que, tras enviudar, se refugió (rozando la obsesión) en su trabajo como diplomático, hasta que ese entusiasmo le estalló en la cara. Su apocalipsis se inició cuando fue invitado a participar como negociador de Francia en Roma durante las revoluciones de los Estados italianos, ya que acabó siendo utilizado como chivo expiatorio por su amado Gobierno francés, con el sucio fin de justificar su fracaso en

Italia. Me relató cómo esto lo hundió y acabó de un plumazo con la carrera de embajador de su padre, pero que, con la ayuda de varios contactos políticos y empresariales de sus tiempos en Alejandría, en aquellos momentos llevaba más de una década trabajando feliz en Egipto.

—El motivo de mi viaje a Bombay es para reunirme con él en Suez. Mi barco zarpará desde el puerto dentro de unos días.

—¿Hace tiempo que no lo ves? —pregunté yo, pues me pareció captar tintes de añoranza en su voz.

—Demasiado... Mi padre no ha sido un padre convencional, pero nos ha querido a su manera y nosotros a él. —Con la mirada sumergida en recuerdos atesorados en su mente, siguió explicándome en un tono reflexivo y de admiración hacia su progenitor—: Es un cabezota que siempre consigue lo que se propone, por extravagante que parezca, así que no me extrañaría que en breve se corone como el legítimo promotor del nuevo canal que, pensándolo bien, supondrá un cambio radical en las relaciones entre Asia y Europa.

—¿Es esa obra colosal tan comentada que reducirá a casi la mitad de tiempo el viaje de Inglaterra a la India? —Enseguida me vino a la cabeza aquel proyecto que estaba en boca de todos los británicos que tenían relación con este país.

—Esa misma... El «Canal de Suez» lo llama mi padre, aunque yo estoy convencido de que va a ser un desastre —sentenció, de pronto, riendo con picardía ante sus propios pensamientos—. Van a empezar a venir hacia aquí todas las mujeres inglesas mojigatas de los comerciantes de la Compañía de las Indias Orientales, y se les va a acabar el chollo a sus maridos que aquí viven como maharajás y libres como el viento... a tantos niveles.

—Desde luego, eres único pensando mal.

—Eso no es pensar mal, es la realidad, Angelina —argumentó él con conocimiento de causa, pues, aunque nuestra edad era similar, él tenía infinita más experiencia en temas de hombres y mujeres—. Los príncipes de cuentos de hadas no existen, eso es lo que os cuentan a las niñas buenas para que durmáis tranquilas mientras los hombres buscamos un lugar caliente donde... *pasarlo bien.*

—Pues yo me niego a pensar en que no exista el amor verdadero.

—Pobre inocente, *petite poupée*[7]... ¡Suenas tan empalagosa! —exclamó él hastiado—. ¿Acaso crees que tu «amor verdadero» no habrá intimado con ninguna mujer en el tiempo que lleváis sin veros?

—Sé que siete años es mucho tiempo, pero tengo fe en que Hasin conserve en su corazón el mismo amor que yo le guardo a él. —Era la primera vez que exteriorizaba ese deseo que constituía el motor de mi huida.

—¿¡Siete años!? —exclamó él escandalizado—. ¿Y en todo este tiempo no se ha casado?

—Pues yo creo que, si me ama, no debe...

—¿¡No lo sabes!? —prorrumpió él abriendo de par en par los ojos de color miel—. Déjame que lo adivine: te estás cruzando la India, huyendo de tu prometido, en busca de la idealización de un hombre que solo existe en tu cabeza... ¿¡Y no sabes nada de su situación actual!?

—Conozco perfectamente a Hasin y estoy segura de que...

—¡Bobadas! —me cortó él sin piedad—. No puedes estar segura de nada. Lo más probable es que esté rodeado de niños indios, claditos a él, trabajando de vendedor de alfombras en Bombay y que ni se acuerde de la estirada señorita Angelina.

—¡Para, Aimé! Por favor, te ruego que calles... —El océano de lágrimas que había mantenido a raya comenzó a derramarse sin control. El francés estaba metiendo el dedo en la llaga al decir justo lo que yo menos quería oír—. Todo fue por mi culpa —confesé entre sollozos—, necesito pedirle perdón y decirle que le quiero.

Junto con el llanto, se desbordaron las palabras contenidas tanto tiempo. Le conté que Hasin y yo habíamos sido educados como

---

[7]*Petite poupée* en francés significa 'pequeña muñeca'. Es una expresión que puede usarse de manera cariñosa para referirse a alguien, como un apodo tierno.

hermanos por nuestras madres y que justo cuando nos acabábamos de demostrar nuestro amor, a los catorce años, tuve la culpa de que fuera acusado de ladrón. Caí en la cuenta de que nunca le había confiado todo aquello a nadie más que a mi madre, y lloré todavía más.

Él solo calló y se dedicó a escucharme con un increíble pero verdadero interés. Percibí cómo su mirada iba cambiando de tono y un atisbo de empatía comenzó a emerger en sus traslúcidos iris. Le expliqué lo que ocurrió la última tarde que había visto a mi príncipe: el chapuzón, el inolvidable beso y la pérdida de mi colgante. Y le relaté, entre amargos suspiros, el fatídico desenlace cuando descubrieron a Hasin colándose en mi casa para devolverme la joya que mi rígido padre me había regalado. Había sido yo quien le había hecho prometer que me la haría llegar, yo era por tanto la única culpable de que, después de esa injusta acusación, él y toda su familia hubieran sido expulsados como ratas. Con una impotencia que aún dolía, concluí mi historia explicándole cómo todos ignoraron las explicaciones de los hechos de la inocente niña de la casa y prefirieron tomar medidas bajo la ceguera de los prejuicios.

Una verdad se abría ante mí: acababa de ser consciente de que, desde el día en que mi padre me obligó a partir hacia Londres, la única motivación para seguir adelante sin caer en el pozo de la tristeza había sido el sueño de reencontrarme con Hasin.

—Perdona, Angelina. No quería hacerte daño. —Para mi sorpresa, Aimé me tendió un pañuelo y continuó disculpándose—. Me temo que puedo ser muy brusco en estos temas porque no creo en el amor. Tus intenciones son nobles y te honran. Eres ingenua…, pero también una de las personas más buenas y valientes que conozco.

Exteriorizar mis inquietudes y airear los fantasmas del pasado resultó catártico. Pasaron las horas y toda la tensión entre mi compañero de viaje y yo se disipó junto con los vapores de la locomotora en la que cruzábamos la India. Cada vez que el tren hacía una parada nos poníamos en guardia, pero no volvió a entrar ningún soldado más ni nadie con actitud de búsqueda.

—Entonces, ¿me vas a dejar que te pinte ya? —preguntó él, pues no había olvidado su deseo—. Es lo mínimo que puedes hacer por mí después de lo del *soldadito*.

—Debes haber heredado la terquedad de tu padre —bromeé yo—. Está bien… Pero no prometo estarme quieta mucho rato.

—¡Estoy de suerte! Voy a hacerle un retrato a Alisha —afirmó mientras desplegaba sus materiales de dibujo antes de que me arrepintiese—, así tendré un recuerdo de mi ardiente y devota *bibi*.

—Incorregible… —musité yo ante su gansada, pero la verdad era que ya me estaba acostumbrando a su habitual tono irónico cargado de picardía, y, durante un breve instante, el recuerdo del calor de sus labios me visitó traicionero.

Sus hermosas manos danzaban con trazos ligeros y firmes por la superficie de un papel tostado, demostrando dominar la técnica a la perfección. Mientras manchaba y difuminaba con los dedos, inmerso en un frenesí de carboncillos y lápices de color, conversamos sobre multitud de temas de lo más variopintos: desde el sabor dulce y casero del *bread and butter pudding*[8] hasta el salado y con toques de pimienta de la *quiche lorraine*[9], para acabar concluyendo que ambos compartían como característica esencial el intenso aroma a mantequilla. Sin darme cuenta, empecé a disfrutar de su compañía y me sinceré con él, al igual que él acabó haciéndolo conmigo.

Era un niño resentido con la vida por haberle arrebatado el derecho a conocer el amor de una madre y haberse criado sin poder

---

[8] El *bread and butter pudding* es un postre tradicional británico hecho a base de rebanadas de pan untadas con mantequilla, que se remojan en una mezcla de huevo, leche (o crema), azúcar, y a menudo se aromatizan con vainilla, canela o nuez moscada. Estas rebanadas de pan se disponen en capas dentro de un molde para hornear, muchas veces intercaladas con pasas, frutas confitadas o incluso mermelada.

[9] La *quiche lorraine* es una tarta salada originaria de la región de Lorena en Francia. Se trata de un plato clásico de la cocina francesa compuesto por una base de masa quebrada rellena con una mezcla de huevos, crema de leche (nata) y trozos de panceta o *bacon* (tocino). La combinación se hornea hasta que el relleno está firme y la superficie, dorada.

echar raíces en ningún sitio. Sentía veneración por su padre, pero, por culpa de su trabajo, cuando empezaba a encariñarse de un lugar y de su gente era obligado a trasladarse a otro. Todo aquello había forjado una coraza alrededor de su corazón y, con ello, se había convertido en un hombre especializado en aniquilar sus sentimientos para no sufrir. Era el menor de los hermanos y gracias a eso le habían conferido ciertas concesiones que los demás no habían podido disfrutar, presos de sus obligaciones como herederos del título nobiliario de la familia. Desde su mayoría de edad, había escogido utilizar su asignación para conocer mundo y explorar su única pasión, el arte, allá donde le llevara el viento. Había estudiado pintura en Europa, pero sentía debilidad por las manifestaciones artísticas de Oriente y Asia. Le embelesaban los papiros egipcios y los tapices mongoles, pero últimamente había sido conquistado por la riqueza de pigmentos de la India.

—¿Puedo preguntarte de qué conoces a Elid y a Anjali? —me atreví a cuestionarle al fin. Mi inocencia seguía sin comprender qué podría unir a aquellas amables *hijras* con un noble francés.

—¿En serio no puedes imaginarlo, cándida niña?

—Sé que fumabais opio, pero no sé cuál es vuestra relación... —respondí con tierna ingenuidad.

—Digamos que tenemos habituales transacciones económicas que con el tiempo me han convertido en amigo de la casa —respondió él con una sonrisa críptica.

—Entonces, ¿les pagas por fumar esa cosa allí? Sé que hay fumaderos de opio...

—A ver, Angelina, serás muy culta, pero eres muy poco suspicaz. ¿Cómo quieres que te lo explique? ¿Con un dibujo? —Aimé se pasó la mano libre por la frente ordenando sus palabras antes de expulsarlas por la boca—: Las damas son una compañía excelente, pero mis ansias por explorar el mundo a veces me llevan a tener que pagar para poder expandir horizontes.

—¡¿Haces el amor con Elid?! —En ese momento cayó el velo que me tapaba la vista y me sonrojé bajo mis unturas al rememorar la escena del diván con los ojos descubiertos—. Yo pensé que las *hijras* solo se relacionaban con hindúes.

—Querida, los límites del mundo los marca el dinero.

—¿Entonces te gustan los hombres?

—Digamos que considero que la belleza no debería tener distinciones de género. ¿Por qué hay que definir en blanco o negro los placeres de la carne? ¿Acaso el índigo al mezclarse con el níveo no forma un etéreo celeste y al hacerlo con el carmesí, un evocador púrpura? ¿Por qué privarse de experimentar todas las hermosas combinaciones posibles? Yo soy así, y créeme que como yo hay muchos, pero en estos tiempos de moralidades dictadas por la reina del Imperio de la Hipocresía nos toca escondernos en casas como la de la cautivadora Elid.

—No sabía que eso pudiera ser así… Me cuesta pensar en ello con naturalidad —confesé mis reflexiones en voz alta—. No me malinterpretes, no quisiera ofenderte. Solo te doy la razón en que en temas de «conocer mundo» yo no te llego ni a la suela de los zapatos. Después de lo que hicieron por mí, las *hijras* tienen todos mis respetos y mi gratitud, además, repruebo la intolerancia británica. Me parece que los que tachamos de «indígenas» están mucho más evolucionados en muchos aspectos que nosotros «los civilizados».

—Yo no lo hubiera explicado mejor —me felicitó Aimé deteniendo por un momento el lápiz. Se dio unos golpecitos en el labio inferior con la punta de este y me clavó sus brillantes ojos rasgados—, para ser una niña mimada tienes la mente bastante abierta.

—Vaya, gracias. Es la segunda vez que me dices algo bueno, aunque lo intercales entre suaves insultos, cuidado porque podría llegar a acostumbrarme.

—Pues debo reconocer que el ultramar de tus iris contrasta de forma exquisita con los atributos bronceados de Alisha. —Y retomó su labor diciendo—: Es una lástima que en cuanto lleguemos a Bombay te vayas corriendo a los brazos de ese Hasin, porque, con un poco de tiempo más conmigo, podría desvelarte muchos de los misterios del cuerpo humano que sé que estás deseando conocer.

—Eso no se le dice a una dama —respondí yo en mi papel de abrumada, aunque me sentí ligeramente halagada.

Las arenas del tiempo corrieron veloces entre osadías, risas y confesiones, y cuando menos nos lo esperábamos, nuestro tren había llegado a la estación de Bombay.

5. La casa de madera verde

—¡Enhorabuena! Ya estás en Bombay, mi querida Alisha —me felicitó Aimé mientras me ofrecía la mano, en un inusitado acto de caballerosidad, para ayudarme a descender del tren. La tensión nerviosa me asomaba en el rostro, lívido bajo la capa de maquillaje—. ¿Te encuentras bien?

No pude responderle más que con un leve asentimiento de cabeza. Me aferré a su brazo, pues, en cuanto mis pies tocaron el suelo de la bulliciosa estación de Bori Bunder, sentí como si los huesos de las piernas estuvieran hechos de mantequilla. No podía creer que mis zapatos compartieran al fin el mismo suelo que el de mi príncipe.

Inspiré hondo tratando de serenarme y, bajo la preocupada mirada de mi acompañante, saqué la carta de Hasin para tener a mano su dirección. Debía seguir siendo muy precavida con desvelar mi identidad a nadie y no tenía ni idea de cómo llegar a aquella calle, pero después de haber cruzado la India en tren, de incógnito y acompañada de un francés medio loco, aquello no sería tan difícil.

—Espérame aquí un segundo, por favor. Vuelvo enseguida —me pidió Aimé dejando su equipaje a mi lado.

—Claro.

Le vi acercarse a un cochero con unas monedas en la mano. Quién me lo iba a decir, pero en ese momento me dio lástima nuestra inminente despedida. Aimé era todo un personaje, sin embargo, si lograbas asomarte más allá de su superficie irritante, había un buen hombre dentro.

—Acompáñame, acabo de alquilar un carruaje —anunció regresando hasta mi posición a grandes zancadas. Miró mi gesto de desconcierto y soltó amenazante—: No pienso separarme de ti hasta que me asegure de que llegas a casa del Hasin ese.

—Aimé, de verdad, no es necesario. Además, a ver si pierdes tu barco…

—¿Cómo crees que podría yo vivir en paz con mi conciencia si le pasara algo a mi *bibi* por un callejón de Bombay? —preguntó al tiempo que me lanzaba uno de sus burlones guiños de ojos.

—Pero…

—No te preocupes, mi barco no zarpa hasta mañana. Vamos.

Cargó con nuestros bultos e insistió una vez más con la sonrisa más afectuosa que le había visto adornar su cara. No me dejó elección, era todo un detalle por su parte, además de la opción más prudente.

Le dimos las indicaciones oportunas al cochero y los caballos se pusieron al trote con presteza. El trayecto fue bastante más largo de lo que había imaginado y yo cada vez estaba más nerviosa. Agradecí las ropas livianas de mis amigas las *hijras*, pues, al ritmo que iban mis latidos, estaba convencida de que ya me hubiera desmayado de nuevo con mi habitual corsé.

—Gracias por todo, Aimé. Al final no has resultado ser tan desagradable como aparentabas al principio —le confesé con una mueca de fingida sorpresa. Me sentí en la obligación de agradecerle todo lo que estaba haciendo por mí.

—Debo reconocerte que has sido un gran entretenimiento para un viaje que esperaba largo y tedioso —respondió él con su habitual tono mordaz, afortunadamente, yo ya había aprendido a encajarlo.

—Me alegra haberte *entretenido*...

—No sé por qué, pero me resulta muy placentero sacarte de quicio. ¡Es tan fácil!

—Eres incorregible.

—Y tú una estirada. —Ambos nos miramos y sonreímos ante nuestros ya familiares apelativos—. Esta vez en serio, Angelina, eres la mujer con más arrojo que he conocido jamás. Admiro cómo te has lanzado al vacío, apostando por algo tan intangible como el amor, y te deseo la mejor de las suertes, que es la que de verdad mereces.

—Vaya... —El francés no había perdido la facultad de dejarme fuera de juego con sus palabras, pero esta vez de la emoción. Los nervios se me agolparon en un nudo en la garganta y los ojos se me llenaron de agua—. De momento, la suerte parece estar de mi lado, desde que salí de Cuttack solo he encontrado buenas personas... —Hice una pausa para añadir una coletilla irónica, al más puro estilo De Lesseps—: Y a ti.

—¡Aprendes rápido! —respondió él seguido de una espontánea carcajada—. Es una lástima que no me concedas más tiempo para enseñarte a *destensarte*...

En ese instante oímos la voz del cochero que daba la orden de detenerse a los caballos. Había llegado a mi destino.

En medio de la abundante vegetación se alzaba una impresionante casa de estilo colonial, hecha de madera pintada de color verde pálido. Sus paredes estaban adornadas de infinitas celosías trabajadas hasta el mínimo detalle. Pequeños casetones con dibujos florales calados combinaban de forma orgánica con otros de minuciosas siluetas geométricas. La entrada principal se intuía tras unos arcos rematados por esbeltas columnas que descansaban sobre el suelo de barro rojizo, brillante a causa de la humedad del ambiente. Era una construcción enorme cuya delicada ornamentación le daba un aspecto curiosamente ingrávido.

—Pues parece que no le van nada mal las cosas a tu *amorcito*… —exclamó el francés asombrado por la belleza de la vivienda a la vez que se apeaba del carruaje con un ágil salto—. ¿Me permite ayudarla una última vez, señorita Spinner?

—Por supuesto, monsieur De Lesseps.

Al agarrar su mano para descender, me la apretó con fuerza y tiró hacia él de forma que quedamos muy cerca, cara a cara. Me clavó su mirada y, con el semblante serio, me dijo:

—Estaré alojado en el Hotel Watson hasta mañana a las once. A las doce del mediodía parte mi barco hacia Suez. —Imprimió más fuerza a su mirada entornando los párpados y añadió—: Búscame si las cosas no salen como esperas, ¿de acuerdo?

—Pero, Aimé, yo…

—Prométemelo.

—Te lo prometo.

Entonces me soltó y se encaminó brioso hacia el carruaje de nuevo. Subió a su asiento y desde él me dijo:

—Adiós, Angelina. Suerte.

—Gracias por todo, de corazón.

Le dio unas órdenes al cochero y este se puso en marcha despacio.

—Te esperaré antes del primer recodo del camino hasta que te vea entrar. —Entonces percibí cómo su gesto socarrón le aparecía de nuevo en el rostro para añadir mientras se alejaba cada vez más—: ¡Ah! ¡Una última cosa! Aquel beso no era para nada necesario, pero me moría de ganas de conocer el sabor de tu boca, *petite poupée*.

Me sonrojé de pies a cabeza, incapaz de responder nada, pues para que alcanzase a oír mi réplica ante su descaro debía elevar demasiado la voz, y aquel no era el mejor momento.

De pronto me sentí muy sola plantada delante de aquella casa, las piernas me temblaban bajo el sari. No sabía qué me encontraría ni si sería bien recibida, pero reuní todas mis fuerzas, cogí mi maleta y me dirigí a la puerta deseando que fuera Hasin quien apareciera tras ella.

Tomé aire, cerré los ojos y levanté el puño con la intención de llamar cuando escuché las voces de unas mujeres que conversaban animadas y la puerta se abrió.

Salió una bonita joven sonriente, ataviada con un elegante sari de color rojo intenso, que se me quedó mirando con extrañeza. Estábamos muy próximas y, en cuanto reparó en el color azul de mis ojos, cambió su sonrisa por un gesto de recelo.

Tras ella apareció una mujer de mayor edad, con una trenza salpicada de canas, que me reconoció al instante a pesar de mi cuidada caracterización.

—¡¿Angie?! ¡¿Eres tú?! —preguntó dejando caer al suelo la cesta que llevaba colgando del brazo.

—Sí, soy yo…, Dyvia. ¡Perdóname!

Me acerqué, le cogí las manos y caí de rodillas ante ella llorando sin consuelo. Solo podía repetir una y otra vez: «Perdóname».

Ella se agachó para abrazarme y acabamos llorando las dos juntas todo un mar de lágrimas.

—Tranquilízate, cariño —me consolaba acariciándome la cabeza—. Tú no tuviste culpa de nada.

—No, no es verdad. Todo fue por mi culpa… ¡Todo!

—Cielo, pertenecemos a dos mundos muy distintos, y Eleanor y yo cometimos el error de olvidarlo.

Escuchar su familiar voz y llorar mecida en aquellos brazos que tantas veces me habían sostenido de pequeña me transportó al doloroso recuerdo de la pérdida de mi madre. Sentí cómo mi alma se desmoronaba hecha añicos.

—Mejor vamos dentro, querida. Debes de estar agotada y tenemos mucho de qué hablar —me sugirió la madre de Hasin a la vez que me ayudaba a incorporarme.

Entonces se dirigió a la chica que había observado perpleja toda la escena y le habló en hindi. Yo tenía ciertas nociones de aquel idioma, si bien solo comprendía palabras sueltas. Le pidió que por favor fuera ella sola a comprar al mercado y capté que la llamó con el nombre de Sundari. La joven asintió y se marchó diligente, aunque visiblemente desconcertada.

Si el exterior de la casa era hermoso, más, si cabe, lo era el interior. Tras la puerta se abría una estancia techada, que servía de distribuidor del resto de habitaciones, con un pequeño estanque descubierto en el centro y rodeado de las mismas columnas con arcos del porche de la entrada. En el agua de fondo esmeralda flotaban nenúfares y asomaban esbeltos juncos. Allí dentro toda la madera exhibía su cálido color natural, potenciado por barnices satinados tanto en las paredes como en los muebles.

Yo seguía sin poder frenar mi llanto y la dulce Dyvia, que me guiaba de la mano, me invitó a sentarme a su lado en un sofá de ratán con unos confortables cojines color crema.

—Desahógate cuanto necesites, hija mía. Intuyo que has hecho un largo viaje, y por tu aspecto creo que no lo has tenido nada fácil —observó ella repasando con los dedos los surcos desteñidos por las lágrimas en las mejillas. Fui consciente de que, al lado de la impecable joven de rojo, yo debía de tener un aspecto deplorable—. Igual prefieres tomar algo o pasar a lavarte y descansar un poco…

—Te agradezco mucho tu hospitalidad, no sé si la merezco —pude responder entre sollozos.

—Por favor, Angie, quiero que te sientas como en tu casa. Acomódate y cuando estés lista te estaré esperando para conversar.

No me atrevía a formular la pregunta que me devoraba las entrañas, pero necesitaba salir de dudas antes que nada, así que me lancé:

—Dyvia, ¿está Hasin en la casa?

—No, lo lamento. Según mis cálculos, Hasin debe de estar a punto de desembarcar en Londres, si no lo ha hecho ya. Llevamos unos días esperando a que nos telegrafíe para avisarnos de su llegada.

6. Las vergüenzas de su enemigo

Londres, principios de 1867

Un encapotado cielo nocturno descargaba afiladas gotas de lluvia que se clavaban aviesas sobre las opacas aguas marrones del puerto de Tilbury. El húmedo frío de la capital británica le cortaba la cara, a modo de premonitoria bienvenida, a un joven indio que pisaba por primera vez aquellas tierras.

En cuanto su barco atracó, Hasin se dispuso a visitar la dársena de la orilla norte del Támesis, donde la Compañía de Muelles de las Indias Orientales y Occidentales efectuaba todos sus embarcos y desembarcos. Jamás había viajado acompañando a un cargamento de su propia producción, y estaba muy interesado en conocer todo el procedimiento, a la par que preocupado en extremo por el estado de este tras haber soportado varios temporales en alta mar. Era una suerte que hubiera contratado un navío de gran envergadura, aunque tuviera que compartir la travesía con más empresas exportadoras de las deseadas.

Los operarios trabajaban incansablemente descargando la bodega del barco recién llegado cuando, de pronto, la tormenta intensificó su furia. La lluvia caía en ráfagas como si alguien lanzase baldes de agua a las caras de los hombres, que a esas horas de la madrugada estaban ya empapados y exhaustos. Las luces blancas de los relámpagos les deslumbraban y cegaban los ojos, haciendo su labor casi imposible. Hasin dejó su posición de espectador y acudió sin dudarlo a echar una mano. Eligió ayudar frente a supervisar su cargamento con el propósito de que aquel infierno se demorase lo menos posible.

Una vez estuvo seguro de que no quedaba ningún bulto en el buque, cogió un carruaje y se dirigió al alojamiento que tenía reservado en el centro de la ciudad. Ansiaba abordar todos los planes pensados para su estancia en Londres, pero era consciente de que antes necesitaba tomarse un buen descanso.

Después de un sueño reparador, como el que no había gozado en todos aquellos meses navegando, se encontraba como nuevo y cargado de optimismo. Se vistió a la última moda londinense con una oscura levita entallada y un chaleco a juego sobre una nívea camisa de cuello alado, todo ello confeccionado con los mejores tejidos, y, antes de salir a la calle, remató su atuendo con un elegante sombrero de copa alta. Marcado por sus orígenes como proletario, se había asegurado de que no le faltara ningún detalle para no desentonar entre los refinados ciudadanos de clase alta que esperaba que llenaran las calles de la capital inglesa. El desgarbado adolescente al que Angelina llamaba «patas largas» se había convertido en un hombre de elevada estatura y complexión fuerte, quien vestido con aquellas ropas satinadas tenía un aspecto imponente.

Se acercaba la inauguración de la Exposición Universal, que ese mismo año 1867 tendría lugar en París, y en aquellos días se estaban seleccionando cuáles serían las empresas representantes de los productos más relevantes de la industria británica. Era consabido que el sector textil constituía la principal fuente de trabajo de la Inglaterra victoriana, por tanto, había un enorme interés en elegir a los mejores exponentes con los que impresionar al resto del mundo. Hasin debía dirigirse a la sede de la asociación de empresarios textiles y de moda británicos, la UKFT[10], para mostrar un aperitivo de su colección y asegurarse una plaza, fuera como fuese. Su misión era conseguir meter cabeza en aquel evento de tan gran escala, algo que le aseguraría las ventas de su producción durante años, y, con ello, afianzaría el bienestar de su familia y el de todos sus empleados casi de por vida. El joven no tenía ninguna duda de la aplastante calidad de su producción, muy superior en materias primas, innovación y acabados a la de la mayoría de empresas indias, y estaba casi seguro que de todo el Reino Unido. Solo debía lograr la oportunidad de hacerse ver, y sabía que no existía nadie mejor que él mismo para hacer aquel trabajo.

Salió del moderno Hotel Langham dispuesto a alquilar un coche de caballos que le acercase al edificio oficial de Queen Square, pero, como aquella calle no era muy transitada, se desplazó hasta la avenida próxima, donde se intuía más trasiego de gente. Dobló la esquina, mirando a lo lejos por si venía un carruaje, y no vio al pobre mendigo ebrio que yacía sobre la acera. Sus botas de reluciente cuero negro tropezaron con las piernas del borracho, y a punto estuvo de caer de bruces.

—¡Perdone, caballero! —exclamó Hasin preocupado por si le había hecho daño.

—No se preocupe, si algo de bueno tiene el frío es que casi no siento las extremidades —respondió con una carcajada el indigente para, acto seguido, aprovechar la coyuntura—: ¿No tendrá una limosna para calentar a este pobre diablo?

—Claro que sí, hombre. —Sacó unas monedas y se las entregó observando el contraste entre sus impecables guantes y aquellas

[10] La UK Fashion and Textile Association (UKFT) se fundó en realidad en 1996, su aparición aquí es, por tanto, totalmente ficticia. Esta organización es la principal asociación del Reino Unido que representa a las industrias de la moda y los textiles. La UKFT se dedica a apoyar a las empresas en estas industrias brindando servicios que incluyen promoción, asesoramiento sobre exportaciones, desarrollo de habilidades y representación ante el Gobierno y otros organismos clave.

manos mugrientas—. Tome, cómprese algo para comer y alguna prenda más de abrigo.

—¡Que Dios le bendiga, extranjero! —agradeció con una amplia sonrisa oculta debajo de una barba desaliñada.

Aquel fue el primer choque con la realidad que se llevó el indio. Le resultó la mar de irónico que su primera experiencia en Londres fuera un acto de caridad con un ciudadano inglés.

Durante el breve trayecto de poco más de diez minutos en coche de caballos hasta la sede de la UKFT, Hasin no pudo salir de su asombro. En vez de encontrarse con la opulencia en la que vivían los británicos en la India, rodeados de caprichos y de servidumbre, se sorprendió con escenas de lo más dantescas. Familias enteras desplazándose por las embarradas calles hasta las fábricas, prostitución, ladronzuelos callejeros y mendigos de todas las edades; en definitiva, triste miseria. La mayoría de sus paisanos vivía bajo la firme creencia impuesta de su inferioridad frente a los ingleses. Se dejaban menospreciar por culpa de un sentimiento latente de gratitud y respeto que en ocasiones rozaba la adoración, pero había descubierto con sus propios ojos que todo aquello era un urdido engaño. Tenía mérito que un pequeño grupo de hombres, escudados por la bandera del progreso, la educación y la cultura, hubiera sido capaz de doblegar un vasto país muy superior en habitantes y recursos.

Toda aquella reflexión le insufló un coraje especial y, con la actitud de quien ha descubierto las vergüenzas de su enemigo y ha dejado de temerlo, entró en el edificio de la asociación. En la mano portaba un maletín de piel color tabaco en el que guardaba un muestrario encuadernado con recortes documentados de los mejores patrones de estampados, las infinitas texturas que podían producir sus máquinas y diversas filigranas, que cada vez eran más demandadas. Aquello era una diminuta muestra de lo que la Compañía de Hilado y Tejido de la India Central podía producir, pero

Hasin sabía que con ella era capaz de dejar con la boca abierta a cualquiera que entendiera un poco del tema.

Su aspecto y su determinación le llevaron a pasar varios filtros hasta llegar al despacho del propio presidente de la asociación. Estaban siendo duras jornadas de abundantes visitas, por lo que los secretarios no tuvieron ningún problema en dejar entrar a aquel extranjero, de semblante tan respetable, a reunirse con su superior.

—Disculpe mi intromisión, ¿el señor Connor Wilford? —preguntó Hasin a la vez que daba unos golpes a la puerta que estaba entornada.

—El mismo, adelante —respondió una solemne voz de hombre maduro.

—Buenos días. Antes que nada, perdone mi irrupción, pero vengo desde muy lejos y me ha sido imposible anunciar mi visita con la debida antelación —saludó él en el inglés más formal que pudo.

—No se preocupe, estos días lo extraño es encontrar cerrada la puerta de mi despacho.

—Doy fe, querido Connor, de que está usted solicitado en demasía —apostilló un hombre de mediana edad que estaba sentado, de espaldas a la puerta, en las sillas de cortesía del otro lado de la mesa del presidente. Ambos disfrutaban de una copa de licor y fumaban en sendas pipas—, en cuanto pasen estas jornadas de selección debería ausentarse a disfrutar de unas merecidas vacaciones…

—¡Le haré caso, amigo Spinner! —exclamó el aludido con una ridícula risa nasal.

El joven indio no podía creerlo, pero en cuanto aquel hombre se dio la vuelta confirmó sus sospechas. Era el padre de Angelina, su aspecto era igual, solo que con tantas canas como kilos añadidos en los siete años sin verlo. Sus miradas se cruzaron y él notó cómo le escrutaba con recelo de arriba abajo. No parecía haberle reconocido, pues el cambio sufrido por Hasin era mucho más notable; había pasado de niño a adulto.

—Dígame, ¿qué se le ofrece, joven? —interrogó mister Wilford—. ¿Con quién tengo el honor de hablar?

—Me llamo Ha... Hari, Hari Lamba Pa, para servirle —improvisó él saludando mediante un educado gesto con dos dedos sobre el ala de su sombrero.

No era el momento de enfrentarse al hombre que le había tachado injustamente de ladrón y había dejado a toda su familia en la calle, por muchas ganas que tuviese. Debía focalizar todos sus esfuerzos en causar la mejor impresión en la asociación; ya habría tiempo de venganzas, si es que llegaba ese momento. En milésimas de segundo su mente había inventado ese nombre falso apoyándose en sus demonios internos. Uno de los significados de *hari* era 'león', y así se sentía en ese momento, con la fiereza de ese animal retenida en sus garras, y *lamba pa* quería decir 'patas largas' en bengalí...

—Vengo desde Bombay a demostrarles que incurrirán en un gran error si no escogen a la Compañía de Hilado y Tejido de la India Central como una de las empresas representantes de la mejor producción textil de la Corona.

—¡Qué atrevida es la juventud! ¿Verdad? —Rio el padre de Angelina con tono de burla.

—Bueno... Dejemos que el osado joven nos ilustre con alguna muestra que avale su osadía —pidió mister Wilford acomodándose en su silla, expectante y en cierta manera divertido por la situación. Desde que se había abierto la posibilidad de postularse a la Exposición Universal, el viejo Bruce Spinner aparecía, cada dos por tres, deshaciéndose en «obsequios casuales» como aquella botella de *whisky* añejo.

—Faltaba más. ¿Me permite?

Hasin extrajo el magnífico muestrario de su maletín y el presidente, solícito, hizo espacio en su mesa para que lo apoyase en ella.

El indio pasaba las páginas describiendo su contenido de forma precisa y amena. Hacía gala de unos modales exquisitos y de una soberbia fluidez con el idioma. Gesticulaba con estilo, sabía mantener la atención del interlocutor con agudeza, y, lo que es más, si la forma de exponer era brillante, más lo era la calidad de las magníficas muestras.

Durante los años en los que trabajó, codo con codo, con su tío el señor Tata, aprendió el ingrediente principal para el éxito comercial: la seguridad en sí mismo y en su esfuerzo. Así pues, desde que había tomado el mando de la empresa de su pariente, había conseguido elevar su número de clientes como la espuma.

A Bruce Spinner le desapareció el color de la cara y le empezaron a temblar las manos. Aquella colección era infinitamente superior a la de Fine Cotton Spinner's en todos los aspectos. Él llevaba mucho tiempo *cultivando* su amistad con mister Wilford, tratando de suplir con ella las carencias de la producción de sus fábricas de Manchester, y no estaba dispuesto a que nadie, y mucho menos un indio, le arrebatase la oportunidad de salvar su empresa.

—Yo ya he visto suficientes extravagancias, señor... Lamba Pa —intervino con aire de desprecio el padre de Angelina—. Es una buena colección para vivir en su exótico país, pero Connor y yo sabemos que las damas europeas reclaman más sobriedad y refinamiento para sus vestidos...

—En eso se equivoca, viejo amigo —le cortó mister Wilford colocándose los anteojos para revisar al detalle algunas de las muestras—, me informan de que la nueva moda en París, nos guste o no, la capital del mundo moderno, es la representación del arte del buen vivir: la filosofía de la ostentación. El lujo está encontrando su lugar en la sociedad, decidido a perdurar y convertirse en parte del día a día. Sombreros adornados con encaje y plumas exóticas, abanicos gigantescos pintados a mano y vestidos confeccionados con las más finas sedas de Oriente; lejos de ser simples prendas para cubrirse, se han transformado en símbolos del nuevo estilo de vida. —Hizo una pausa para prender con una cerilla el tabaco de su pipa, y concluyó su alegato con una sentencia que no iba a gusto de todos los presentes—: Enhorabuena, señor Lamba Pa.

Esta colección es justo lo que Inglaterra necesita para arrasar en la Exposición Universal.

—Gracias por darme esta oportunidad, mister Wilford.

—No debe agradecerme nada, la calidad de sus muestras habla por sí sola, mas no soy yo quien tiene la última palabra en la organización del pabellón británico. —Exhaló el humo por la boca y añadió—: Le emplazo a la reunión con el comité de selección, que tendrá lugar en un par de semanas. Deje su dirección en secretaría y me encargaré de que reciba la invitación formal. Si puede, traiga una ampliación del muestrario en piezas más grandes y le aseguro que no encontrará rival entre los demás postulantes. —Entonces miró a mister Spinner, dio un intencionado sorbo de su copa, y finalizó diciendo—: Venga usted también, Bruce, nunca se sabe con cuantos simpatizantes puede contar usted entre los miembros del comité...

Con la excusa del trabajo acumulado, el presidente despidió a sus dos visitantes a la vez, y ambos representaron la conversación más tensa de la historia delante de la fachada.

—¿De dónde ha dicho que es usted, señor Lamba Pa? —le preguntó sin importarle realmente, solo por pura cortesía, a la vez que descendía con torpeza la escalinata de la entrada principal.

—Vengo desde Bombay, pero soy de una región de Orissa.

—¡Vaya! ¡Qué casualidad! Mi hija está ahora mismo en su tierra... —A Hasin le dio una punzada en el pecho, se moría por saber de ella. Se había esforzado en ocultarse a sí mismo que ese fuera el verdadero motivo de su visita a Londres, pero debía reconocer que, incluso dentro de aquel despacho, le había asaltado la idea de hacer una visita a casa de los Spinner, amparado por su nueva falsa identidad. Ahora bien, lo último que hubiera imaginado es que ella estuviera en la India justo cuando él había conseguido viajar a Inglaterra—. Está en Cuttack acompañando a su prometido en sus obligaciones como gobernador colonial de Bengala.

—En Cuttack... —fue lo único que consiguió articular Hasin mientras sentía cómo las esperanzas de reencontrarse con Angie se esfumaban delante de sus narices. El mundo se oscurecía, acababa de perder la ilusión por todo. Estaba prometida.

—El caso es que su cara me suena... —confesó el padre de Angie observándolo con los ojos entornados—. Pero debo reconocer, sin ánimo de ofenderle, que vivimos unos años en Calcuta y aun así me es imposible distinguir a los indios, me parecen ustedes todos iguales. —Soltó una estruendosa risotada para concluir con una mentira—: Ha sido un placer conocerle, señor Lamba Pa.

—El placer ha sido mío, mister Spinner —mintió también el joven.

Hasin prefirió volver a su hotel dando un paseo, necesitaba tomar el aire, aunque todo tuviera un olor acre a orín en aquella ciudad. A cada paso le parecía sostener una losa de tristeza sobre los hombros. Las finas gotas de lluvia que le mojaban la cara se fundían con unas lágrimas esquivas que escapaban de su alma, imposibles de contener.

Mientras tanto, el padre de Angelina llegaba a su domicilio lleno de ira. Cada vez le costaba más mantener las cuentas de su empresa saneadas, y la oportunidad de la Exposición Universal sería la única salvación. Llevaba tiempo trabajando muy duro para figurar en el listado de empresas seleccionadas por la UKFT y se negaba a permitir que un sucio indio le arrebatara su puesto.

Dejó las llaves de su casa en el mueble del recibidor y vio que encima del estante del correo descansaba un sobre. Con las manos aún temblando de la ira, lo abrió y con asombro descubrió que se trataba de un telegrama de su hija remitido desde Bombay.

7. La espina clavada

Resultaba conmovedor que Dyvia continuara mostrando la misma actitud maternal conmigo, no en balde había ejercido de mi segunda madre durante mis primeros catorce años. Insistió en que tomara un buen baño y comiera algo antes de seguir conversando. La obedecí de buen grado y recompuse mi aspecto habitual de Angelina, salvo por un detalle que me juré que jamás retomaría: el asfixiante corsé.

Después de un copioso almuerzo, nos sentamos en el sofá de ratán de al lado del estanque, acompañadas de sendas tazas de té y una bandeja de *kaju barfi*, mi dulce de anacardo favorito. Como habíamos hecho mil veces, yo me acomodé de espaldas, con el pelo suelto y todavía húmedo, y ella se dispuso a trenzarlo mientras lo untaba con aceite de *amla*. Cerré los ojos. Por un momento, me permití olvidarlo todo y sumergirme en aquella sensación de hogar que tanto añoraba. Nuestras risas cómplices, su templada voz y su perfume, una mezcla de esencia de rosas y de jazmín, me arropaban como una mullida colcha en una noche escarchada.

Le pedí que me contara todo lo que les había pasado a los Radhav desde que se marcharon de Calcuta. Me explicó que pasaron pocos meses en Cuttack, pues, aunque allí vivía el resto de la familia, les fue imposible encontrar trabajo. La fortuna quiso que no les sorprendiera allí la gran hambruna que un tiempo después asoló a toda la región. Una puerta se les había cerrado en las narices, mas el destino les tenía preparada la apertura de una mejor.

Con tantos contactos en el sector textil, el injusto altercado de sus familiares con el empresario inglés de fama segregacionista no tardó en llegar a oídos del hermano menor del padre de Aadi, Garesh Tata, el propietario de la Compañía de Hilado y Tejido de la India Central. Sobrecogido, y con un carácter comprometido e inclinado a la filantropía, el viejo Garesh no dudó en ofrecerle asilo y un empleo al padre de Hasin en una de sus fábricas. Era un hombre muy perspicaz que necesitó poco tiempo de convivencia para descubrir el enorme potencial del mayor de sus sobrinos nietos, quien, además de una aventajada capacidad de aprendizaje, ya contaba con una base de conocimientos de la cultura británica muy superior a la de cualquiera de su entorno. Así pues, bajo el consentimiento de los padres, subvencionó la matrícula de Hasin en el Elphinstone College de la Universidad de Bombay antes de que cumpliera los quince. Cinco años después, se graduaba con honores a la vez que trabajaba como mano derecha de su tío abuelo. Sin descendientes y con una edad ya avanzada, aquel buen hombre se volcó en cuerpo y alma en la formación de su digno sucesor, quien acabó por superar toda expectativa.

Por mi parte, yo le conté a ella lo que había sido de mi vida desde que habíamos perdido el contacto. Le relaté lo desgraciadas que nos sentimos mi madre y yo, obligadas a marcharnos al frío y lejano Londres, privadas de la oportunidad de despedirnos de nadie. Al poco de instalarnos en aquella ciudad hedionda, ella enfermó de tuberculosis y fue debilitándose, poco a poco, hasta fallecer. Aun así, los años allí pasaron rápido entre bailes y demás eventos a los que mi padre me obligaba a asistir, escondiendo mis penas tras mis mejores galas, como quien exhibe a su más tierna res en una feria de ganado. Y finalicé relatándole cómo, antes de que él acabara *vendiéndome* al postor más acaudalado, yo había tomado la iniciativa y había aprovechado la ocasión para poder volver a la India.

—Te juro que lo único que me ha mantenido en pie todo este tiempo ha sido mi lucha por conseguir llegar hasta aquí.

—Me puedo imaginar cuánto has sufrido, cielo. —Me regaló una mirada húmeda y cargada de ternura y compasión.

—Dyvia, siento tanto todo lo sucedido… —me sinceré yo y noté cómo, palabra tras palabra, salía la espina que tenía clavada—. ¿Hasin te contó lo que pasó exactamente con el maldito collar?

—Lo sé. Siempre me ha sido fácil ver detrás de los ojos de mi hijo.

—¡Me duele tanto que alguien tan bueno fuera víctima de una injusticia así! —Angustiada, me cubrí la cara con las manos—. Y más que fuera perpetrada a manos de mi padre… ¡Si pudiera hacer algo por retroceder en el tiempo!

—No te tortures más, Angie —me consoló ella sujetándome por los hombros con dulzura—. A veces, aunque no comprendamos por qué suceden las cosas, así deben ser, pues el destino tiene sus propios planes para cada uno de nosotros.

—Pero yo le quería y le sigo queriendo tanto…

—También lo sé. Tus actos hablan por sí solos.

Aquellos ojos negros me atravesaron las pupilas, leyeron hasta el fondo de mi alma y, movida por una profunda empatía, me dijo:

—Debería reñirte por tu imprudencia. Podría haberte costado la vida llegar hasta aquí, pero por otro lado es un acto de amor tan grande que…

En ese instante se abrió la puerta principal de la casa y apareció un hombre indio con las típicas vestimentas de fresco lino color hueso: una camisa larga con dos cortes a los lados, unos pantalones bombachos y unas sandalias de cuero marrón. Era Aadi, quien, al igual que su esposa, mantenía el mismo aspecto que antaño, solo que con las sienes pintadas de plata.

Entraba distraído y caminaba rumbo directo al interior de la casa, como debía de hacer cada día, cuando reparó en mi presencia, y su gesto se tornó tenso.

Yo me levanté para saludarlo, aunque me mantuve en mi posición. Era posible que él no fuera tan comprensivo conmigo como lo había sido su mujer.

—Tú eres la jovencita Spinner…

—Sí, señor Radhav, soy Angelina. —Me decidí y di un paso hacia él—. Yo he venido…

—No. No quiero saber nada. —Endureció la mirada y me pidió con aspereza—: Te agradecería que te marcharas cuanto antes de mi casa. Ahora que hemos recuperado nuestra paz…

—Aadi, querido —intervino Dyvia—. La niña no tiene nada que ver con la maldad de otros. Se ha escapado, se ha puesto en peligro y ha venido sola desde Cuttack, únicamente por visitarnos.

—¡No me importa! ¡No quiero saberlo!

—Ven, por favor, esposo. Hablemos un momento.

Ella me hizo un gesto para que esperara donde estaba y ambos se metieron dentro de una de las habitaciones a conversar en privado. Yo no sabía qué hacer ni dónde meterme. Comprendía la reacción de aquel hombre, herido en lo más profundo de su orgullo, y no podía reprocharle nada por mucho que me doliese.

Al cabo de un buen rato ella regresó a mi lado con una expresión de disculpa tallada en el rostro.

—Debes perdonar la reacción de mi esposo. Fue muy duro para él.

—No hay nada que perdonar, al contrario. Y si resulto una molestia, me marcharé enseguida —respondí yo cabizbaja.

—¡Tú no te vas a ningún sitio! Ya te dije que esta es tu casa —me tranquilizó a la vez que me tomaba del brazo y me conducía de nuevo a nuestro asiento—. Vamos a dejar que Aadi descanse un poco y más tarde se unirá a nosotras para la cena.

—No quisiera causar ninguna incomodidad, yo…

—Tranquila, cariño. Muchas veces, los hombres anteponen el honor al corazón y necesitan que alguien les recuerde lo que de verdad importa. —Entonces me cogió la mano, como quien se la toma a un enfermo al que el médico le va a hacer daño al hurgarle en una herida, y anunció—: Hay algo que debes saber.

—Por supuesto, dime.

—¿Recuerdas a la muchacha que me acompañaba esta mañana?

—Sí, la hermosa joven vestida de rojo.

—Ella es Sundari, la prometida de Hasin.

Aquellas palabras resonaron dentro de mi cabeza sin querer asentarse. Eran demasiado hirientes y mi cerebro se resistía a hacerles un hueco para asimilarlas. ¡Qué ingenua había sido! Aimé tenía toda la razón. ¿Por qué iba Hasin a esperarme tanto tiempo? Debí haber sido más realista, después de siete años había muy pocas probabilidades de que la vida nos volviera a reunir. Lo más normal era que estuviera prometido, o incluso casado ya. Yo me había aferrado a una estúpida e infantil ilusión, y acababa de tropezarme con la realidad.

—¿Cuándo es la fecha de la boda? —pude preguntar al fin.

—En cuanto él regrese de su viaje a Inglaterra. —Tomó aire y añadió—: Es una buena chica, de una respetable familia de Bombay con la que convinimos el matrimonio hará cerca de un año.

—Entiendo…

—Angie, te voy a hablar con completa sinceridad antes de que dejemos de estar a solas. Es lo mínimo que mereces después de tu increíble gesto de venir a nuestra casa. —Notó cómo me temblaba la mano que me tenía cogida y me la cubrió con la calidez de la otra—. Después te pediré a ti también que me hables con el corazón.

—No lo dudes.

—Nadie mejor que tú sabe que Hasin siempre ha sido una persona de palabra. Pues, apelando a esa gran virtud, le hice prometerme algo antes de su partida…

Entonces Dyvia me puso al día de la relevancia de figurar como empresario participante en la Exposición Universal de París. También me reveló cómo Hasin se había obcecado con la idea de defender sus productos ante el comité seleccionador que iba a reunirse en el mes de febrero en Londres. No existía nadie con mejores aptitudes que él para presentar las bondades de sus productos, era la pura verdad, pero una madre conoce demasiado bien a su hijo, y me confesó que enseguida había intuido la verdad que se ocultaba en un segundo plano. Aquella misión constituía la coartada perfecta para aprovechar la última oportunidad de buscar a un amor que jamás había podido olvidar.

Así pues, antes de emprender el viaje a Inglaterra, los dos tuvieron una conversación de las de abrirse el alma. Hasin le confesó que seguía enamorado de mí hasta rozar la obsesión y que, por el bien de Sundari y sobre todo por el de su propia salud mental, necesitaba volver a verme para ser capaz de pasar página. Ella se comprometió a ayudarle a organizar el viaje, le apoyó en su intención a espaldas del padre, pero le hizo prometer que si no lograba encontrarme o si yo ya me había unido a otro hombre, regresaría a Bombay de inmediato para sellar sus votos con Sundari y jamás volvería a pensar en mí.

Un pequeño rayo de esperanza se abrió paso en mi nublado interior. Hasin me seguía queriendo, igual que yo a él. El destino nos había movido de forma simétrica en el tablero del juego de la vida, en direcciones cruelmente opuestas. Ambos habíamos huido de nuestros prometidos para ir en busca el uno del otro. Éramos dos imanes del tamaño de dos granos de arena que se atraían con una gran fuerza, pero perdidos en un inmenso desierto.

—Dime la verdad, Angie. ¿Tú has venido aquí a buscar el perdón de mi familia o el amor de mi hijo?

—Las dos cosas por igual. —Alcé la cabeza y le expuse con la mayor entereza que pude reunir—: Me comprometí con un hombre solo porque era mi única opción para obtener un pasaje a Cuttack, no me siento orgullosa de ello, pero lo volvería a hacer mil veces más. Sentía que era mi deber disculparme en persona por todo el daño que os causó aquel estúpido malentendido. Necesitaba honrar la memoria de mi madre y que supierais que jamás fuimos partícipes de las desafortunadas decisiones de mi padre, sino dos víctimas más. Pero el motivo más importante que me ha hecho abandonarlo todo, e incluso deshacerme de la joya que tanta desdicha causó, es poder reunirme con el hombre del que estoy enamorada desde que era una niña. No hay un día de mi vida en el que no haya pensado en él y me temo que, hasta que no lo encuentre, no voy a dejar de hacerlo.

—Es lo que esperaba oír, mi niña —concluyó ella acunándome las manos—. Ahora será mejor que descanses, cenaremos en un par de horas. Mañana pensaremos en cuál es el mejor camino a seguir. Debes de estar muy fatigada.

Me acomodaron en una habitación de paredes tapizadas con estampados florales y ampulosos cortinajes a juego. Me tendí en la cama y, aunque el cuerpo me pesaba una tonelada por el cansancio, el hervidero que era mi mente no me daba tregua para relajarme.

Pronto llegó la hora de la cena. Los dos hermanos pequeños de Hasin me recordaban vagamente, pues eran muy niños cuando se mudaron de Calcuta, pero pasamos una velada muy amena recordando anécdotas de nuestros días allí. Aadi fue dejando atrás su comportamiento distante y hasta participó con alguna historieta de las trastadas que habíamos hecho Hasin y yo dentro de los almacenes de algodón.

Regresé a mi habitación. Me arrebujé entre las sábanas y caí en un profundo pero agitado sueño del que no salí hasta las diez de la mañana del día siguiente. Me vestí con la extraña sensación de que algo se me escapaba. Desayuné sola, pues los habitantes de la casa estaban cada uno en sus ocupaciones habituales. Continuaba dándole vueltas a la misma perturbadora sensación cuando el reloj dio las once y la solución a mis problemas se abrió preclara ante mis ojos. Debía buscar a Aimé y embarcar con él hasta Suez. Una vez allí me uniría a los viajeros de la nueva ruta hasta Inglaterra, que cruzaba tierras egipcias, en vez de bordear el continente africano por mar. Si Hasin había prometido casarse al volver, debía hacer todo lo posible por encontrarme con él antes, en Londres.

—¿Cuánto tiempo tiene previsto estar Hasin en Inglaterra? —Irrumpí en la cocina y le pregunté a Dyvia con impaciencia.

—En principio hasta finales de marzo, que es cuando sabrá si la Compañía expondrá en París o no el uno de abril.

—Es muy ajustado, pero con un poco de suerte… —barrunté yo en voz baja.

—¿Qué estás tramando, niña?

—Necesito llegar al puerto antes de las doce. Acabo de recordar que hoy mismo tengo una oportunidad de embarcar hasta Suez. Si la fortuna está de mi lado, en menos de tres meses puedo llegar a Londres e interceptar allí a Hasin antes de su regreso.

—¿No es un poco arriesgado, hija? Dicen que hay muchos ataques de bandidos en esas modernas rutas por tierra.

—Sí, pero son mucho más rápidas. Es mi única opción y no me queda tiempo que perder, debo partir ya mismo.

—De acuerdo. Mientras recoges tus cosas, mandaré llamar a un coche de caballos.

—¿Te puedo pedir un último favor, Dyvia?

—Lo que sea.

—Necesito que, cuanto antes, alguien le haga llegar un telegrama a mi padre para que sepa de mi paradero; y también quisiera remitir otro a Hasin comunicándole mis intenciones a la dirección del hotel que tenga contratado. ¿Me puedes proporcionar papel y pluma?

En menos de diez minutos estaba delante de la puerta de aquella preciosa casa, con un pañuelo verde sobre los cabellos como única prenda improvisada con la que mantener oculta mi identidad, dispuesta a partir de nuevo del que menos de un día atrás se suponía que era mi destino. Con una mano agarraba mi maleta y con la otra mantenía los papeles de mis mensajes pegados sobre un corazón que me galopaba en el pecho. Toda mi ansiedad estaba depositada en la curva del camino por donde debía aparecer mi carruaje, sin embargo, la que arribó fue la bella Sundari. Acudía, un día más, a casa de los padres de su prometido con una cesta bajo el brazo. El cabello brillante le ondeaba tras sus pasos seguros y garbosos. Su cuerpo llenaba de voluptuosas curvas un sari, esta vez de un color añil que le resaltaba el bronceado tono de piel. Aun consciente de que ella era ajena a toda culpa, me sorprendí deseando que tropezara con alguna piedra o pequeño bache del sendero.

A la vez que se oían los cascos de los caballos de mi coche que se aproximaban al último recodo, Dyvia cerraba la puerta de su casa tras de sí con un paquete en la mano.

—¡Qué suerte que haya venido Sundari! —La saludó afectuosamente desde la distancia y me tendió la mano para que le entregara mis papeles explicándome—: Sé que ella va a pasar cerca de la oficina de telégrafos, si te parece bien, puedo pedirle que envíe tus telegramas esta misma mañana.

—Me parece perfecto —respondí depositándolos sobre su palma.

—Espérame aquí un momento, por favor. Me gustaría acompañarte al puerto para asegurarme de tu partida.

—No es necesario, Dyvia, pero te lo agradezco.

Saludé también a la recién llegada con la máxima simpatía que pude reunir: una sonrisa de labios apretados y un leve movimiento de cabeza. Vi cómo la madre de Hasin le entregaba mis telegramas, le daba las indicaciones oportunas y se excusaba por tener que partir con urgencia.

Le pedí al cochero que sus caballos volaran o perdería mi barco. Y mientras nos desplazábamos veloces en dirección a los muelles de Bombay, ella me hizo entrega del paquete que llevaba consigo.

—Estoy convencida de que, ocurra lo que ocurra, Hasin hubiera querido regalarte esto.

—¿Qué es?

Intrigada en extremo por tratarse, en cierta forma, de un regalo de parte de Hasin, desaté de un tirón el cordón que mantenía cerrado el papel de estraza y el envoltorio se abrió con facilidad. El contenido era una tela de seda cuyo tacto se sentía tan suave que parecía mojada. Su belleza era sublime y me resultaba extrañamente familiar. Sobre un fondo de color aguamarina, nadaban unos hilos de oro que en su trayectoria trazaban formas florales con pétalos de un intenso color caldera, como la cornalina roja, y hojas de fresca menta suave, como el ágata verde.

—Angie, Hasin diseñó esta tela pensando en ti.

—¿En mí…?

—Es, sin duda, el producto más original y de mejor calidad de la Compañía —prosiguió ella—. Se trata de un *palampore*, o árbol de la vida, que crece desde el centro de la pieza, y cuyas ramas se enredan por toda la superficie. La creó a semejanza de la joya que causó vuestra separación.

—Yo… No sé qué decir… Es lo más bonito que nadie ha hecho por mí.

—Es tuya. Estoy segura de que sabrás darle un buen uso.

Me abracé a aquella mujer, a la que no creía echar tanto de menos hasta que la había vuelto a encontrar. Entre sus brazos, y con un nudo en la garganta, llegamos al puerto de Bombay cuando faltaban escasos minutos para las doce del mediodía. No había tiempo que perder, debía localizar el barco de Aimé entre lo que me parecieron miles de buques iguales.

Agarré las dos manos de la madre de Hasin y las llené de besos de despedida.

—No te entretengas, cariño, es tarde. —Se enjugó las lágrimas y añadió como despedida—: Suerte, mi niña. Te quiero.

Eché a correr por el muelle tratando de localizar el cabello color cobre del francés entre la muchedumbre o alguna mínima señal que poder seguir. Me acerqué a unos marineros que replegaban unos cabos y les pregunté por el barco a Suez; nadie sabía nada y el tiempo corría en mi contra. Me resistía a pensar en perder aquella oportunidad. La maleta pesaba cada vez más, pero más lo hacía el sentimiento de impotencia.

A menos de doscientos pies, vi cómo embarcaban los últimos pasajeros en un barco de vapor de dos chimeneas. Fui hacia él todo lo rápido que pude. Los trabajadores se disponían a desmontar ya la pasarela de ascenso. Me faltaba el aire.

—Disculpen, ¿cuál es su destino? —les consulté sin aliento.

—Este barco parte hacia Suez, señorita.

—Gracias.

Me puse de puntillas, el sol me cegaba y había mucho barullo de gente. Me esforcé por distinguir la silueta del francés, pero era imposible localizar a nadie allá arriba.

—¡Aimé! —grité a la desesperada—. ¡Aimé Jérôme de Lesseps!

Lo repetí un par de veces sin respuesta, hasta que de pronto alguien se abrió paso de forma brusca entre dos pasajeros que charlaban relajados, apoyados en la barandilla del barco. Una inconfundible sonrisa radiante, sobre unos ojos que eran pura chispa, emergió entre la multitud.

—¿Te lo has pensado mejor, *estirada*?

—¿Todavía estoy a tiempo de acompañarte a Suez?

Sin pararse a responder, descendió la pasarela, ligero, ante la mirada sorprendida de los marineros, me cogió la maleta y, con una seguridad tan grande que aplastaba cualquier duda, les explicó a los operarios de la tripulación:

—Mi hermana ha decidido a última hora acompañarme a visitar a nuestro padre. Por favor, manden acomodar su equipaje en mi camarote.

Mientras yo me agarraba feliz del brazo de Aimé para subir con él al barco, la brisa marina me arrebataba traicionera el pañuelo verde de la cabeza y unos ojos expectantes eran testigos de toda la escena. Mis ropas ya no eran las de Alisha y mi aspecto lucía sospechosamente parecido al de la extraviada prometida del gobernador Beadon. Un oficial británico que supervisaba la zona portuaria pensó en que había una remota posibilidad de que la joven inglesa, a la que se buscaba bajo recompensa, acabara de embarcar rumbo a tierras egipcias, y creyó oportuno comentarlo en su cuartel.

8. Una cita singular

Hasin trataba de no dejarse vencer por el desánimo y la tristeza que asolaban su mente. Era un superviviente nato. Aparcó aquel sentimiento descorazonador y volcó su frustración en la espesa *pea soup*[11] que lamía las calles de Londres.

Telegrafió a su familia de forma escueta, solo para hacerles saber que estaba acomodado en su destino, y se dedicó a exprimir su estancia: a conocer la ciudad y a visitar a algunos contactos de negocios.

Cada día saludaba al mendigo que vivía afincado en las proximidades del hotel. Le daba algo de limosna y compartían las palabras más sinceras de todas las que recibía por boca de los demás ingleses con los que se relacionaba. Estaba claro que la alcurnia era proporcional a la hipocresía en aquel lugar.

Henry McQuaid, que era el nombre del pobre borracho, en agradecimiento al dadivoso caballero, desplegó su red de contactos de los suburbios y jamás le faltaba un buen carruaje con un cochero

[11] En la época victoriana, el río Támesis prácticamente se había transformado en un vertedero. Los vapores que salían de sus aguas, combinados con el humo de las estufas de carbón utilizadas para calentar las casas y la contaminación generada por las fábricas y talleres dispersos por toda la ciudad, daban lugar a una espesa niebla que a menudo adquiría un tono verdoso. Por esta razón, los londinenses la apodaron *pea soup* ('sopa de guisantes').

honrado para desplazarse, fuera la hora que fuese, y ningún pillue-lo se atrevió a timarle con alguna de las estratagemas con las que camelaban a los extranjeros.

Una tarde regresó al hotel después de almorzar con unos acaudalados clientes de la Compañía, aquella comida había significado el colmo de las aberraciones culinarias. Los menús que sacaban a relucir las casas aburguesadas para impresionar a su distinguido invitado respondían a la última moda en cocina: gelatina de ballena, sopa de tortuga o de cerebro, revuelto de hígado o corazón rebozado. Casi no había pegado bocado desde su llegada, echaba de menos algo tan sencillo como un arroz con pollo.

Descendió del carruaje cuando el sol ya se escondía detrás de los edificios. Estaba destemplado y le costaba arrastrar los pies dentro de la niebla. La humedad que le traspasaba la ropa amenazaba con empaparle de tristeza el alma.

—¡Buenas tardes, mister Radhav! —le saludó Henry apoyado en su habitual pared. A Hasin le pareció más sobrio que de costumbre. Quiso pensar que gracias a sus limosnas estaba pudiendo cuidarse un poco más—. Se le ve cansado…

—Sí, mister McQuaid. Me temo que estoy decepcionado con esta ciudad —respondió él acomodándose al lado del indigente—. En cuanto acabe lo que he venido a hacer, me marcharé a mi tierra sin echar la vista atrás.

—Por lo menos usted tiene un lugar mejor al que volver…

—Disculpe, yo no quería… He sido un arrogante, quejándome por nimiedades, cuando mi vida está colmada de lujos. —Le colocó una mano en el hombro al que podía considerar su único amigo allí y, sin pensarlo dos veces, dijo—: Vamos, le invito a cenar conmigo, y no admito un no por respuesta.

—Pero, señor…, no es necesario, si quiere puedo ofrecerle aquí algo de pan… —respondió rebuscando entre sus bolsas.

—Ya habrá días de pan duro, permítame hoy prepararle una cena como es debido.

—Lo lamento, pero debo rechazar su amable invitación. Dudo mucho que me dejen entrar en ningún local respetable con mis *finas ropas* —se excusó él señalándose el cuerpo con una triste sonrisa mellada.

—No debe usted preocuparse por nada. Venga conmigo, tengo una idea.

No le dio tiempo a formular nuevas objeciones. Lo cogió por los hombros con una combinación de firmeza y cariño y lo arrastró hasta su hotel, haciendo caso omiso a su insistente reticencia.

Al entrar por el majestuoso *hall* del Langham provocaron miradas estupefactas, tiznadas de desprecio, entre los huéspedes que lucían palmito y se pavoneaban con sus carteras llenas de libras sobre el reluciente suelo de mármol o echaban las horas apoltronados en los sillones de cuero bajo las monumentales lámparas de araña.

—Esta noche tengo un invitado y, si me lo permite, desearía pedirle un favor especial al chef. —Bajó el tono de voz y añadió—: Descuide, le compensaré mi extravagante petición con la cuantía que estime conveniente…

Le dio los detalles de lo que necesitaba al recepcionista y le agradeció su cooperación con una suma que descartaba toda negativa.

Subieron juntos a la habitación de Hasin, donde este fue implacable ante las continuas muestras de vergüenza de Henry y consiguió que se diera un baño caliente como el que no había podido desde que su mente era capaz de recordar.

Mientras el hombre se frotaba años de mugre de la piel, el indio le preparó una muda de su propia ropa para regalársela, junto con tres conjuntos más de la mejor y más cálida lana. Para que no tuviera más remedio que aceptar sus presentes, él mismo bajó a la lavandería del hotel los malolientes harapos que se había quitado antes de entrar al agua.

Un rato después, la cocina del restaurante del ostentoso Langham servía de escenario de una de las citas más singulares que había tenido el gusto de acoger.

Hasin, ataviado con un blanco delantal y con las mangas de la camisa arremangadas, removía una olla en la que hervía arroz *basmati* mientras aspiraba, con los ojos cerrados, el delicioso aroma del curri con el que había condimentado un pollo desmigado. Estaban fuera del horario de comidas y los pocos empleados de la limpieza habían ido desapareciendo, no sin antes asomar sus narices atraídos por el exótico aroma de las especias.

—Mister McQuaid, debo decirle que está usted espléndido esta noche. —Hasin acompañó el cumplido con una sonrisa de soslayo mientras le servía una copa de vino tinto a su acompañante. Henry tenía alrededor de cincuenta años, pero había que reconocer que aparentaba diez más antes del baño. Se había recortado la barba; su piel, ajada por el sufrimiento, esa noche resplandecía; y el color del pelo limpio parecía el del maíz tostado—. Si fuera usted una dama...

—Lamento no poder complacerle en eso, por muy agradecido que le esté... —Ambos estallaron en carcajadas. Henry bebió un gran trago antes de articular la frase que dio inicio a la íntima conversación de la velada—. Es usted joven y apuesto, seguro que tiene a una preciosa mujer en Bombay que le echa de menos.

—Amigo mío, ha dado usted en el clavo. El problema es que ella no es la mujer que yo quisiera que me estuviera esperando. —Probó, con cuidado de no quemarse, unos granos de arroz. Hizo un gesto de satisfacción y lo retiró del fuego—. De hecho, el motivo principal de mi viaje era encontrar a la que amo, y resulta que el primer día de mi estancia aquí me entero de que está felizmente prometida y acomodada en la India. Irónico, ¿verdad?

—Disculpe a este torpe borracho que ha perdido la práctica de conversar, pero no entiendo nada...

Mientras servía la cena, Hasin puso al día a su nuevo amigo sobre sus orígenes, sobre Angie, el malentendido de la joya y su actual vida en Bombay como empresario prometido a una mujer de una de las mejores familias de la zona.

Entre bocado y bocado del sencillo a la par que sabroso plato hindú, los dos hombres compartieron un resumen de lo que habían sido sus vidas hasta ese momento.

Henry le contó que él también había tenido un hogar hasta unos cinco años atrás, cerca de Castle Combe. Había sido dueño de unas tierras y vivía en una casa de campo con su esposa, Eloise. Su familia había disfrutado de años de bonanza dedicada a la agricultura, hasta que, poco a poco, empezaron a acusar la brutal caída de los precios de los cereales. La culpa de aquel declive recaía en que los nuevos medios de transporte, como el ferrocarril o el barco de vapor, eran muy baratos y hacían que resultase más rentable importar las enormes cosechas de las praderas estadounidenses que pagar los precios de la producción propia de Gran Bretaña.

Le relató con desprecio cómo pronto las amistades y familiares más cercanos les envenenaron la cabeza con falsas promesas sobre progreso e industrialización para acabar consiguiendo que, en contra de lo que le dictaba su instinto, traspasara sus tierras a un precio irrisorio para marcharse en busca de una mejor fortuna en cualquier fábrica de Londres.

Lo que les vendieron como el paraíso de la prosperidad acabó siendo su perdición. Las ciudades importantes aumentaron rápidamente la población. Miles de personas se desplazaron a las zonas urbanas en busca de empleo en los talleres textiles. Y, con ello, surgió el problema del hacinamiento y la escasez de vivienda. Ante la ausencia de construcciones en las que alojar a los recién llegados de las zonas rurales, las autoridades crearon las llamadas «casas de pobres», unas instalaciones administradas por el gobierno donde personas de bajo poder adquisitivo, enfermos mentales y adictos al alcohol o a las drogas podían vivir. A los dos años de haberse mudado a la Capital de la Mentira, Henry se encontró sin trabajo y viviendo en una ratonera insalubre de pocos pies, un vecindario abocado a la delincuencia y con un bebé recién nacido.

Un amasijo de hierros y escupitajos de vapor había sustituido su puesto de trabajo, junto con el de una decena de compañeros más, de la fábrica de hilado. Se habían lanzado a la aventura, cegados por una promesa de cambio y modernidad, y habían acabado totalmente arruinados.

Habían sido víctimas de la soberbia y de la intransigencia de aquella sociedad que consideraba la pobreza como algo deshonroso, fruto de la poca capacidad de trabajo de quienes la padecían. Así pues, además del hambre, sufrían el estigma social de ser considerados unos vagos merecedores de tal situación. Habían entrado en un bucle que retroalimentaba la miseria con más miseria del que era imposible escapar.

Con la falta de agua corriente, el frío y el hambre, Eloise enfermó de tifus. En pocos meses, sin optar a ningún tipo de asistencia médica, fallecieron ella y su bebé de diez meses, Thomas.

Traumatizado por la pérdida, sin ganas de vivir y estigmatizado por aquellas absurdas creencias sociales, Henry se marchó de ese agujero en el que la ausencia le hacía desear perder la vida. Se acostumbró a vagar por las calles, sin rumbo, y encontró en la bebida una evasión de tan amarga realidad.

—Y no hay día en el que no me arrepienta de haberme marchado del campo —declaró Henry—. Allí siempre teníamos algún rábano o alguna grosella que comer, pero es que aquí ni en las basuras se puede encontrar nada aceptable para llevarse a la boca.

—¿Ha considerado la posibilidad de volver a Castle Combe? —preguntó el indio como la cuestión más lógica que le vino a la mente.

—No. Ahora mismo no tengo ya nada ni nadie que merezca la pena allí. Además, vivir en este infierno es el castigo que merezco como único culpable de haber llevado a mi mujer y a mi hijo a la muerte.

—No debe pensar eso, hombre. Se martiriza por una situación de la que usted también fue víctima, la peor quizá, pues el superviviente de toda tragedia debe vivir con la presión de que su Dios le haya salvado.

—El día en el que enterré a mi hijo dentro de un saco de patatas, porque no me pude permitir ni un ataúd de madera podrida, perdí toda mi fe, joven amigo.

—Lo siento muchísimo. Debió de ser muy duro.

—Sí, lo fue —afirmó Henry a la vez que se levantaba a recoger la mesa—. Pero he llorado tanto que ya no me quedan lágrimas ni para la autocompasión. Ya solo pienso en el ahora y debo agradecerle una vez más su generosidad. Creo que ya es hora de que me vaya.

—Por favor, siéntese —le interrumpió tajante Hasin. Le quitó los platos de las manos y le dijo—: Esta noche es mi invitado y no voy a permitir que mueva ni un dedo. ¿Le apetece un té?

—Bueno, yo... —El mendigo se sentía tan abrumado por el trato que estaba recibiendo que no sabía cómo actuar.

—He hecho traer un *masala chai*[12] para la sobremesa y sería muy descortés por su parte dejarme aquí solo. —El joven le hizo un divertido mohín y se dirigió a poner la tetera al fuego—. Mister McQuaid, ¿puedo pedirle algo?

—Por supuesto, si hay algo que yo pueda hacer por usted...

—Desde mi llegada a Inglaterra ha sido usted la única persona que me ha ayudado en todo...

—Es lo mínimo que podía hacer alguien como yo para agradecer sus constantes limosnas.

—Sabía que me respondería eso, pero lo que me ha demostrado con ello es que usted es un hombre de confianza que no vende su honor a cambio del vicio.

—¡No me tenga en tan buena consideración! —exclamó riendo a gusto el mendigo—. Parte de sus libras se ha ido en mis reservas de alcohol...

---

[12] *Cāy* significa 'té' en hindi, panyabí, turco y muchos otros idiomas más; y *masālā* significa 'mezcla' en hindi. El *masala chai* es pues una bebida típica del sur de la India que consiste en una mezcla de té con hierbas aromáticas y especias.

—Voy a ignorar esta última declaración… —Tiñó su mirada de afecto y formuló sobre ella su proposición—: Quiero pedirle que sea mi ayudante durante mi estancia en Londres.

—Me honra con tal petición, pero ¿en qué puede serle de ayuda este pobre infeliz? Yo no sé nada de negocios…

—Usted déjeme los negocios a mí. Necesito a alguien de confianza para que me eche una mano en los quehaceres diarios. Sería como continuar lo que ha estado usted haciendo por mí, evitar que me desvalijen, por ejemplo, y añadiríamos actividades como comprar los billetes de tren para ciertas visitas, recoger encargos y ayudarme a moverme por la ciudad sin sentir que llevo un cartel de «extranjero perdido» colgando de la espalda.

—Creo que de eso sí que sería capaz…

—Estoy convencido de ello. —Entonces Hasin metió la mano en el bolsillo del pantalón para extraer un fajo de billetes—. Le voy a dar este adelanto de su sueldo, mas con él le voy a poner unas condiciones. Durante el día de mañana encontrará un alojamiento decente, que por supuesto un día visitaré, y debe prometerme que me estará esperando en la puerta del hotel con un coche, pasado mañana a las seis, para acompañarme a casa de los Bradford. ¿Acepta?

Henry se limpió el agua que le caía por la nariz fruto de las lágrimas que se esforzaba por mantener a raya bajo sus grandes ojos de un azul vibrante. Se levantó y le apretó la mano al joven extranjero que se estaba convirtiendo en su verdadero salvador.

—Acepto, mister Radhav. Tiene mi palabra de que no le fallaré.

—Confío en usted. —Con las manos todavía cogidas, Hasin le lanzó una mirada de advertencia y finalizó diciendo—: ¡Ah! Una última observación, lo que haga cuando no esté a mi servicio me será indiferente, pero, cuando yo le requiera, le quiero limpio, puntual y sobrio. ¿Entendido?

—Perfectamente. No sé si en su tierra tienen ángeles, pero, para mí, es usted uno caído del cielo.

—Espero que piense lo mismo cuando me convierta en un estricto patrón —bromeó él endulzando el gesto antes de darle unos afectuosos golpecitos en la espalda.

Hasin quería dedicar la mañana siguiente a ponerse al día con la prensa internacional y a visitar al sastre que le había recomendado Henry, pues había resultado ser la mitad de barato que el que le referenció el personal del Langham.

Pasaba distraído, con la mente sumida en los asuntos que quería abordar de inmediato, cuando el recepcionista le interceptó alzando la voz:

—¡Mister Radhav! ¡Ha llegado correspondencia para usted! Como dijo que le avisara en cuanto tuviéramos algo…

—Sí, sí, claro. Muchísimas gracias.

El empleado del hotel le entregó dos sobres, uno era una carta de un sofisticado papel verjurado color crema que contenía la ansiada invitación a la reunión de la UKFT en la que le citaban en un plazo de dos días, a las ocho de la mañana, para presentar su colección ante el comité seleccionador. Y el otro contenía un telegrama de Bombay. Lo abrió. Cada palabra que leyó le supuso un pinchazo que dolía hasta agarrotarle el pecho. Era Sundari, que expresaba lo mucho que lo quería, cuánto lo echaba de menos y lo feliz que estaba por su próximo enlace, del que ya estaba dejando todo listo para poder casarse tan pronto como él regresara.

9. El ave enjaulada

—¡Buenos días, mister Radhav! —saludó Henry con una exagerada reverencia que rubricó abriendo la puerta del carruaje para su señor.

—Igualmente, mister McQuaid. Lo suyo es puntualidad británica... —respondió Hasin con una amplia sonrisa de satisfacción que reflejaba la alegría de ver la entrega de su ayudante al recién estrenado puesto. Daba especial ternura la forma en que se había recogido el pelo con una cinta, tan estirado y brillante, como cuando un niño se peina con esmero para causar la mejor de las impresiones en la escuela. Se había hecho, además, con un elegante bastón con la doble función de complemento estético y de apoyo por si las fuerzas mermadas por su deteriorada salud le llegaban a fallar.

—Le voy a contar un secreto, no he pegado ojo en toda la noche por miedo a quedarme dormido y llegar tarde a mi primera jornada de trabajo.

El joven patrón dejó a un lado los formalismos, una vez más, y le abrazó conmovido. Aquel día sentó las bases de sus peculiares condiciones laborales. Lo primero que hizo fue exigir que Henry viajase siempre a su lado, nunca al del cochero donde solía acomodarse el servicio. Para los dos, la compañía del otro era placentera a niveles medicinales y no estaba dispuesto a desperdiciarla ni un segundo.

En cada trayecto, el oriundo se dedicaba a poner al día al extranjero sobre la realidad de la ciudad del Támesis y le explicaba con esmero curiosidades sobre los edificios de las zonas por las que viajaban. Como sus enseñanzas no estaban ni adornadas ni tamizadas por ninguna apariencia que mantener, constituían la verdad más pura. Estaba claro que Londres había quedado dividida en dos secciones que nada tenían que ver la una con la otra. Al indio no le sorprendía la diferencia de clases, la había vivido en sus propias carnes, pero sí la existencia de una tan paupérrima en aquella parte del mundo que vendía la ilusión de que solo la habitaba la mejor casta de Europa.

Durante la mañana compartieron una amena travesía hasta la casa de los Bradford en Cuffley, a dos horas al norte de Londres. Hasin se vio obligado a aceptar la invitación a almorzar de aquel matrimonio propietario de una creciente red de comercios de tejidos de lino. Como no podía ser de otra forma, le agasajaron con un exquisito menú a base de casquería y manteca de cerdo del que, por primera vez, consiguió escapar con el estómago igual de vacío que había entrado.

Una vez de vuelta al carruaje, Henry le esperaba en pie, sosteniendo la puerta en una postura erguida y servicial, y con el mismo agujero estomacal.

—Siento la demora, la cortesía me ha impedido rechazar la invitación. Pero ya voy aprendiendo, esta vez fingí una repentina indisposición para no tener que meterme esas atrocidades viscosas en la boca —confesó Hasin mientras entraba en el coche con expresión de alivio—. Debe de estar usted igual de hambriento que yo. ¿Dónde podemos ir a comer? Por favor, le ruego que me lleve a un sitio en el que se coma algo con una consistencia apetecible, normal…

—Conozco el lugar perfecto, patrón —anunció resuelto—. El Chippy de Joseph Malin, en el setenta y ocho de la carretera de Cleveland.

—Me muero por llegar a ese «chi-lo-que-sea».

—Me alegra verle comer tan a gusto —observó Henry, que contemplaba encantado cómo Hasin había aparcado los exquisitos modales de los que siempre hacía gala para chuparse los dedos manchados de restos de sal, vinagre y aceite de la segunda ración de *fish and chips*.

—¡Ya era hora! Empezaba a pensar que los británicos tienen ese color de piel tan pálido por la falta de buena comida.

—Si le oyeran sus amigos de las altas esferas... —bromeó Henry y se metió en la boca la última patata frita de su plato.

—Esta delicia será nuestro secreto, pues me temo, amigo mío, que nos vamos a convertir en habituales de la casa.

Los dos caballeros habían disfrutado de un sencillo bacalao rebozado con patatas como si se tratara del mejor de los manjares. Hacía poco que un inteligente inmigrante judío había abierto aquel negocio, y desde el primer día había sido todo un éxito. Solo servía bacalao, merluza y pocas variedades más de pescados que abundaban en las costas británicas, y con esas baratas materias primas, cocinadas al sabroso estilo del pescado frito mediterráneo, había conseguido coronarse como el local estrella para la gente de a pie.

Con la panza llena y sendos bigotes pintados de espuma blanca de cerveza, su humor había mejorado notablemente y cada vez se estrechaban más los lazos que unían a esas dos almas que se sentían tan solas en aquella bulliciosa ciudad.

—Por cierto, mister Radhav, me he enterado de algo que igual le interesa saber —comentó Henry de pronto y apuró su bebida.

—Cuénteme, por favor. —Hasin se dejó caer sobre el respaldo de la silla, saciado hasta los topes. Con el cambio de postura le pareció notar unos ojos clavados en la nuca. Miró en dirección al supuesto observador y, o había sido muy hábil ocultándose o todo había sido una alucinación fruto de la comilona. Enseguida, la conversación que inició Henry hizo que se olvidara de aquella extraña sensación.

—Ayer me instalé en una habitación de la pensión de miss Green, a pocas manzanas de aquí. Es muy sencilla, pero está limpia y es realmente confortable. Puede venir a visitarme cuando desee.

—Me alegra mucho saberlo. Gracias por compartirlo conmigo.

—Es lo menos que podría hacer —aseguró bajando la mirada con humildad—. Siempre estaré en deuda con usted.

—No diga eso, aquí no hay ninguna deuda. Está trabajando para ganarse el pan, como hacemos todos, al fin y al cabo. Yo solo le he dado el empujón que se merecía.

—Es usted tan amable que aún no me explico cómo he tenido tanta suerte de conocerlo…

—No me haga añadir una nueva cláusula a nuestro contrato… —interrumpió el joven, demostrando que le incomodaban tantos halagos con una sonrisa torcida—. Una vez más y le haré firmar una prohibición expresa para los agradecimientos.

—Está bien, le prometo que intentaré contenerme —respondió siguiendo la guasa—. Pero no es solo esto lo que le quería comentar. Resulta que mi vecino de la habitación de al lado de la pensión, Jack Williams, se instaló allí hace pocas semanas cuando perdió su empleo de la noche a la mañana. Y aquí llega lo curioso —anunció Henry con los ojos celestes abiertos de par en par—: era el cochero de mister Spinner y vivía en la residencia de esta familia, en Belgravia, hasta que su patrón lo dejó en la calle con la mitad del sueldo pendiente de cobro.

—¿Está hablando de Bruce Spinner, el padre de Angelina? —Hasin tensó la espalda y apoyó los codos en la mesa. Henry tenía toda su atención.

—Exacto. Parece ser que Fine Cotton Spinner's no está funcionando muy bien desde que su propietario trasladó las fábricas de Calcuta a Manchester.

—Vaya…

—Huelga decir que, al reconocer el nombre, le tiré un poco de la lengua al pobre infeliz, pues pensé que a usted le gustaría saber cuantos más detalles mejor —continuó relatando—, pero no hizo falta insistir a penas, le guarda tanto rencor que soltó pestes enfurecido. Parece un buen hombre, siempre fue muy discreto con los detalles del estado decadente de las cuentas de su señor, pero, después de la patada recibida, solo tiene ganas de despacharse a gusto…

—¿Y qué más le contó? —preguntó ansioso Hasin.

—Me dijo que, aunque Spinner sigue hablando sobre su finca en el campo, hace mucho tiempo que tuvo que venderla y que solo posee la residencia en el cuarenta y dos de la calle Lowndes.

—Encaja con el afán por aparentar que siempre demostró… ¿Aún hay más?

—Sí, la cosa no acaba ahí, ahora viene lo mejor. Me expuso, con extremo detalle, los males que le deseaba a ese «viejo cascarrabias engreído y sin escrúpulos», mas añadió que solo le sabía mal por su inocente hija, pues ella y su madre siempre habían sido extraordinarias con el servicio, al contrario que el cabeza de familia.

—Doy fe de que le dijo la verdad sobre las dos mujeres…

—Siento anunciarle que comentó que la señora Eleanor había fallecido de tuberculosis tres años atrás… Me parece que la tenía usted en muy alta estima y me apena entristecerle con la noticia, pero pensé que debía saberlo.

—Henry, yo adoraba a esa mujer casi tanto como a mi propia madre… —El joven indio inspiró hondo y añadió con patente tristeza en la voz—: Pero, por favor, no se guarde ningún detalle por miedo a incomodarme, necesito saberlo todo.

—Me dijo también que era un secreto a voces que el compromiso de Angelina con el gobernador Beadon había sido un conveniente parche para las agujereadas arcas de los Spinner…

La mente de Hasin viajó hasta una feliz tarde de sus trece años. Con el eco de la voz de mister Montrose todavía resonando por el salón donde acababa de impartir una clase de economía, los dos niños ya habían guardado raudos, dentro de los plumieres, las plumas y demás materiales de escritura junto con sus dosis de compostura del día. A la voz de ya, salieron corriendo, empujándose el uno al otro, por los pasillos de la mansión Spinner de Calcuta en una divertida competición hasta alcanzar la zona de juegos del jardín.

Recordaba, como si fuera ayer, la resplandeciente cara de Angelina con las mejillas encendidas por el calor y las carreras alrededor del estanque. Descansaban sentados juntos, refrescándose los pies dentro del agua y compartiendo un jugoso mango. Pudo sentir de nuevo el hormigueo que le recorría el pecho al acercarse a morder la dulce fruta que ella sostenía en la mano para que ambos le regalaran bocados alternos. El pelo trigueño y largo de ella, a esas horas dejaba volar mechones libres de las trenzas que lo querían retener. Tan cerca, la brisa vespertina hacía que los más atrevidos le rozaran la cara y le regalaran su aroma a caramelo. Ella parecía ajena al embrujo en el que lo tenía atrapado y disfrutaba de su merienda mientras chapoteaba juguetona.

—¿Has oído lo que decía mister Montrose? —preguntó Angie de pronto—. Me parece tan frío que la mayoría de las uniones entre hombres y mujeres en el mundo sean por dinero e intereses…

—Sí, lo he oído. Estoy seguro de que cuando seamos mayores te irás a Inglaterra y te casarás con uno de esos ingleses ricachones de bigote ondulado y monóculo —bromeó Hasin añadiendo sin querer un deje de decepción en la voz. Mordió una vez más el mango y, cuando más cerca estaba de ella, le clavó los ojos del color del ámbar con una intencionada expresión interrogante.

—Pues tú con una de esas niñas tontas pintarrajeada que solo quiere atesorar collares de oro y miles de hijos —contraatacó ella resuelta—. Yo te juro que jamás me casaré con alguien de quien no esté enamorada, antes me fugaré de casa.

—¿Y si no te enamoras nunca de nadie?

—Creo que ya es un poco tarde para eso… —murmuró ella. Lo miró por debajo de las rubias pestañas y se dedicó a repelar la poca carne de la fruta que quedaba en el hueso. Él sintió cómo el tierno corazón le explotaba de amor con aquel susurro, tan cargado de significado, acariciándole los oídos.

—Mister McQuaid, quisiera pedirle un último favor para el día de hoy, antes de que se retire a descansar —solicitó el indio cabizbajo—. Me gustaría ver la residencia de los Spinner, aunque sea desde la distancia. Sé que si vuelvo a Bombay sin haberlo hecho, no me lo perdonaré.

—Por supuesto, vayamos.

El cochero siguió las órdenes de Henry y salió del East End londinense, evitando acercarse a Bethnal Green, el núcleo del Londres radicalmente opuesto al de la zona del hotel. Estos barrios llenos de pobreza recibían el nombre de *rookeries*. Durante gran parte del trayecto solo se escuchaban los cascos de los caballos sobre los adoquines, niños llorando y gritos de ebriedad. La visión desde las ventanas era deplorable, la peor que podía ofrecer aquella ciudad. Las retinas de Hasin absorbían cada lastimoso detalle y lo fundían con el pesar que en esos momentos inundaba su alma. Angie había sido obligada a casarse con alguien de quien no estaba enamorada y él no podía hacer nada por evitarlo. ¿Cómo sería el gobernador Beadon? Esperaba al menos que fuera un buen hombre capaz de cuidar de ella y darle la felicidad que merecía.

Con aquellos pensamientos de impotencia torturándole la cabeza, llegaron a Belgravia. Aunque el sol ya se había ido, aún podían verse damas con elegantes sombrillas plegadas y vaporosos vestidos paseando junto a caballeros con levitas cinceladas y sombreros de copa alta. Al extranjero le resultaba en cierta forma insultante la parsimonia con la que se movía aquella gente, ajena al sufrimiento, o incluso la muerte, de tantos niños en medio de la calle a pocas millas de allí.

Los caballos redujeron el paso hasta detenerse delante del cuarenta y dos de la calle Lowndes.

—Esta es la residencia de la familia Spinner, patrón —anunció Henry rompiendo el largo silencio.

—Gracias. Si me disculpa, voy a bajar un momento a tomar el aire. Enseguida vuelvo.

Hasin se apeó, apoyó la espalda en el carruaje, metió las manos en los bolsillos de la chaqueta y se maldijo por no haber cogido el abrigo. Todas las viviendas de la calle eran muy similares, como construidas en serie, con la fachada pintada de color hueso y las rejas de hierro negras flanqueando sus puertas. Trató de imaginar a Angie viviendo allí y la visualizó como a un ave encerrada en una pequeña jaula. Una chica que se había criado corriendo por jardines inmensos que lindaban con la espesa selva era imposible que no se sintiera ahogada entre tanto muro de ladrillo.

En ese instante se encendió una luz en una de las habitaciones y las cortinas de tonos asalmonados que cubrían las ventanas se abrieron de golpe. Debía de ser un dormitorio femenino por el estilo de la decoración que se podía intuir y, a pesar de ser consciente de la imposibilidad, no pudo evitar desear que Angelina abriera los cristales y asomara su rostro, pero no fue así. Una doncella sacudió enérgicamente un trapo en el exterior y volvió a cerrar de forma brusca.

«¿Qué hago yo aquí?», fue el pensamiento que asaltó a Hasin al asumir que allí ya no quedaba nada ni nadie de lo que él había ido a buscar.

—Volvamos al hotel, mister McQuaid —pidió Hasin, una vez dentro del coche, con aire derrotado—. Por hoy ya he abusado bastante de sus servicios. Le he pedido al cochero que, después de dejarme a mí en el Langham, le lleve hasta la pensión de miss Green.

—No era necesario, mister Radhav, yo…

—¿Recuerda mi prohibición sobre los agradecimientos?

—Sí, la recuerdo. —Hizo el gesto simbólico de coserse los labios y se volvió a hacer el silencio dentro del habitáculo. Pero el viejo Henry no pudo evitar darle un consejo al joven —: Perdone que me meta donde no me llaman, pero lo veo muy afligido y la amistad que le profeso me obliga a aconsejarle que pase página. Quizá debería tratar de olvidarse de la señorita Spinner y centrarse en su nueva vida en Bombay. Tenga en cuenta que las mujeres ricas suelen cambiar de opinión como una veleta y, después de tantos años, la señorita quizá prefiera la comodidad de la vida al lado de un gobernador a lo impredecible de un amor infantil... No es mi intención hacerle sentir mal, es solo que...

—No hace falta que siga, amigo. Tiene usted toda la razón. Creo que ya es hora de dejar atrás esta obsesión que me lleva consumiendo las entrañas durante siete años.

Los dos hombres se despidieron confirmando la importante cita de primera hora del día siguiente con el comité seleccionador de la UKFT. Quedaron para desayunar juntos y evitar así ningún retraso. Con el deseo de última hora de visitar la casa de Angelina, Hasin casi había olvidado que tenía pendiente pasar por los almacenes del puerto donde guardaba su colección para ampliar el muestrario. Pero era consciente de que se había hecho demasiado tarde como para pedirle al pobre Henry que lo acompañara. El exalcohólico no se había quejado ni un segundo de cansancio, pero se podía percibir por sus ojeras y por cómo descansaba su peso en el bastón que a esas horas necesitaba un buen descanso. Una adicción así tiene sus consecuencias para la salud.

Prefirió no decirle nada para no ponerlo en el compromiso. Subió a su habitación a coger el abrigo y el maletín del muestrario, pues debía revisarlo todo con calma, y se dirigió solo a Tilbury en otro coche de caballos.

Le extrañó en exceso que otro carruaje tuviera el mismo trayecto a esas horas de la tarde-noche. Se asomó incluso por la ventanilla a mirar hacia atrás, pero enseguida vio cómo la mortecina luz de su farolillo se desviaba hacia un callejón a la izquierda y se perdía en la niebla.

Poco tiempo después y tras las acreditaciones pertinentes, el guarda de los almacenes de esa zona de la dársena le abría la puerta de la nave donde se custodiaban las cajas de la Compañía.

—Le dejo solo, mister Radhav —comunicó el vigilante—. Llámeme cuando me necesite para volver a cerrar, estaré en mi garita al resguardo de esta humedad que me oxida los huesos.

—Descuide, así lo haré. Esto me tomará un buen rato.

Hasin colocó la lámpara de gas sobre el suelo y abrió varias de las cajas que le constaba que contenían una selección de flamantes tejidos dignos de ampliar la solidez del muestrario, incluso con más criterio, pues se le habían revelado las nuevas tendencias requeridas para impresionar a la clientela parisina.

Abrió la maleta de piel y, en el cuaderno que exponía los detalles de cada retal, tomó varias notas que le servirían para apoyar el discurso con el que acabaría de convencer al comité seleccionador. Revisó varios paquetes, pero se detuvo especialmente en uno que tenía un envoltorio diferente. Se debatió entre abrirlo o no, como si no tuviera ganas de enfrentarse a su contenido, pero decidió que aquella pieza debía ser expuesta, pues era, sin duda, la mejor de toda la colección. Tomó entre dos dedos un extremo, recordando con su tacto los sentimientos que se encerraban en ella.

Había hecho llamar a aquel patrón «Joya del estanque». En él se contaba la historia de un beso entre flores de loto y de un collar con una maldición. La suavidad en las yemas de los dedos contrastaba con la sensación áspera que envolvía su razón. Cerró de nuevo el papel de estraza y anudó con firme decisión el cordel con el que se sujetaba. Se resistía a olvidar, eso jamás podría hacerlo, pero sí decidió encerrar en el último compartimento de su corazón el amor que todavía sentía por aquella niña pálida a la que había pasado de querer como a una hermana a desear como a una mujer. La vida avanzaba sin contemplaciones y el destino no había querido permitirles vivirla juntos. Sería mejor aceptarlo cuanto antes.

De pronto, la puerta se cerró con un estruendoso impacto a la vez que alguien le inmovilizaba con fuerza los brazos por detrás de la espalda. Dos hombres corpulentos habían irrumpido en la nave armados con unos enormes tablones de madera. Hasin no comprendía nada, pero estaba claro que sus intenciones no eran buenas.

Mientras el intruso de detrás trataba de atarle las manos con una cuerda, el de delante le propinó un puñetazo en la boca del estómago que le hizo quedarse encogido y sin respiración.

Como pudo, tomó aire y, haciendo acopio de todas sus fuerzas, liberó las manos y levantó a pulso al agresor desde los muslos, lo arrastró por el aire en una carrera y lo estampó contra unas cajas, dejándolo fuera de juego. Habían subestimado la fuerza del extranjero, quien no había sido criado precisamente entre algodones.

Se agachó veloz y le retiró el tablón de las manos para contar con un arma contundente con la que reducir al que faltaba en igualdad de condiciones. Se dio la vuelta con suma velocidad, pero el enemigo ya blandía su arma con las dos manos sobre su cabeza. A contraluz se veían sobresalir con total claridad las puntas de unos clavos oxidados e incrustados en la compacta madera. En un rápido reflejo, Hasin consiguió esquivar el embiste curvando la espalda hacia atrás y, aprovechando la guardia baja del enemigo, le asestó un golpe directo a la mandíbula con el arma recién sustraída. El agresor se llevó las manos a la boca con un gesto de dolor desgarrador, momento que el joven empleó en agarrarlo por las solapas para reclamarle una explicación.

—¡¿Qué quieren de mí?! ¡¿Quién les envía?! —preguntó zarandeándolo con exigencia.

—¡Estás muerto, indio asqueroso! —fue lo único que sacó de aquel tipo que apestaba a alcohol. Cara a cara le escupió con rabia la sangre que le manaba de las encías mezclada con esquirlas de dientes rotos. Entonces su gesto mudó en una sonrisa macabra y clavó los ojos en alguien situado detrás de Hasin.

Un tercer hombre, con el que no había contado, le golpeó con una botella de vidrio en la nuca y el extranjero cayó a plomo, sin remedio, en el suelo del almacén. Los últimos instantes de consciencia le regalaron la desgarradora visión de aquellos bandidos empapando todas las cajas con algún líquido inflamable.

Los ojos se le cerraron y tuvo que sucumbir a perder el sentido, a pesar del calor de las llamas que crecían abrasándole la cara.

10. Ebrios de añoranza

—Y bien, *hermanita*, al final tenía yo razón, ¿no? —me preguntó Aimé, con aires de resabiado, mientras caminábamos por la cubierta del barco, cogidos del brazo, en busca de un hueco en la barandilla para disfrutar de las vistas del cada vez más distante puerto de Bombay—. Déjame que adivine... Tu amor verdadero, ni es tan verdadero ni es tan «amor» —y añadió con una sonrisa socarrona—: Apuesto a que lo pillaste en plena celebración del nacimiento de su cuarto hijo.

—No empecemos, Aimé... —le respondí yo armándome de paciencia, pues realmente le debería toda mi vida el favor de dejarme embarcar con él.

—Bueno, y entonces, ¿qué haces aquí conmigo? Reconozco que tengo cierto magnetismo, pero...

—Eres incorregible. —Reí ante su cómico gesto de exagerada sorpresa, pero me fue imposible contestarle.

Ambos quedamos prendados por la belleza islámica que se dibujaba en el horizonte al paso de nuestra embarcación, la mezquita Haji Ali Dargah. Parecía que la India nos diera la despedida con aquel emisario engalanado de blanco que se erguía en medio del mar. Era una mañana de cielo raso de un azul intenso, compacto, como cargado de pigmento, cuya homogénea perfección se quebraba por una pincelada limpia y vertical: el antiguo minarete coronado por una pequeña cúpula bulbosa.

Fui consciente de la templada brisa marina besándome las mejillas y me quedé muda observando a una gaviota que planeaba libre sobre aquella joya de la arquitectura indo-islámica. Me asaltó el irónico pensamiento de que, después de tantos años de lucha por volver a este país, muy pronto dejaría de sumergirme en estos paisajes cálidos y volvería a limitarme a la paleta de grises de las calles de Londres. Ojalá esa vez fuera por un buen fin.

Entonces, la estrecha proximidad de Aimé me devolvió a la realidad. Se había colocado muy cerca, a mi lado, con los codos apoyados en la barandilla.

—Adiós, India —rezó para sí posando su mirada en el mismo punto que yo—. Echaré de menos muchas emociones y a muchas personas, pero me llevo conmigo un mundo de experiencias para toda la vida que nadie podrá arrebatarme jamás.

Con aquella frase intuí que yo solo conocía la punta del iceberg de sus «experiencias» y me vino a la mente la primera vez que lo vi, medio desnudo, en casa de Elid. Quién sabe qué habría hecho aquel hombre, y con quién, y aunque era consciente de lo atrevido y excéntrico que podía llegar a ser, tenía algo que hacía que a su lado me sintiera segura. Si bien puede que solo me estuviera aferrando al único clavo ardiendo que me quedaba a mano y fuera mi mente la que se inventara aquella sensación para reconfortarme.

—¿Estás segura de que quieres abandonar la India? —preguntó mirándome serio—. Puede que no tengas otra oportunidad de regresar...

—Adoro estas tierras, pero al fin he comprendido que mi lugar está allá donde se encuentre la persona a la que amo.

—Me vas a perdonar, pero no entiendo nada de nada. Espera un momento... —De pronto algún extraño pensamiento le cruzó la mente, abrió los ojos de par en par y, mientras nos señalaba repetidas veces a él y a mí, preguntó—: ¿No querrás decirme que tú y yo...?

—¿Cómo puedes ser tan egocéntrico? ¡Pues claro que no es a ti a quien quiero! —Negué con fuerza a la vez que un inoportuno rubor me sofocaba la cara.

—De acuerdo, no te alteres. Entonces debe tratarse de mi segunda opción... —conjeturó él con exagerada calma, como si no acabara de insinuar que yo pudiera estar enamorada de él—: ¡¿Hasin está en Inglaterra?!

—Sí, Aimé. Hasin está en Londres y debo encontrarme con él lo antes posible. Por eso...

—Perdona que me ría, querida —me cortó y dejó escapar varias carcajadas faltas de escrúpulos—: ¿A qué jugáis vosotros dos? ¿Al gato y al ratón?

—Es igual —respondí yo, molesta por su insensibilidad y dando por zanjada mi explicación—. ¿Cuándo se supone que llegaremos a Suez?

—Me temo que vas a tener que aguantarme durante dos largas semanas más —anunció todavía riendo a mi costa—, así que tenemos tiempo de sobra para que me cuentes qué pasó en Bombay. Ahora te propongo que, para no ser la comidilla de todo el pasaje, tratemos de consensuar algunos detalles sobre tu reciente incorporación a la familia De Lesseps. No puedes ser mi hermana y no saber nada sobre nuestra maravillosa infancia con la *tante* Annette...

Me indignaba tener que darle la razón, pero era cierto que debíamos estudiar bien la coartada de que yo era su hermana, y cuanto antes. Era importante evitar que nadie sospechara de mi identidad real como fugitiva del gobernador, además del escándalo que podía suponer que dos jóvenes en edad de merecer estuvieran compartiendo camarote.

Buscamos un lugar poco transitado en la cubierta del barco y nos acomodamos al resguardo del inclemente sol de mediodía. Conocí detalles entrañables del Aimé niño, cuyas travesuras anunciaban al irreverente adulto en que se iba a convertir. Puse todo mi empeño en aprender nombres, fechas y lugares. Desde luego, era cierto que su infancia había tenido como escenario medio mundo y no era de extrañar que crecer sin echar raíces en ningún sitio dejara marcas imborrables en el carácter de mi amigo.

En plena discusión sobre cómo explicar que entre nosotros no habláramos en francés, apareció corriendo y trastabillando un niño de unos tres años de edad. Iba mirando hacia atrás, huyendo de alguien entre risas, cuando tropezó con la punta del zapato sobre un tablón ligeramente más levantado y cayó de bruces.

Me levanté a atender su llanto desconsolado y enseguida llegó un joven de aspecto británico que gritaba buscando a alguien:

—¡Andy! ¿Dónde te has metido?

En cuanto el niño lo vio, acudió corriendo a buscar consuelo entre sus brazos. El chico se acuclilló a su altura y lo abrazó con ternura.

—Mi diablillo... ¿Te has hecho daño? —le preguntó besándole la pequeña cabecita. Ambos tenían un gran parecido, un abundante pelo ondulado moreno y unos ojos enormes de esos tan oscuros que no dejan ver la pupila e impregnan cada mirada de una profundidad involuntaria.

—Ha tropezado con esa tabla que está un poco suelta, pero yo diría que no se ha hecho nada —dije para que no se preocupase demasiado—. Creo que Andy llora más porque le he asustado al intentar levantarlo que por el daño que pueda haberse hecho al caer.

—Siento mucho que haya podido molestarles —se excusó el chico, que hablaba con un fuerte acento gaélico, era obvio que le habíamos parecido una pareja que se ocultaba para buscar intimidad—. Estábamos jugando en el otro lado del barco y antes de que me diera cuenta ya se había cruzado la nave de punta a punta.

—No debe pedirnos disculpas por nada, mi hermano y yo solo estábamos conversando —me justifiqué señalando a Aimé, que permanecía sentado en el mismo sitio totalmente ajeno a mi conversación.

Seguí la trayectoria de su mirada, en busca de lo que le tenía atrapado, y pude ver a uno de los marineros que faenaba con unos cabos a pocos pies de nosotros. Se trataba de un indio de corta edad, que trabajaba a pleno sol, con el torso sudado al aire. Su silueta era proporcionada y ligera, y el cabello zaíno empapado le enmarcaba el rostro de una belleza singular, que combinaba rasgos masculinos y femeninos. El francés lo observaba cautivado.

—Gracias por atender al enano. Él se llama Andrew y yo soy Colin, Colin Blair —se presentó el escocés tendiéndome la mano con cortesía.

—Encantada de conocerle, Colin. No tiene nada que agradecerme, Andy es un niño precioso. Yo me llamo...

Y entonces caí en que no habíamos acordado un nombre para mí. Los dos o tres segundos de espontánea tos fingida se me antojaron eternos hasta que Aimé me rescató de aquel entuerto.

—Vaya una tos más tonta, *Alice*. ¿Te encuentras bien, hermana?

—Estoy bien, no te preocupes. Me atraganté un poco, pero ya estoy mejor —me excusé colocando una teatral mano en la garganta.

—¿Quiere que le vaya a buscar un vaso de agua, señorita Alice? —se ofreció servicial Colin, quien imprimía una dulzura especial en cada gesto.

—No es necesario, de verdad, es usted muy amable —respondí.

Aprovechando el despiste, el niño ya había echado a correr de nuevo y había desaparecido de la vista de todos.

—¿Ven lo que les decía? ¡Es demasiado travieso! —Se encogió de hombros, nos regaló una sonrisa de disculpa y empezó a caminar raudo detrás de Andy—. Ha sido un placer conocerles, ¡nos vemos!

Pasaron varios días sin que ocurriera nada reseñable. Aimé se levantaba muy tarde y acostumbraba a hacer unas siestas eternas después de los almuerzos. Era desesperante verle dormir tanto, si bien no acudía al camarote hasta bastante entrada la noche cuando yo ya llevaba por delante unas cuantas horas de sueño. Huelga decir que yo me había adueñado de la cama y, por tanto, a él le tocaba acomodarse en los almohadones del sofá de debajo de la ventana, sobre los que dormía a pierna suelta y con menos ropa de la que a mi parecer era decoroso. Digamos que llevábamos horarios tan diferentes que parecía que no viajábamos juntos, lo cual tenía ciertas ventajas para no tropezar en el baño ni tener encontronazos que violentaran nuestra intimidad.

Cuando no estaba con él, me cuidaba de charlar lo menos posible con el resto del pasaje, era importante evitar dejar escapar algo comprometedor sin querer. El barco contaba con una pequeña biblioteca, así que me dediqué a vivir dentro del fascinante universo de Jane Austen. Para no mentir, el único con el que cruzaba dos palabras de vez en cuando era con el señor Colin, y nuestro tema de conversación recaía siempre sobre el pequeño Andy.

La noche del sábado los pasajeros acostumbraban a arreglarse más de lo habitual, el menú para la cena era un tanto especial y algunos de los músicos a bordo sacaban sus instrumentos para amenizar la velada con temas improvisados que provocaban abrazos ebrios de añoranza por las tierras natales. Resignada a no poder hacer otra cosa que dejarme llevar por aquel barco hasta mi lejano destino, decidí permitir que el buen ambiente de aquel primer sábado del viaje me contagiara. Escogí el vestido más festivo de mi escaso equipaje, uno de seda de color rosa pastel que armonizaba a la perfección con mi tez pálida y la tierna inocencia de aquella etapa de mi vida. Me recogí el pelo con varias trenzas intercaladas entre sí, hacía tiempo que no me esmeraba tanto con un peinado, pero era el resultado de una tarde ociosa. Disfruté acicalándome más que en todo un año asistiendo a bailes de sociedad en Londres del brazo de mi padre. Esa vez no me arreglaba sintiendo que era una muñeca engalanada en un escaparate de una tienda, no me había puesto guapa para gustar a nadie, o tal vez sí... Cuanto menos, nadie me presionaba a ello.

Debo confesar que tanto tiempo entre los devaneos de los personajes de Austen, el sol abrasador y la compañía de un hombre, tan enervante como hermoso, estaban haciendo mella en mi cordura. Con la certeza de que una bola de plomo cae más rápido que una pluma, sabía que mi corazón le pertenecía a Hasin, pero no podía evitar un impulso que detonaba en mis entrañas una atracción hacia el francés descarado que dormía delante de la ventana de ojo de buey de mi mismo camarote. Más de un amanecer me había despertado justo cuando las primeras luces del alba cubrían de una veladura anaranjada la piel de Aimé. Era capaz de quedarme más de una hora paseando la vista sobre aquel cuerpo de indiscutible belleza masculina. La sábana arrugada se le enroscaba por las piernas hasta la cintura. El firme abdomen subía y bajaba en una cadencia lenta de respiración dormida. Solía descansar con un brazo colgándole lánguido hasta tocar el suelo y con la otra mano apoyada en el pecho. Los dedos largos y cincelados reposaban relajados sobre el vello rojizo que confluía en una línea en el esternón, visitaba el ombligo y se deslizaba más allá de donde una mujer decente debería estar mirando. Entonces se movía, cambiaba de postura entre sueños, y los latidos de mi corazón amenazaban con hacerme estallar el pecho en una explosión de calor que desbordaba hasta las mejillas.

Como había acabado demasiado pronto de arreglarme y, por supuesto, Aimé seguía disfrutando de una de sus siestas, salí a leer a la cubierta para hacer tiempo hasta la hora de la cena. Ya casi estaba llegando a la conversación final entre el señor Darcy y la señorita Bennet cuando la sombra de alguien plantado delante de mí me hizo retirar la atención de aquel punto tan interesante del desenlace de la novela. Cerré el libro con un suspiro y me costó enfocar la vista por culpa del brillo tan hiriente de los últimos rayos del ocaso. El aspecto de Aimé era deslumbrante. El cabello suelto y todavía húmedo bailaba con el viento y me regalaba su aroma a jabón de lavanda. Vestía una chaqueta de lino de color arena abierta sobre un chaleco del mismo color, pero de raso satinado. Tenía muy buen gusto para elegir su atuendo y siempre llevaba algún detalle original que confería un toque personal a su aspecto, esa vez se había afeitado dejándose unas favorecedoras patillas largas que delineaban sus mandíbulas.

—*Hermanita*, estás encantadora con ese vestido. Te realza el busto de forma magistral. Si no fuéramos parientes, te aseguro que…

—¡Aimé, por favor! —le corté yo con los ojos abiertos de par en par—. ¡Qué vergüenza! Alguien podría oírte.

—Pero si no he dicho nada malo. Deberías hacerte mirar eso de ser tan estirada.

—Vamos al comedor a ver si ocupando esa bocaza con la cena dejas de decir tonterías, ¿te parece?

Me agarré de su brazo y nos sumamos al grupo de personas que se reunían en la puerta del salón. En cuanto nos acercamos, pude ver con claridad cómo las dos jóvenes hijas de los Myers miraban a mi acompañante con brillantes ojos coquetos… y no me extrañó nada. El problema vino cuando el *maître* nos acomodó en la misma mesa que ellas y nos sentó cara a cara.

—¡Qué suerte me acompaña esta noche! —afirmó él en voz alta mientras me apartaba la silla galante—. Estoy rodeado de las mujeres más bellas de todo el pasaje.

Desde luego, Aimé era un conquistador profesional y les arrancó a ambas una risita nerviosa que trataron de ocultar tras sendas servilletas.

No era la primera vez que coincidíamos con aquella familia y ya me había percatado de que las dos chicas bebían los vientos por el apuesto francés que viajaba con su hermana. Pronto, la señora Myers se saltó formalidades superfluas y lanzó su pregunta a bocajarro:

—Cuéntenos, señor De Lesseps, ¿está usted casado o prometido?

—No, querida señora Myers, pero hace poco sentí cómo el amor llamaba a las puertas de mi corazón y la dama en cuestión me rechazaba sin piedad.

Yo no daba crédito a lo que estaba oyendo. ¿Qué significaba aquello y a qué dama se refería?

—¿Qué malvada mujer pudo hacerle eso a un joven tan noble como usted? —preguntó ella con un timbre de voz que se me antojó tan irritante como el de una trompetilla desafinada.

—Mi hermana Alice está de testigo —respondió siguiendo adelante con su función y arrastrándome de forma involuntaria a su escenario de improvisación.

—¿Yo? Eh… No sé… —balbuceé.

—Claro que la conoces, hablo de la dulce joven británica con la que compartimos el viaje en tren hasta Bombay —me explicó él como si tal cosa.

—No comprendo…

—Disculpen a mi hermana, a veces es un poco despistada. En nuestra reciente travesía por el continente indio conocí a una dama que me cautivó por su inocencia, su valentía y sus valores… —Él soltaba su alegato tan tranquilo y yo deseaba que se abriera un boquete en el suelo del barco y las aguas del mar me engullesen hasta el fondo—. Ni qué decir de su belleza tan pura, hasta los ángeles podrían sentir envidia de ella.

Tuve que beber agua, cada vez hacía más calor allí dentro.

—No caigo, no… —Me vi obligada a seguirle la corriente, aunque también tenía curiosidad de ver a dónde iría a parar con aquella historia—. ¿Y qué pasó, hermano?

—Que a pesar de que yo desplegué todos mis encantos con ella y hasta le robé un beso en los labios… —Miró con picardía a las jovencitas escandalizadas con aquella confesión—, me dejó bien claro que estaba enamorada de otro hombre y se marchó corriendo a sus brazos.

—Vaya revés… —conseguí decir yo.

No sabía cómo tomarme aquella escenita, pues era difícil conocer los límites de Aimé. Le gustaba bromear, jugar y sacarme de mis casillas, pero no había necesidad de comentar aquello.

—Una lástima, sí —continuó explicándole a su público entregado—. Si aquella joven me hubiera dado una oportunidad, yo hubiera intentado quererla como merecía una mujer de su calibre.

—¡Miren, ya llegan los entrantes! —exclamé yo con la intención de romper aquel momento y acabar con tamaña conversación tensa y absurda.

Nunca dejaba de sorprenderme. ¿Cómo se supone que debería interpretar yo todo aquello? Hasin era mi luz, mi motivación para vivir, mi persona perfecta, pero ahora estaba muy lejos y tenía a Aimé a mi lado, tan cerca, tan a mano…

—¿Les sirvo más vino, señoritas? —ofreció él con caballerosidad al resto de mujeres de la mesa.

—No, gracias —respondieron al unísono.

—Pues, si me permiten, voy a volver a llenar mi copa para ver si consigo aliviar mi mal de amores.

Las Myers se pusieron a hablar sobre sus villas en Inglaterra, los famosos bailes que celebraban en ellas y cuán eminentes eran sus amistades, y yo me mantuve apartada en un cómodo plano de espectadora de segunda fila. Ellas hablaban por los codos, sobre todo la madre, que parecía estar leyendo, con su voz de pito, un estudiado panfleto de publicidad sobre la ilustre familia Myers. Él escuchaba atento mientras bebía una copa tras otra de vino. No parecía afectado por el alcohol, pero cuando le pidió al camarero la tercera botella, ya no pude contenerme más.

—Hermano, yo creo que por hoy ya has bebido suficiente…

—Querida Alice, suéltate. ¿Por qué no te permites disfrutar, aunque solo sea por una noche?

—Aimé, por favor, para…

Entonces empezaron a sonar unos violines y una especie de flauta desde dos mesas más allá y todo el pasaje dio por comenzada la fiesta del primer sábado de viaje.

Se bebió una copa más como si fuera agua, se levantó, y, con una reverencia, invitó a bailar a Grace, la mayor de las hermanas Myers, quien aceptó encantada la invitación.

Danzaron un par de canciones movidas y volvieron a la mesa. Aimé se quitó la chaqueta, dejando a la vista la camisa blanca de tejido fresco sobre la que se ceñía el elegante chaleco, ajustado a la espalda por dos hebillas que contribuían a definir su esbelta figura y porte siempre sofisticado.

—¿Bailas conmigo, hermanita?

—Vamos —acepté yo, necesitaba que me explicara a qué había venido la escena de antes.

Aimé me colocó una mano sobre la cintura y, antes de tomarme la otra, deslizó sus yemas con lentitud por mi palma a la vez que me clavaba una mirada intensa. ¿Cómo podía resultar tan excitante el simple acto de entrelazar nuestros dedos?

Empezaron a sonar las primeras notas de la nueva pieza que resultó lo suficientemente tranquila como para permitirnos conversar. Le apoyé la mano encima del hombro y disfruté del tacto de sus músculos a través del fino tejido de la camisa. Casi conocía de memoria cada volumen de su cuerpo, hasta podría haber dibujado la posición de algún lunar, y fui consciente de que tocarlo me resultaba más delicioso que solo contemplarlo.

—*Ma petite poupée*… Esta noche estás tan apetecible como un merengue recién batido. —Se me acercó al punto de que su aliento me hacía cosquillas en el cuello y me susurró al oído—: Si me lo permitieras, te degustaría entera…

—Aimé, estás borracho.

—Para nada, bueno, puede que esté un poco *aderezado*, pero sé muy bien lo que digo.

—Sabes que eso que me pides es imposible…

—Déjame decirte que no sabes disfrutar de la vida, *estirada*. —Entre vuelta y vuelta de baile, colocó su frente sobre la mía y me susurró—: Sé que tú también me deseas. ¿Crees que no me he dado cuenta de cómo me miras?

—¡Esto es inadmisible! —respondí tajante y me aparté de aquella improvisada pista de baile hacia la mesa.

Tuve la sensación de que Aimé podía escarbar en mis pensamientos más íntimos y me invadió una sensación de vergüenza atroz, pero lo que me hizo perder los estribos fue que aquello me hacía sentir como una traidora. Yo le quería entregar mi pureza a Hasin, lo amaba con todas mis fuerzas, pero la proximidad de Aimé provocaba en mí efectos desconocidos y difíciles de controlar. Decidí que lo mejor sería alejarme de él. No debía dejarme arrastrar por sus artes de seducción.

—¡Espérame, Alice! —exclamó él al llegar cerca de las Myers.

—Será mejor que me retire, me siento un poco indispuesta —mentí yo a nuestras vecinas de mesa.

—Está bien… —dijo él pasándose las manos por el pelo un tanto contrariado—. Si así lo deseas, que descanses, hermana. Yo me quedaré un rato más, es una pena desaprovechar una velada tan hermosa.

Al pronunciar estas últimas palabras dedicó una mirada insinuante a Grace, quien respondió con un coqueto aleteo de pestañas.

Cuando ya estaba abandonando el salón, pude oír cómo Aimé pedía una nueva botella al camarero y eso fue lo que me acabó de rematar. Era un hombre caprichoso que vivía al servicio de sus impulsos y de sus vicios. No me convenía caer en sus redes, por muy tentadoras que le resultasen a alguien tan inexperto como yo.

Al salir a la cubierta, el fresco de la noche hizo que me abrazara a mí misma para tratar de recuperar el calor que había dejado dentro. Era una plácida noche de las que la luna sirve de faro sobre el mar. Decidí dar un paseo para despejar la mente, caminé sin prisas, contemplando el oscuro horizonte cuando llegué delante del camarote de Colin y Andy. La lámpara de gas de la mesilla permitía ver a la perfección a través de la pequeña ventana desde una cierta distancia.

El joven estaba acostando al niño. Lo arropaba con esmero mientras empezaba a contarle un cuento. La voz del señor Colin con aquel cadencioso acento tenía efectos sedantes, era templada, serena, y la historia que relataba sonaba realmente hermosa. Hablaba sobre un niño que vivía en la luna y que todas las noches iba a por leña para encender un fuego con el que alumbrar la Tierra. Cuando Andy ya estuvo acomodado en la cama, apagó la luz y prosiguió con el cuento a oscuras. Yo apoyé la espalda en la pared de fuera y me deslicé hasta acabar sentada en el suelo con las rodillas pegadas al pecho. Escucharle era como estar en casa y volver a sentir el amor de una madre.

No sé cuánto rato estuve allí, pues me consentí perder la noción del tiempo y saborear el estado de paz al que me había llevado la historia del escocés, pero la humedad en alta mar no perdona. Podía sentir el vestido mojado y el frío me calaba los huesos, así que, aun sin ganas, me levanté y me encaminé hacia mi camarote dispuesta a evadirme del mundo bajo la calidez de las sábanas.

La puerta se resistía a ser abierta, pero le di una sacudida fuerte al pomo y acabó cediendo sin más dificultad. Allí dentro había alguien. Lo primero que percibí fue un olor especial, dulce, denso, salvaje, y entonces escuché la respiración fuerte de alguien mezclada con los jadeos de placer de... Aimé. Como dije, era una noche bendecida por la luna y su blanca luz resultó la elegida para alumbrar una estampa, tan bella como abrumadora, que mi tierna mente grabaría a fuego para no olvidar jamás.

En el sofá yacía el hermoso marinero indio con el cuerpo expuesto a merced del francés. Con las fuertes manos aferraba los glúteos de Aimé que se movían rítmicamente entre sus bronceadas piernas. Él estaba de pie, desnudo, empapado en sudor, y doblaba la espalda hacia atrás en una curva de placer más extrema en cada embestida. De pronto fue consciente de mi petrificada presencia y, lejos de parar, cubrirse o avergonzarse, continuó con el mismo vaivén de caderas, un poco más lento, para sugerirme entre aspiraciones sofocadas:

—¡Hola, *pastelito*! ¿Quieres unirte a nosotros? No creo que a mi amigo le importe…

El joven moreno de belleza ambigua se rio, me miró con lascivia y me hizo un gesto con los dedos de la mano invitándome a que me acercara.

Yo hice un esfuerzo sobrehumano para poder moverme del sitio donde me había quedado clavada, estaba en trance y sin poder abrir la boca por la conmoción. Di media vuelta y salí de allí como una exhalación. Cerré la puerta tras de mí y corrí a refugiarme bajo la ventana del señor Colin, donde acabé dormida hecha un ovillo.

11. Las arrugas del corazón

Me desperté con los músculos agarrotados, en una postura tan encogida sobre mí misma que pretendía esconderme del mundo. Recordaba haberme tumbado en el rígido suelo de madera y usar como sábanas improvisadas mi propio vestido de fiesta y las finas enaguas, por lo que me desconcertó sentir algo blando bajo la cabeza y el abrigo de una manta que me aislaba de la humedad del amanecer arábigo.

Tardé unos instantes en recordar cómo había ido a parar allí, pero pronto me asaltaron imágenes de la tórrida escena presenciada la noche anterior en mi camarote y una lluvia de emociones me inundó el pecho. En un segundo viajé de la vergüenza a la ira. Tomé como punto de partida el bochorno de haber sido testigo involuntario de algo tan lujurioso, pasé de puntillas por un morbo irracional que me provocó un cosquilleo indecente y, como destino, me instalé en la rabia más absoluta. ¿Cómo había podido ser tan tonta de creerme alguien especial para Aimé? Estaba claro que yo no había sido más que una de tantas semillas de las que él sembraba por doquier, para que, en cuanto el monstruo caprichoso que habitaba en él sintiera hambre, tuviera un surtido de brotes tiernos del que escoger el más sabroso y fácil de arrancar para ser devorado sin piedad.

Mi propia ingenuidad me había traicionado, aunque gran parte de la culpa era del francés. Había jugado con mi inocencia y, a través de sus malas artes, había conseguido que los cimientos de mi amor por Hasin fueran sacudidos por un leve temblor.

—Buenos días. ¿Se encuentra usted bien, señorita Alice?

La voz agradable de Colin Blair me reclamó de vuelta a la realidad. Estaba de pie delante de mí con un sincero gesto de preocupación, claro que mi aspecto no sería para menos. Llevaba la misma ropa que el día anterior, las trenzas deshilachadas y las ojeras de quien ha visto más de lo que debería.

—Hola, señor Colin… —respondí yo tratando de incorporarme—. Sí, estoy perfectamente bien, perdone que…

—Por favor, permítame que la ayude a levantarse. No debe explicarme nada, a no ser que así lo desee…

Y con una sonrisa comprensiva me ofreció una mano para ayudarme, gesto que mis entumecidos miembros agradecieron sobremanera.

—Es siempre tan atento conmigo… Me temo que también es a usted a quien debo agradecerle la manta y el almohadón —dije yo a la vez que me agachaba a recogerlo todo.

—No es nada —contestó con gentileza para añadir—: Supongo que compartir camarote con uno de los solteros más cotizados del barco tiene sus desventajas…

—No… Bueno…

Me sorprendió aquella observación del señor Blair. Siempre parecía mantenerse al margen de todo, pero acababa de demostrar estar más pendiente de lo que yo suponía y, una vez más, me había pillado por sorpresa y no supe qué responderle a aquel hombre.

—Déjelo —intervino él—. Ya le he dicho que no tiene por qué explicarme nada. Entiendo que no quiera comprometer a su hermano ni a la que fuera su afortunada acompañante de la noche.

—Eso es. —Me subí rauda al carro de su suposición—. Por el bien de la dama en cuestión prefiero guardar silencio. Estoy acostumbrada a las aventuras de mi hermano, solo que solemos viajar en camarotes separados. Esta vez me uní al viaje de forma un tanto imprevista y debo contentarme con las condiciones que me han tocado.

—La próxima vez que se encuentre en la misma tesitura, la invito a que acuda a nuestro camarote. Le cedo gustoso mi lado de la cama y puede usted dormir con Andy. Yo me instalaré donde sea necesario, la nave es muy grande.

—¡Menudo panorama! —Reí yo de buena gana—. Si alguien me viera entrar en su habitación me tomarían por una de esas damas de moral distraída que acompañan a mi hermano…

—¿Entonces me quiere decir usted que va a rechazar mi ofrecimiento de usar nuestro baño ahora mismo… después de haber pernoctado en plena cubierta? Mire que no sabe cuándo podrá volver a sus aposentos…

—Vaya… —Lo valoré durante unos instantes para acabar claudicando, no tenía alternativa. Hay necesidades del cuerpo sobre las que la mente no tiene control suficiente—. La verdad es que no me puedo permitir el lujo de rechazar su oferta, a pesar de que mi educación me lo pida a gritos.

—Nadie tiene por qué enterarse, será nuestro secreto. —Me guiñó un ojo y me indicó que pasara con un cortés gesto de la mano—. Usted delante, por favor.

Era muy temprano y el pequeño seguía durmiendo como un angelito. Entré al baño y recompuse lo más que pude mi apariencia. Con la cara lavada y cada pelo de nuevo en su lugar, sentí recuperar mi dignidad, aunque las arrugas del vestido y de mi corazón no hubiera dios que las alisase.

Colin fue muy caballeroso al hacerse cargo de que pudiera resultar incómodo que la gente me viera con la misma ropa de ayer, así que me quedé al cargo de Andy mientras él consiguió que nos acercasen el desayuno al camarote. Allí dentro me sentía en paz, con una plácida sensación de hogar. Devoré la comida y disfruté de la compañía serena que siempre me ofrecía aquel joven escocés.

Poco a poco me había ido ganando la confianza del pequeño y justo en el momento en que estábamos riendo los tres juntos jugando con una pelota de trapo, alguien llamó a la puerta con patente urgencia.

—¡Al fin te encuentro, hermana! —exclamó Aimé ignorando explícitamente a Colin de primer plano y clavándome una mirada severa—. Te he buscado por todo el barco…

—Pues aquí me tienes. Acabo de desayunar gracias a la hospitalidad del señor Blair —contesté con total serenidad. Al fin y al cabo, yo no había hecho nada malo, las circunstancias me habían abocado a aquella situación.

—¿No te has parado a pensar en la impresión que le puedes dar a Colin si apareces en su camarote a estas horas de la mañana?

—¿Cómo? —No alcanzaba a entender que el enfadado pudiera ser él.

—Me parece increíble que te pierda de vista unas horas y, a la primera de cambio, te encuentre desayunando en la habitación de un caballero…

—¡Esto es el colmo! —Agarré a Aimé del brazo y tiré de él hacia afuera mientras argumentaba una disculpa—: Perdónenos, Colin, pero mi hermano y yo debemos tener una charla en privado ahora mismo.

—Lo comprendo, descuide. Si necesita algo, ya sabe dónde encontrarme.

—Y tanto que lo sabe… Le ha faltado el tiempo para venir aquí… —tuvo la osadía de añadir Aimé antes de que se cerrara la puerta.

—Gracias por todo, señor Blair. —Me esforcé por tratar de cubrir con mi agradecimiento la desafortunada observación de mi maleducado y falso hermano.

Llegamos a nuestro camarote, a paso ligero y sin dirigirnos la palabra. Abrí la puerta esperando encontrar las pruebas de la *fiesta libertina* de la madrugada anterior, pero, curiosamente, cada cosa ocupaba su lugar. Los cojines, la cama, todo lucía impoluto, como si lo de anoche hubiera sido una alucinación mía. Aimé había pedido al servicio que arreglara la habitación bien temprano y la verdad es que agradecí que su poco sentido común hubiera tenido aquel detalle...

—En primer lugar, no tienes ninguna autoridad moral sobre mí como para venir a reprenderme, esté donde esté. Tú no eres quién para controlar mis compañías. Y, en segundo lugar, la que debería estar molesta contigo después de tu comportamiento de ayer soy yo. ¿No crees?

—Sabes que si hubieras querido ofrecerme tu compañía, nada de esto hubiera ocurrido —argumentó él como si de verdad creyera que aquel descaro fuera una justificación lógica.

—No me puedo creer lo que estoy oyendo. ¿Me culpas por haberte emborrachado y haber acabado haciendo... todas esas cosas con ese marinero solo porque yo no accediera a yacer contigo?

—Efectivamente.

—A ti nadie te ha dicho nunca las verdades a la cara, ¿no?

—¿Qué sabrás tú de las verdades de la vida si ni siquiera has aprendido a degustarla?

—¡Ese es el problema, Aimé! No todo en la vida es «degustar» por placer... ¿En qué lugar sitúas tú el honor, las promesas, los proyectos o la amistad?

—¡Alto, señorita «amor verdadero»! ¿Te crees superior a mí por haberlo abandonado todo en pos de un amor pueril que no te va a llevar a ningún lado más que a consumir tu juventud? Veamos —empezó a enumerar con los dedos de la mano y una mueca de desprecio—, primero te prometes con un hombre solo para usarlo como pasaje a la India y después te escapas para buscar a un tipo que igual ni se acuerda de ti... ¿En serio estás en disposición de darme tú lecciones de comportamiento a mí? —acabó preguntando con una sonrisa de autosuficiencia.

De pronto su gesto mudó hacia el dolor y se apoyó en el sofá manteniendo una mano sobre el vientre. Se sacó un pañuelo del bolsillo del pantalón y se enjugó la frente cubierta de sudor frío. Estaba pálido y los labios le habían tomado un tono amoratado. Pensé que debía de ser víctima de una resaca descomunal y confieso que me alegré un poco por su bien merecida dolencia. Aproveché el momento de debilidad para contraatacar.

—Tú no sabes nada. No voy a consentir que te burles de mí ni de mis decisiones, porque no sabes nada del amor. Eres un niño rico, consentido, vanidoso y egoísta que solo vive para dar rienda suelta a sus deseos. ¡Así no vas a ser capaz de amar nunca!

—¡Ya sé lo que te pasa! —especuló él con los ojos entornados—. Tú estás celosa porque anoche no fui detrás de ti como un perro faldero y preferí quedarme en la fiesta.

—Pero ¿qué dices? ¡No puedo aguantar más estas sandeces!

—¡Qué fácil hubiera sido seguirte el juego! —continuó en un tono cada vez más bajo—. Si hubiera interpretado el papel de caballero perfecto que me pedías a gritos, te hubiera tenido comiendo de mi mano. ¿O no?

—¿De verdad piensas que el mundo gira a tu alrededor? Pero ¿tú quién te has creído que eres? Podrías tenerlo todo y te dedicas a desperdiciar tu vida con esas sustancias… y esas compañías. ¡Si pudiera, ahora mismo cogería un bote y me iría lejos de este barco para no verte más esa cara de engreído que tienes!

—Te recuerdo que yo no te pedí que me acompañaras… —replicó con enervante serenidad, cuando un nuevo gesto de dolor le pintó el rostro y se apartó el pelo con las dos manos hacia atrás. Cada vez tenía peor aspecto.

—Desde luego, si llego a saber esto, jamás hubiera venido a buscarte.

—Márchate con tu amigo Colin, el perfecto y dulce papá, a ver si él aguanta tus tonterías —espetó sin mirarme y se encorvó un poco más hacia delante. No negaré que me era un placer verlo pagar por sus excesos—. ¿Acaso crees que el escocés no se moriría por levantarte las faldas si le dieras la mínima oportunidad? Al menos yo voy con la verdad por delante.

—¡Eso no es justo! Él solo me ayudó porque me encontró dormida en el suelo...

Me di la vuelta, afectada por aquel comentario tan deshonesto e injusto hacia la integridad del señor Blair, cuando escuché un golpe sordo. Aimé se había desplomado sobre sus rodillas y apoyaba la frente en el reposabrazos del sofá. Sin poder levantar la cabeza, dijo:

—Me encantaría seguir discutiendo contigo, pero me encuentro fatal. Necesito ir al baño...

Con la última palabra en la boca vomitó lo que no está en los escritos. Me asusté por la gran cantidad de líquido que quedó esparcido por el suelo, pero todavía más porque Aimé no era capaz de incorporarse. Se había quedado en el suelo, a cuatro patas, y con los brazos apoyados por los codos. El cabello le caía hacia adelante tocando con las puntas el charco oscuro y, aunque trataba de mirarme, la vista se le perdía.

—¡Madre mía! ¿Quieres que busque ayuda?

Ya no me pudo contestar y cayó desmayado sobre su propio vómito.

En un principio me había alegrado de verlo padecer, debía pagar las consecuencias de sus abusos, ¿no? Pero aquello ya se pasaba de castaño oscuro. Algo me decía que su estado era más grave de lo que aparentaba.

Salí corriendo a buscar al médico de a bordo, que resultó estar más que acostumbrado a tratar con ese tipo de fuertes resacas. El doctor Conall se ofreció a ayudarme a limpiar a Aimé y a acomodarlo en la cama, pero era un hombre de avanzada edad cuyos huesos casi no podían levantar el joven cuerpo del francés. Había que reconocer que, aunque contaba con una complexión delgada, era un hombre bastante alto e incapaz en esos momentos de mover ni un dedo.

Entre los dos logramos desvestirlo y meterlo en la bañera, mas cuando nos disponíamos a lavarlo, alguien acudió buscando al médico muy azorado. Al parecer un tripulante estaba muy grave.

—Siento mucho no poder ayudarla más con su hermano, señorita De Lesseps, pero me reclaman con urgencia. Ahora mismo llamo al personal de limpieza para que vengan a adecentar todo esto. Volveré en cuanto me sea posible.

—Gracias, doctor.

Lo primero que se me pasó por la cabeza fue pedirle auxilio a Colin, siempre tan amable y servicial, pero me abochornaba la idea de molestarle de nuevo con mis miserias… y además tan pronto.

Lo lavé como pude, pues él seguía totalmente fuera de sí. Evité mirar más de dos veces donde no debería, aunque reconozco que estaba tan asustada por su estado de salud que una fuerza externa tomó voluntad sobre mi cuerpo y me lideró en una misión meramente humanitaria.

Lo enjaboné con su pastilla de lavanda, enjuagué la espuma con esmero y lo sequé con unas toallas. Mientras yo estaba encerrada con él en el baño, nos habían limpiado a conciencia el camarote. Había llegado el momento de trasladar a Aimé de la bañera a la cama. Yo había confiado en que en ese lapso de tiempo él hubiera recuperado algo de control sobre sus músculos como para poder colaborar, pero seguía absolutamente fuera de juego.

Lo vestí con una camisa holgada que encontré en su equipaje para matizar la total desnudez de su cuerpo y lo agarré con fuerza de las axilas, pero, por más que intenté levantarlo de mil maneras, me fue imposible sacarlo de la bañera. Me planteé dejarlo allí hasta que recobrara un poco la consciencia, pero empezó a temblar de frío. No sabía qué hacer, estaba tan sola… De pronto, como si Dios hubiera escuchado mis plegarias, el señor Blair llamó a la puerta.

—Soy yo, señorita Alice. Son ustedes noticia entre los pasajeros, ya me he enterado de que su hermano está enfermo. ¿Necesita que la ayude en algo?

Siempre conseguía que su presencia resultara cálida y reconfortante, pero yo me resistía a involucrarlo de nuevo en mis problemas. Le expliqué las suposiciones del doctor sobre la dolencia de Aimé y le expuse que, como no parecía nada grave, me sabía mal que desatendiera al pequeño por nuestra culpa.

—No debe preocuparse por mí —explicó—. Le he pedido a la amable señora Lambert que cuide de Andy y sé que no le importará acomodarlo unas horas junto a sus tres hijos. Conozco lo que es estar solo a cargo de un enfermo y no pienso dejarla.

—Insisto en que no quiero causarle más molestias, sin embargo, una vez más, me siento en la obligación de aceptar su ofrecimiento.

—Por supuesto, nada más dígame qué puedo hacer.

—Con que me ayude a trasladar a mi hermano a la cama será más que suficiente.

—Adelante.

El pobre Aimé seguía sin recuperar el color y no lograba ni articular palabra ni centrar la mirada. Lo levantamos, tomándolo cada uno desde un brazo, y lo acomodamos en la cama, donde se dejó caer como un peso muerto. Me llamó la atención la delicada naturalidad con la que Colin le apartó unos mechones de cabello que le habían caído sobre la cara al apoyarle la cabeza encima de los mullidos almohadones color marfil. Una vez le hubo despejado la frente, le comprobó la temperatura con la palma de la mano sobre ella para concluir que no tenía fiebre.

De repente, Aimé contrajo todos los músculos del rostro, se encogió de nuevo sobre el vientre y gimió de dolor.

—Necesito ir al baño… —consiguió decir en un hilo de voz.

—Claro, yo le acompaño —se ofreció el señor Colin de inmediato.

Comprendí que preferiría ser acompañado por otro hombre antes que por mí, con lo que lo llevamos de nuevo entre los dos hasta el servicio y allí les dejé entrar a los dos solos.

Tardaron una eternidad en salir, de hecho, el doctor Conall regresó para comprobar el estado de su paciente y ellos seguían encerrados. El médico se asomó a ver cómo iba todo y al rato reubicaron a Aimé entre los dos de nuevo en la cama. Era evidente que cada vez tenía peor semblante. Me percaté de que la piel de sus labios comenzaba a ofrecer un aspecto blanquecino y reseco.

—Bueno, pues poco más podemos hacer ahora por el señor De Lesseps —arguyó a modo de despedida el médico—. Debe expulsarlo todo del cuerpo para purgarse. Procuren que pase la noche lo más cómodo posible y a ver cómo amanece mañana…

—Disculpe, doctor —le interrumpió el señor Colin—. ¿Puedo preguntarle cuál cree que es el diagnóstico?

—Al principio pensé que no era más que el resultado de los excesos del consumo de alcohol, pero ahora creo que en la cena de anoche se debió de servir algo en mal estado, pues hay un par más de tripulantes con síntomas similares.

—Perdone de nuevo mi intromisión, pero ¿sabe si el personal de la tripulación tuvo el mismo menú que el resto del pasaje? —consultó Colin. Su gesto de preocupación daba a entender que le daba vueltas al origen de la enfermedad de Aimé y que por alguna razón dudaba de aquella conjetura.

—Bueno… pues… —El médico se rascó la calva en actitud de duda—. La verdad es que no lo sé…

—Si me permite, debería averiguarlo porque si no comieron lo mismo, yo apostaría un brazo a que esto es un brote de cólera.

—Cólera… —El doctor Conall dejó aquella grave palabra suspendida en el aire. Pensé en que no le daría crédito a la suposición que llegaba por parte de alguien que no era sanitario, sin embargo, la expresión del médico se tornó seria y afirmó—: Me gustaría tachar su hipótesis de descabellada, pero me parece que usted sabe más de lo que aparenta…

—Por desgracia, algo sé de esta enfermedad y, según mi experiencia, mi amigo Aimé aparenta estar totalmente afectado por ella.

—De acuerdo, vamos a proceder de la siguiente manera —expuso el médico sin dejar lugar a réplicas—: me encargaré de que les sirvan alimentos y pasaré a verlos periódicamente, pero, como medida de prevención ante una posible epidemia, les voy a pedir que se mantengan aislados ustedes tres en este camarote hasta nueva orden.

12. La losa de la responsabilidad

A punto de consumirse la última hora de sol de aquel amargo día, Aimé continuaba atrapado en un inquietante estado de inconsciencia, casi inmóvil salvo por algún leve quejido. El señor Colin, sentado en la silla del buró, le observaba con gesto preocupado mientras yo deambulaba inquieta por el camarote, sin saber qué hacer más allá de dejarme devorar por una angustiante sensación de impotencia.

—Siento tanto que tenga que permanecer aquí retenido… ¡Todo esto es por mi culpa! —sollocé yo después de horas de mantener a raya la tensión.

—Me temo que usted no tiene nada que ver con esta cruel enfermedad, señorita Alice.

El escocés tenía la habilidad de crear un aura de bienestar a su alrededor y, una vez más, le retiraba hierro a la situación con su actitud serena.

—Pero si yo no le hubiera pedido ayuda…

—Por favor, no se flagele más —solicitó levantándose y colocándome la mano sobre el hombro como refuerzo a su petición de calma—. Fui yo quien me ofrecí, y lo volvería a hacer las veces que fuera necesario.

—¿Y qué será de Andy?

Caía la noche y me sentía tremendamente culpable por haber alejado a un niño pequeño de su padre. Podría estar muy asustado, tal vez llorando sin consuelo…

—Como ya le comenté, estoy convencido de que estará jugando tan feliz con los hijos de los Lambert. Afortunadamente, con tres años se entera bien poco de lo que ocurre a su alrededor. Últimamente ha sufrido unas experiencias muy duras y, sin embargo, él no parece ser consciente de nada.

—Pobre bebé… Intuyo que algo trágico le debió de pasar a su madre. —Enseguida me arrepentí de haber formulado aquella suposición en voz alta. Mi última intención era obligarlo a contarme nada incómodo o doloroso, así que me apresuré a rectificar—: Perdone, yo no quería ponerle en ningún aprieto. No es necesario que me cuente nada…

—No se apure. Tenemos todo el tiempo del mundo para contarnos nuestras vidas. Su hermano está descansando y aquí dentro poco más podemos hacer que conversar. —Me dedicó una de sus templadas sonrisas y me sugirió—: ¿Por qué no toma asiento en el sofá? Mi historia es un tanto larga y puede que no demasiado amena.

—Le escucharé con agrado.

Juro que lo dije de corazón. Su voz era balsámica, tenía algo que transmitía tanta paz que era como si el tiempo se ralentizase y los problemas menguaran en su compañía. Si bien, desde la primera vez que lo vi tuve la extraña sensación de que algo profundo que no acertaba a descifrar se ocultaba tras esos brillantes ojos negros que se esforzaban por mantener una fachada de templanza imperturbable. Quizá aquella conversación arrojara algo de luz sobre el secreto que guardaba el alma del escocés.

Me senté en el puro borde del sofá, pues todavía me asaltaba una ola de calor cuando me sobrevenían visiones a fogonazos de dos cuerpos masculinos amándose hasta el éxtasis. ¿Qué diría el siempre correcto señor Colin si descubriera ese lado turbio de Aimé?

Traté de apartar a un lado aquellos pensamientos impíos, algo que no me fue difícil de conseguir, ya que pronto me sumergí en el apasionante relato del señor Blair.

Empezó contando que provenía de una familia acomodada de Edimburgo, dedicada por varias generaciones a la fabricación de cerveza. Me explicó que, durante las últimas décadas, los cerveceros locales gozaban de un comercio de exportación a las colonias británicas tan próspero y respetado que rivalizaba con el de los cerveceros de Dublín y de la mayoría de fábricas inglesas. No en balde, a mediados del siglo XIX, Edimburgo contaba con cuarenta fábricas de cerveza y era reconocida como uno de los principales centros cerveceros del mundo.

A pesar de la tendencia común a la expansión de aquella industria hacia el extranjero, el señor Blair padre siempre se había negado en rotundo a abandonar su Escocia natal. Era un hombre de fuertes raíces que anteponía la familia al trabajo, con lo que se conformó con liderar, de una forma más que digna, sus fábricas de la capital escocesa. Esa era la razón por la que él se había convertido en mano derecha de su progenitor, con o sin ganas. Desde que tenía uso de razón, al joven Colin Blair le habían dejado claro que algún día recaería sobre su espalda el peso del negocio familiar, y, conforme los años iban pasando, él sentía aquella responsabilidad más como una losa que le impedía volar que como un privilegio.

El caso era que, hasta donde les llegaba la memoria, los Blair se habían dedicado en cuerpo y alma al mismo negocio, por lo que no era de extrañar que se acabaran formando lazos con otras familias del gremio. Así fue como Megan, su hermana mayor, acabó casada con Edward Dyer Junior y viviendo en Shimla, la capital veraniega del norte de la India Británica.

A diferencia de su padre, a finales de 1820, el viejo Edward Dyer, un osado emprendedor, había abandonado Inglaterra para crear la primera cervecería india en Kasauli, en las montañas de Himalaya, donde produjo la primera cerveza asiática, la famosa Lion. En poco tiempo consiguió instalar un buen número de cervecerías diseminadas por todo el continente, alzándose así como el propietario de un verdadero emporio cervecero en la India.

Con un tinte de añoranza empañando sus oscuros iris, comentó que Megan era pura dulzura y bondad e insistió en que, aunque la gente solía decir que los dos hermanos se parecían como dos gotas de agua, ella era la que se había llevado toda la belleza. Imaginé una versión femenina de su rostro y estuve segura de que debía de ser una mujer muy hermosa, pues él ya era un caballero de agraciadas facciones. El pelo se le ondulaba en gruesos rizos color ébano, que en una cabellera de mujer serían dignos de alabanzas. La piel blanca del rostro, siempre pulcramente afeitada, lucía limpia, como transparente, y transmitía un aspecto saludable debido a las mejillas de un sonrosado perenne. Pero, sin duda alguna, lo que más debía de conquistar a todo el que mirase a ambos hermanos tenían que ser aquellos enigmáticos y enormes ojos enmarcados por unas tupidas pestañas morenas.

Advertí que hablaba de ella en pasado y supe que se avecinaba la parte trágica de la historia. Aunque, como era un hombre prudente con tendencia a evitar incomodidades y salidas de tono innecesarias, se limitó a relatar lo sucedido por encima, sin entrar en detalles demasiado sentimentales o escabrosos.

La pareja de recién casados se instaló en una preciosa casa en las faldas del Himalaya con la idea de formar una familia y vivir en ella felices para toda la vida. Rememoró, con una sonrisa en los labios, cómo en las cartas que llegaban a casa de sus padres, Megan siempre contaba que allí se sentía en una luna de miel eterna. Por desgracia, aquella felicidad no duró más de cinco años.

La pesadilla comenzó cuando su joven cuñado, Edward, murió en un aparatoso accidente dentro de una de las fábricas, dejando a su hermana hundida, lejos de la familia y en una casa demasiado grande y llena de recuerdos dolorosos. Pero lo que agravaba la situación era que no se había quedado completamente sola, sino con un bebé muy pequeño que reclamaba toda una serie de atenciones que ella a duras penas podía ofrecer con los nervios recién destrozados y la estabilidad mental pendiendo de un hilo.

Entonces caí en la cuenta de que siempre habíamos dado por sentado que Colin era el padre de Andy, pero todo apuntaba a que debía de tratarse de aquel sobrino. Decidí ser prudente y guardarme las ganas de preguntárselo, pues me parecía que la historia iba a complicarse todavía más.

En efecto, en cuanto las recientes noticias llegaron a su casa en forma de funesto telegrama, él enseguida se ofreció a viajar desde Edimburgo a la India, dispuesto a abandonarlo todo por ayudar a su asustada hermana a arreglar los asuntos concernientes al fallecimiento de su esposo y a organizar el viaje de regreso a Inglaterra de los tres juntos. Me confesó que otra persona hubiera visto aquello como una oportunidad para meter cabeza en la floreciente y lucrativa industria de los Dyer. Bien se podrían haber fusionado de alguna manera las fábricas de los Blair con los negocios de su familia política, pero Colin no tenía ese talante ambicioso, ni siquiera se había sentido jamás tentado por la idea de seguir con el negocio familiar que le venía impuesto. De hecho, aunque el motivo del viaje era realmente triste, él lo enfocó como una oportunidad para ver mundo y escapar de la monotonía de su trabajo, donde su futuro estaba tan escrito sobre piedra que resultaba asfixiante.

Lo que no esperaba Colin era que la estancia en la India sería mucho más dramática de lo que jamás hubiera imaginado. Un par de meses después de su llegada, un terrible brote de cólera, ligado a la miseria de la mayoría de la población, asolaba la región de Himachal Pradesh y se llevó con él la vida de su querida hermana.

—¡Dios mío, el cólera! —exclamé yo llevándome las manos a la boca. Un escalofrío me recorrió el cuerpo al recordar cómo la gente había muerto a millares en Cuttack, tanto por culpa del hambre como de esa enfermedad—. Lo siento muchísimo, y ahora entiendo por qué le ha comentado usted sus sospechas al doctor Conall.

—Correcto —aseveró él con un movimiento firme de cabeza—. Llegué tarde para salvar a mi hermana, pero me dejé la piel para que mi sobrino no sufriera el mismo destino y lo conseguí. Así que le prometo que juntos vamos a sacar a su hermano de esta, pero debe confiar en mí.

—¿Cómo no voy a confiar en usted, si para mí está siendo un ángel?

—Le advierto que mis remedios no tienen nada que ver con los que propondrá el doctor Conall, pero le aseguro que son la única salvación para él y para no contagiarnos nosotros.

—Puede contar con mi total confianza, solo indíqueme qué debo hacer.

—Primero que nada, quiero pedirle que se lave las manos con abundante jabón cada vez que atienda al señor Aimé. A partir de mañana solo vamos a beber agua que haya sido previamente hervida y nos negaremos a tomar nada de comida cruda, fría o con piel.

De pronto Aimé empezó a emitir palabras incomprensibles y consiguió, con tremendo esfuerzo, pedir agua.

Le acerqué con presteza un vaso que se bebió a grandes tragos. Entonces logró enfocar la vista y se percató de la presencia del señor Colin a los pies de la cama.

—¿Qué hace *este* aquí? —preguntó de forma lenta pero claramente despectiva.

—Por favor, Aimé… —le pedí tratando de no alterarlo—, el señor Blair me está ayudando a cuidarte.

—¿Puedes pedirle que se largue y que deje de hacerse el don Perfecto?

Sus ojos entornados despedían llamas de rabia hacia el escocés, quien, para mi sorpresa, lo miraba con un gesto de tierna comprensión que conseguía enervar más, si cabe, a Aimé.

—No se lo tome a mal, señorita Alice, la irritabilidad suele formar parte del desarrollo de esta enfermedad. No es él quien habla, sino el propio cólera.

—¡Yo sé lo que digo, sabelotodo! ¡Fuera de aquí! —espetó el enfermo.

—Lo siento, amigo, pero no podría satisfacerle aunque quisiera —le explicó manteniendo la habitual calma—. Tenemos órdenes de guardar cuarentena aquí dentro los tres.

—¡Angie! Dile que se vaya o yo...

Aimé hervía de ira. Hizo el ademán de levantarse cuando se dio cuenta de que se mareaba y le entraban náuseas de tan solo mover la cabeza.

—¿Ve cómo está fuera de sí? Hasta la ha llamado a usted por otro nombre siendo su propia hermana.

—Ya veo, ya... —respondí yo en tono bajo rezando para que aquel Aimé medio enajenado (o no, quién sabe) cerrara el pico.

Pero no hicieron falta más plegarias para que callara, pues había vuelto a caer en aquel estado inconsciente que además ahora venía acompañado de unos perturbadores temblores de extremidades. Al primer espasmo de las piernas, el señor Colin saltó como un resorte de la silla. Su rostro sereno había adquirido un aspecto de grave ansiedad.

—¿Qué ocurre, señor Colin? ¿Qué son esos calambres?

—Vuelva a darle agua a su hermano. Si no puede beber por sí mismo, asegúrese de que lo haga con una cucharilla.

—¿Es grave?

—Sí, son los primeros síntomas de una deshidratación severa. Necesito pedir que le preparen algo, voy a ir a la cocina.

—Pero no debemos salir, el doctor dijo que...

—Si no quiere que, en unas horas o a lo sumo en un día, su hermano esté muerto, debemos darle un brebaje muy concreto.

—Está bien, pero tenga cuidado.

El señor Blair se dirigió con seria determinación hacia la puerta y, antes de cerrarla, insistió:

—No deje de administrarle agua. Aunque la tire, insista, es de suma importancia.

—Así lo haré. Gracias… por todo.

—Cuando todo esto haya acabado, ya habrá tiempo para cortesías. En plena batalla no es momento de detenerse a agradecer nada, solo debemos seguir aunando fuerzas.

Me quedé sola con un Aimé que no parecía la misma persona. Estaba pálido como la cera, tenía los ojos hundidos tras unas aureolas moradas y sus labios, antes suaves y rosados, estaban surcados por secas grietas. Le coloqué la punta de la cuchara con delicadeza entre ellos y ni se inmutó. Me ayudé con los dedos de la otra mano para tirar de la barbilla hacia abajo y lograr así abrirle un poco la boca. Mientras el agua caía sobre su lengua inerte, mi cabeza voló hasta aquel beso robado en un tren y el esternón me sofocó un suspiro.

Continué vertiendo agua lentamente, feliz de ver que la nuez se le movía al tragar. Sin embargo, cada vez eran más acusados los estertores de los músculos de los brazos y de las piernas. Partía el alma ver cómo sus elegantes manos eran sacudidas por grotescos movimientos.

Debieron de pasar unos minutos, que a mí se me antojaron horas, hasta que se abrió la puerta de par en par. No pude sentir más alivio cuando vi entrar al doctor Conall seguido del señor Colin, quien portaba triunfante una botella de cristal en la mano llena de un líquido traslúcido un tanto turbio.

Ambos hombres discutían acaloradamente sobre los mejores remedios para combatir el cólera. Ya estaba claro que mi amigo tenía razón y aquella enfermedad era la que amenazaba con cernirse sobre la salud de los pasajeros del barco.

Era la primera vez que veía al escocés sacar su carácter y he de reconocer que el aplomo del que hacía gala al hablar resultaba implacable. El anciano doctor defendía los estudios de no sé qué eminentes, a la par que rancios, doctores, además de sus cuarenta años de experiencia en medicina; cosa que repitió hasta la saciedad y con un volumen cada vez más elevado. Por su parte, el señor Colin exponía con firmeza y sin perder jamás la compostura que él había vivido en el ojo del huracán de una epidemia de cólera y había luchado, en primera línea y codo con codo, con un médico español cuyas innovadoras técnicas podía dar fe de que salvaban más vidas que los estúpidos tratamientos de la medicina tradicional: sangrías, vomitivos, purgantes, diaforéticos, narcóticos... Y como remate para acabar de desacreditar aquellos métodos, según él arcaicos, resaltó la gran anarquía imperante en cuanto a las indicaciones para su aplicación.

El doctor tenía la cara incandescente y los ojos inyectados en sangre. Le irritaba la seguridad con la que un joven atrevido y sin estudios científicos certificados le explicaba con tanta confianza que los únicos remedios para algo tan complicado como el cólera fueran beber agua con sales para el paciente y los lavados con jabón para la prevención del contagio.

—Como veo que usted y yo no vamos a llegar jamás a un acuerdo, le propongo lo siguiente —acabó por formular el escocés con el propósito de zanjar aquella discusión que no llegaba a ningún puerto—: ¿le parece que, si la señorita De Lesseps está de acuerdo, yo aplique mis «remedios de aficionado» en el señor Aimé durante cuarenta y ocho horas y usted los suyos en el resto de enfermos? Le prometo que, si en esos dos días no observamos ninguna mejoría en él, me retiraré y lo dejaré en sus expertas manos.

—¡¿Está loco?! ¡En dos días podría estar muerto, el cólera es una enfermedad galopante! —exclamó el doctor llevándose las manos a la cabeza.

—Está bien, dejémoslo pues en veinticuatro horas. ¿Trato hecho? —El señor Colin me clavó sus negras pupilas a la espera de una respuesta.

—¿Usted qué dice, señorita Alice? ¿Va a dejar la vida de su hermano en manos del *ilustrado* señor Blair? —preguntó el veterano médico todavía inmerso en aquella guerra de cargas irónicas.

Yo me había mantenido en un segundo plano sin saber qué decir y, con sinceridad, tenía mis dudas. ¿Debía seguir las instrucciones del médico de a bordo o las de un joven que conocía desde poco más de una semana? Era abrumador el peso de la responsabilidad que había recaído sobre mí, la vida de Aimé dependía de mi decisión y todo se fundamentaba en un falso parentesco. Pero ¿serviría de algo decir la verdad?

Aimé no estaba en facultad de tomar ninguna decisión, así que resolví seguir adelante con nuestra farsa y reunir la valentía suficiente para tomar la mejor decisión. La lógica me abocaba a seguir a pies juntillas al experimentado doctor, pero una corazonada me hacía creer más al escocés. Todos aquellos métodos que la medicina tradicional aplicaba eran casi los mismos con los que habían tratado a mi madre y no habían servido absolutamente para nada contra la tuberculosis. Yo era una verdadera ignorante en temas de medicina, pero las argumentaciones del señor Colin me parecían muy racionales, a la vez que menos invasivas que los narcóticos o las sangrías.

—Doctor Conall, no perdemos nada por probar sus medidas durante un día —concluí tras unos segundos de meditación—. Les agradezco su preocupación a ambos, sé que los dos desean la pronta recuperación de mi hermano, pero he decidido confiar en la experiencia con la enfermedad que recientemente ha tenido el señor Blair. Si mañana a estas horas Aimé no ha mejorado, cambiaremos su tratamiento.

—Como desee… —se rindió el doctor mientras abandonaba la estancia airado—. Solo espero que mañana ya no sea demasiado tarde.

13. El sexto sentido

El señor Colin Blair era la compañía perfecta. Me ofrecía la conversación justa, que además resultaba muy amena. Me permitía bajar la guardia y hasta relajarme, pues jamás abordó ni una mínima cuestión personal o invasiva. A su lado me sentía cómoda, aunque no negaré que su actitud, en extremo prudente, me despertaba ciertas dudas. ¿Podría ser que Colin no formulara preguntas personales porque él mismo tuviera algo que ocultar? Y si Aimé estaba en lo cierto en cuanto a sus sospechas de que el caballero escocés también me estaba cortejando, ¿por qué nunca me había interrogado sobre si yo estaba libre o prometida?

El caso es que las primeras horas de nuestro encierro transcurrieron ligeras y todo apuntaba a que aquella sería la segunda noche consecutiva en la que no pegaría ojo por culpa de Aimé, aunque por razones bien distintas. Muy pronto, la tensión acumulada dio paso a un agotamiento total.

No me moví ni un instante del lado de Aimé. Estuve dándole sin parar cucharadas del suero que había traído el señor Colin, hasta que la jaqueca que se me había ido instalando con lentitud acabó por hacerme estallar las sienes. Apoyé por un momento los codos sobre la cama y me apreté los lados de la cabeza para tratar de mitigar aquella sensación de que una aguja de calceta me atravesaba el cráneo de parte a parte.

—Necesita descansar un poco —observó el escocés con acierto—. ¿Por qué no se retira a dormir un rato y yo continúo dándole de beber a su hermano? Necesito que recupere usted sus fuerzas antes de que me fallen las mías.

Traté de negarme de mil formas, pero había que admitir que aquel hombre no podía tener más razón. Me latía el cerebro con cada movimiento y los párpados me pesaban como si fueran de plomo, así que comprendí que lo mejor sería hacerle caso si quería encontrarme con ánimos suficientes para enfrentarme al siguiente día, y quién sabe qué nuevas traería. Me tumbé en el siempre protagonista sofá y el señor Blair me tomó el relevo en la silla contigua al cabecero de la cama. Agradecí el detalle que tuvo de bajar la intensidad de la lámpara de gas para favorecer mi descanso y cerré los ojos.

En plena noche cerrada, yo vagaba perdida en una nebulosa de tenues lamentos del enfermo, que partían el alma, y de viles punzadas de dolor, que me martilleaban la cabeza. Cada poco rato entreabría los ojos para comprobar la intensidad de los calambres de sus extremidades que parecían disminuir, pero reconozco que al final me rendí al agotamiento y me dejé remolcar por un sueño intranquilo.

Al despertar, me llevó un buen rato volver a tomar consciencia de todo lo acontecido y de dónde me encontraba. Solo recuerdo que lo que las primeras luces del alba de aquel día me regalaron fue una escena que desprendía algo especial. En realidad, no había nada anormal ni descabellado, sin embargo, a pesar de la penumbra todavía reinante en la habitación, ese sexto sentido que a veces se nos activa me indicó que había algo más profundo que trascendía la simpleza de aquellos actos.

El escocés me creía dormida con lo que actuaba con plena libertad, sin sentirse condicionado por mi mirada. Me constaba que ya llevaba largo tiempo cuidando de mi falso hermano con absoluta dedicación, pero, más allá de su abnegación, me dejó impresionada la ternura del trato que le brindaba a Aimé.

El francés seguía inconsciente, aunque era evidente que descansaba mucho más relajado. El gesto de dolor que le constreñía las bellas facciones había dado paso a un rostro relajado y volvía a gozar de un color de piel saludable, a pesar de la sombra de la barba que ya le asomaba por las mejillas. Sus largos dedos ahora reposaban inmóviles, esculpidos sobre las sábanas. Yacía con las piernas medio abiertas, relajadas, en una postura muy similar a la que yo solía escrutar a escondidas, cada mañana, al principio de nuestro viaje.

Colin seguía ofreciéndole cucharadas del brebaje que el otro tragaba cada vez con más facilidad, a pesar de permanecer desvanecido. Pero lo que captó toda mi atención fue la forma en que lo observaba y lo tocaba. Tenía un pañuelo en la otra mano y, en cuanto dejaba la cuchara, le limpiaba la boca con una dulzura que demostraba disfrutar del tacto. Era una mirada de devoción que perfilaba cada curva, pliegue y relieve de los labios de Aimé. Desde luego, no era la inspección aséptica con la que un cuidador examina a un enfermo, sino la que se le dedica a un ser cercano, apreciado... amado. Entonces fue consciente de que yo había despertado y, sin dejar de limpiarle las comisuras con la misma delicadeza, explicó:

—Los signos de deshidratación ya están desapareciendo de la piel de los labios. Tenemos buenas noticias, parece que su hermano saldrá de esta. —Se giró y me dedicó una sonrisa de franca satisfacción—. Buenos días, señorita Alice. Espero que haya podido descansar un poco.

Guardé aquella extraña sensación en la recámara, pues todavía tardaría en comprender su pleno significado, y me concentré en corroborar que, en efecto, Aimé mostraba un aspecto mucho más sano.

Pasamos por turnos al baño, nos lavamos y nos cambiamos con una muda limpia. Le presté al señor Blair una camisa y unos pantalones de lino del francés, pues, a pesar de tener un poco menos de estatura que el propietario de las prendas, ambos compartían la misma talla. Recién afeitado y con aquel atuendo tan favorecedor, al estilo De Lesseps, había que reconocer que el siempre discreto señor Colin parecía otro hombre.

Yo limpié a Aimé con una pequeña toalla empapada con agua y jabón. Le lavé la cara, le peiné el cabello y le refresqué el cuello. Al poco, Colin salió del baño con una pequeña palancana, una cuchilla y un trapo al hombro. Yo jamás había afeitado a un hombre, con lo que le cedí gustosa aquella labor a él. Ambos nos movíamos en una implícita confabulación por ofrecer el mejor aspecto posible del enfermo con el que sorprender al doctor Conall cuando pasara a supervisar su estado. Estaba claro que los remedios del escocés estaban resultando efectivos contra el cólera y no había que dejarle ningún resquicio de duda al vetusto médico.

Mientras él procedía al afeitado, yo me dispuse a asear el camarote y a ensacar la ropa sucia para que en la lavandería la limpiaran siguiendo las recomendaciones de higienización que había dejado pautadas con antelación el señor Blair, aunque, de vez en cuando, observaba con disimulo a los dos hombres.

Aquella mirada intensa, devota y cargada de misteriosa admiración se repetía de nuevo. No eran elucubraciones mías. Le rasuraba con cuidado, parecía que dibujara sus rasgos en una lenta caricia de espuma blanca. Una de tantas veces en las que se apartó a enjuagar la cuchilla, yo tenía la vista puesta en el convaleciente y habría jurado que había abierto los ojos, que estaba bien lúcido, pero que permanecía oculto tras el papel de inconsciente contemplando la situación. Tratándose de Aimé, una podía esperarse todo. ¿Desde cuándo llevaría despierto, el muy incorregible? ¿Era capaz de estar fingiéndose el dormido? Yo misma me respondí afirmativamente, que él era capaz de eso y más. Pero ¿qué razón podría esconderse tras ello? Y, si le tenía tanta manía al señor Blair, ¿por qué no le obligaba a cesar su labor?

Colin retiró los restos de jabón de la cara del francés con sutileza, sin prisas, y, cuando estaba acabando de secarle la cara con el paño, abrió los ojos del todo, los posó sobre los negros iris del señor Blair y, aún con la voz tomada por la convalecencia, susurró:

—Podría acostumbrarme a este trato…

—¿Cómo te encuentras? ¿Estás mejor? ¡Qué alegría que hayas despertado!

Se me agolpaban las preguntas de la emoción de ver que de verdad estaba recuperándose.

—Creo que ya estoy mucho mejor, solo que aún me siento mareado y con la boca muy seca.

—Eso es muy buena señal —observó el señor Colin—. Pero no deje de tomarse el suero que tiene al lado de la cama. Es de suma importancia para su total recuperación.

—Me lo beberé encantado, pero antes debo pediros ayuda para visitar el baño con urgencia o me va a explotar la vejiga.

—Claro, vamos, ¿le acompaño yo o prefiere ir con su hermana?

—¿Tú qué dices, *hermanita*? —preguntó con su característico tono irónico.

—¿Qué tal si te acercamos entre los dos al baño y cuando acabes nos llamas? ¿Crees que podrás? —sugerí yo cortándole las alas. Me dio rabia admitir que echaba de menos sus picardías por mucho que me sacaran de quicio.

—No sé, no sé… —dijo negando con la cabeza, aunque sus labios apretados ocultaban una media sonrisa burlona—. Está bien, intentaré apañármelas dentro yo solo… —Se giró hacia el escocés y prosiguió con una de sus irónicas bromas—: Disculpe usted a mi hermana, pero es un poco estirada y no se le dan bien estas cosas íntimas, aunque su hermano esté saludando a la muerte.

—No tiene queja de la señorita Alice, pues ha sabido manejar su enfermedad en el punto más crítico con plena templanza —le amonestó Colin en tono serio, consiguiendo silenciarlo.

Ambos le ayudamos a levantarse de la cama. Se movía con torpeza, estaba débil y se mareaba a cada paso, pero, mientras avanzaba lento hacia el baño con Colin agarrándolo de un brazo y yo del otro, cambió a un gesto contrito y dijo:

—Os pido perdón a los dos por si durante mi enajenamiento he dicho alguna de mis impertinencias. Gracias por cuidarme con tanto esmero. Ha sido una suerte contar con vuestra compañía para poder lidiar con esta enfermedad.

—El mérito es todo del señor Colin. Él es quien ha sabido dirigir la actuación de forma magistral gracias a su experiencia con el cólera.

—No entiendo, ¿este buque no cuenta con médico de a bordo?

—Me temo, hermano, que eso es una larga historia…

Aimé fue recuperando poco a poco su ser. Se colocó una bata de estilo quimono de color burdeos, se recogió el pelo en la nuca y se acomodó en el famoso sofá de al lado de la ventana de ojo de buey. Se fatigaba enseguida y se encontraba mejor con las piernas en alto y estirado como en un diván. Su porte era de natural tan elegante que parecía un noble de algún país exótico.

Todavía era muy temprano, el buque dormía y demorarían un buen rato en acercarnos algo para desayunar, así que decidí exponerle a Aimé todo lo ocurrido desde nuestra discusión hasta ese momento para que le quedara claro el transcurso de los hechos, el grave estado que había atravesado y la inestimable ayuda del señor Blair.

Él escuchó atento mientras bebía obediente, a pequeños sorbos, la tercera botella del brebaje milagroso. Me asombró que, por primera vez, mantuviera la bocaza cerrada durante mi explicación. Evité la historia de Megan, la hermana del escocés, pues no me pareció apropiado exponer detalles tan privados por mi cuenta, pero sí le dejé clara la experiencia y los inconmensurables conocimientos para combatir el cólera, adquiridos de primera mano por Colin, que habían conseguido que Andy no sumara una víctima más de tan devastadora enfermedad. Resalté lo amable que había sido atendiéndolo para ir al baño, para lavarlo y cómo me había relevado para que yo pudiera descansar, sin dejar de darle el suero. Además, insistí en cómo se había enfrentado al doctor Conall al defender sus propios remedios frente a los del mismísimo médico de la nave. Para ser sincera, le oculté mis dudas a la hora de decidir por él qué tratamiento escoger, ya trataríamos aquel detalle, si se terciaba, en privado.

Más tarde nos dejaron un desayuno en la puerta y, tras nuestra enésima lavada de manos con jabón, lo devoramos como si no hubiera un mañana, excepto Aimé, cuyo estómago necesitaba una rehabilitación más paulatina. Junto con la comida llegó una nota en la que se nos informaba de que el pequeño Andy se encontraba perfectamente bien, que seguía al cargo de los Lambert y que, afortunadamente, nadie del pasaje había demostrado signos de cólera, si bien parte de la tripulación sí que había sido aislada y estaba siendo tratada por el doctor Conall.

Con los estómagos llenos y las buenas noticias sobre el niño, encaramos aquel nuevo día con todavía más optimismo. Aimé me pidió que le acercara sus papeles y materiales de dibujo para entretenerse de alguna forma, entre cabezada y cabezada, y ambos insistimos en que Colin se echara en la cama a descansar un rato, pues llevaba demasiadas horas sin dormir.

Yo me senté en la silla y retomé la lectura que había dejado pendiente en el momento más álgido del desenlace, aunque reconozco que ni la apasionante Jane Austen pudo evitar que se me cerraran los ojos en algún momento de la mañana. Al ver la mejoría del francés, mi estado de alerta había descendido y aquella relajación dio paso al sueño, justo en el peor momento. Aimé, para evitar molestar al escocés, llevaba un rato pidiéndome que le ayudara de nuevo a incorporarse y a mí, que había perdido el mundo de vista unos instantes, casi se me para el corazón al oír:

—¡Alice!... ¡Angie! ¡¡¡Angelina!!! —en un volumen cada vez más elevado—. ¿¡Me oyes!? ¡Que necesito que me acompañes por favor al baño de nuevo! Es muy urgente.

Me levanté de golpe, sofocada, y le miré con ojos de espanto para indicarle que no me llamara por mi nombre real, pero ya era demasiado tarde.

—¡¿Se encuentra bien, señor De Lesseps?! —preguntó Colin alarmado a la vez que saltaba de la cama.

—Estoy bien, lo que pasa es que necesito visitar el baño de nuevo. No quería molestarle, pero mi hermana no me oía y...

—Como ayer ya la llamó por ese otro nombre en plena crisis, me temía lo peor: una recaída.

—No, no. Estoy infinitamente mejor... —Hizo una breve pausa y, con gran agilidad mental, inventó una excusa para salir del paso—: Resulta que Angelina es su segundo nombre, se llama Alice Angelina en honor a nuestra abuela paterna...

—Ya basta de mentiras, Aimé —lo frené sin meditarlo mucho. Algo me decía que debíamos sincerarnos con aquel hombre que no había hecho nada más que ser amable con nosotros desde que nos habíamos conocido. Lo mínimo que le debíamos era la verdad—. Creo que a estas alturas podemos confiar en el señor Colin.

—Yo no necesito saber nada que ustedes no deseen compartirme —advirtió él, dándome la oportunidad de dejar ahí nuestra conversación—. Lo único que creo es que tal vez sí sería un buen momento para empezar a tutearnos y dejarnos de tanta formalidad, ¿no creéis? —sugirió con una de sus sonrisas conciliadoras.

—Yo estoy de acuerdo —se apresuró a responder Aimé—. Me gustará conocerte fuera de ese papel de don Perfecto que tanto me saca de quicio. Pero ¿podéis esperar a abrir el telón a que vacíe la vejiga, por enésima vez, de los restos de la poción mágica?

14. Colores atípicos

Así lo hicimos, esperamos a estar los tres de nuevo cómodos en nuestra *celda* para sincerarnos con el escocés. Empezamos por revelarle mi nombre real y confesarle que no éramos hermanos. Le contamos, sin entrar en detalles que tal vez pudieran resultarle indecorosos, que nos habíamos conocido en casa de unas amigas comunes y que habíamos compartido el largo viaje en tren de Calcuta a Bombay. Al fin y al cabo, poco sabíamos sobre la tolerancia de mente de nuestro nuevo amigo.

Entonces me llegó el turno de relatarle mi historia y, al igual que él había sido tan sincero conmigo hablándome de su familia, yo le conté todo sobre mis orígenes, mi infancia en Calcuta y la desgraciada historia del colgante que me había separado del que era mi único amor, Hasin. Aimé, cómo no, intercalaba resoplidos de descrédito como los que siempre me soltaba cuando yo defendía la pureza de mi amor por mi príncipe bengalí.

Él escuchaba con atención. Hacía las preguntas justas solo para confirmar que estaba comprendiendo mi historia. Comentaba lo mal que le parecían las injusticias encerradas en ella y se solidarizaba con mi pesar a través de miradas llenas de verdadera empatía. Seguí adelante con la parte oscura de mi vida en Londres, el fallecimiento de mi madre y mi compromiso con el gobernador Beadon. Muy pronto llegamos al punto delicado de la trama: la revelación de que yo estaba en una especie de «busca y captura bajo recompensa» y que siempre le debería el favor a Aimé de haberme permitido unirme a él en su viaje a Suez. Y, para terminar con mi epopeya, le resumí la trayectoria empresarial meteórica de Hasin y que en esos momentos mi misión era reunirme con él en Londres antes de que se marchara de allí para cumplir la promesa de renunciar a mí, olvidarme y regresar a Bombay para casarse con su prometida Sundari.

—A ver si lo he entendido bien —recapituló Colin asimilando tanta información nueva—, entonces, vosotros dos no sois ni hermanos ni amantes, ¿es así?

—¡Para nada! —me apresuré a aclarar yo.

—Lo segundo es una pena, pero no —me solapó el descarado de Aimé con los ojos cerrados y las cejas enarcadas.

—¡Aimé! ¿Qué va a pensar el señor Blair?

—Llámame Colin, por favor…, Angelina. Creo que a ambos nos costará acostumbrarnos a los nuevos apelativos —me corrigió con tacto—. Yo ya te comenté que el motivo de mi viaje era regresar a Edimburgo con Andy para darle allí la familia que necesita después de la pérdida de su madre. En cuanto desembarquemos, proseguiremos nuestro viaje hasta Escocia por la ruta que cruza Egipto hasta el Mediterráneo. Pero ¿y tú, Aimé? ¿Por qué viajas a Suez? Si no es indiscreción…

—Mis motivos son de lo más aburridos, *mon ami* —respondió él con gesto anodino—. Viajo solo con el propósito de reunirme con mi padre en Suez, pues lleva años trabajando allí en la construcción del canal.

—Me da la sensación, querido, de que lo único aburrido que tienes en tu vida son esos *motivos* —bromeó con una carcajada comedida—. Me consta que tienes revolucionada a la parte femenina del pasaje y que alguna que otra oportunidad has aprovechado ya…

—Puede que no vayas desencaminado con tu observación... —afirmó Aimé con una sonrisa cargada de picardía—. De hecho, te propongo algo, si el pesar por la pérdida de la madre de Andy te lo permite, yo podría ayudarte a poner fin a tu soledad. Con un par de trucos, podrías sacarle mucho partido a ese aspecto de hombre perfecto, respetable y tierno que viaja solo con un niño.

—Tal vez acabe aceptando tus consejos de experto en las artes amatorias, pues la verdad es que ese nunca ha sido mi fuerte. —Colin se rio a gusto ante el comentario—. Por cierto, he visto que antes estabas dibujando y el arte es algo que me apasiona. Creo que es otra parcela en la que no soy nada ducho, pero sé reconocer un buen trabajo en cuanto lo veo. ¿Me permitirás ver tus pinturas?

—Claro, solo te pido que, aunque no te gusten, me mientas como un bellaco y alabes mi talento. Ya habrás descubierto que soy un tipo un tanto ególatra.

Aimé le acercó la carpeta que descansaba apoyada al lado del sofá y Colin se sentó en el suelo a su lado a contemplar cada lámina. Yo los observaba desde la silla, con mi libro en las manos, pero sin leer ni una palabra. Estaba encantada de ver que el incorregible francés por fin se comportaba de forma decente con el hombre que se había desvivido por nuestro bienestar.

Yo sabía que la colección del joven De Lesseps contenía numerosos esbozos de cuerpos masculinos desnudos y me invadía la curiosidad por saber qué opinaría de aquello el prudente Colin. Mantenía cada lámina durante un buen rato en las manos y la miraba con detenimiento. He de decir que me sorprendió la naturalidad con la que se dedicó a realizar comentarios sobre las técnicas usadas. Le fascinaba la pericia con la que hacía uso de la técnica de la línea sensible para resaltar los primeros planos de tal o cual figura, alababa las equilibradas composiciones de elementos y la expresividad de las posturas de los modelos con independencia de lo atrevido de las escenas representadas.

Resultó que, durante su formación, había recibido clases de arte en Edimburgo y había descubierto dos cosas. La primera era que le apasionaba la pintura, le emocionaba conocer las técnicas pictóricas y seguir la evolución de la historia del arte; y la segunda fue asumir con tristeza que sus manos eran unas negadas en tal habilidad. Le confesó que, como afición paralela a sus labores en las fábricas de cerveza, había reunido una modesta colección de obras de artistas emergentes y que al ver sus trabajos no dudaría en adquirir varios de ellos.

Di gracias al cielo por ponerles todo un mundo en común con el que poder conversar y acabar de limar las asperezas unilaterales que pudiera guardar mi falso hermano por el otro joven.

Las horas transcurrían lentas en aquella segunda tarde de encierro, pero al menos se respiraba paz en el camarote. Yo escuchaba feliz su conversación que había desembocado en un debate sobre realismos y abstracciones, algo que a mí se me escapaba de todo conocimiento, así que me concentré en rematar mi lectura de una vez por todas.

El descubrimiento de aquel nexo de unión artístico sirvió de punto de inflexión en la relación entre mis dos compañeros de cuarentena. Yo había intuido la sensibilidad de Colin desde el primer momento en que lo había visto. El trato con su sobrino era especial y conmigo siempre había hecho gala de un tacto y unos modales de caballero comprensivo y amable que distaban mucho de los habituales burdos cortejos de los hombres que me habían intentado pretender con anterioridad. Yo percibía que había algo distinto en él, lo que mi vista todavía ignorante no sabía identificar era lo que ocurría en realidad.

Cuando se cumplieron las veinticuatro horas del pacto con el doctor Conall vino a visitarnos el señor Forrester, un hombre menudo y flaco como un saco de huesos que había sido nombrado ayudante improvisado del doctor por su experiencia como practicante. Nos informó de que el doctor no podía venir en persona, pues estaba atendiendo varios casos en estado muy grave y no quería dejar de administrar personalmente sus remedios hasta asegurarse de su reversibilidad.

No hicieron falta palabras, solo con la mirada de sorpresa con la que aquel medio hombre testeaba la fabulosa recuperación de Aimé nos dio a entender el mal estado del resto de pacientes en contraste. Le pidió a Colin que le contara cuáles habían sido las técnicas usadas en Aimé, la receta de su suero, la dosis y las medidas de prevención de contagio, todo lo que pudiera ser útil para ponerlo a prueba en los pacientes que no estaban respondiendo a ninguno de los tratamientos empleados. Se lo anotó todo y le dio la sincera enhorabuena por cómo había actuado, pero nos dijo que lamentaba no poder levantarnos la cuarentena, pues eso era competencia del médico y que este nos visitaría en cuanto le fuera posible.

Antes de que el señor Forrester saliera por la puerta, Aimé le interrogó:

—¿Podría revelarme cuál es el estado de salud de un marinero llamado Mishka?

—Como están ustedes aislados, se lo revelaré rogándoles que guarden discreción. El doctor insiste en mantenerlo de momento en secreto para evitar el pánico general. —Entonces miró a Aimé con unos ojos tristes y cansados que no auguraban nada bueno—. Lamento decirle que el joven indio ha sido la primera víctima mortal del buque.

El francés, que siempre ocultaba sus sentimientos tras una verborrea irónica, esa vez se quedó mudo y se limitó a recostarse con un brazo sobre los ojos, visiblemente afectado.

Para tranquilizarnos nos aseguró que el pasaje había sido separado de la tripulación afectada y que nadie, excepto el señor De Lesseps, había resultado contagiado. Nos recordó la importancia de mantener nuestra cuarentena hasta que pasara el tiempo prudencial y asegurarnos de que la epidemia estuviera controlada.

Antes de despedirse, Colin aprovechó para pedirle que tuvieran en cuenta que, tan pronto como estimaran conveniente, le llevaran al lado de Andy.

El escocés y yo respetamos el amargo silencio de Aimé, quien, alumbrado con la luz de gas del camarote, estuvo concentrado hasta bien entrada la noche dibujando de memoria el bello rostro imberbe del fallecido, que bien podría haber pasado por el de una bonita muchacha.

Me intrigaba cuáles habrían sido sus sentimientos por Mishka. ¿Se podía separar el amor de la lujuria o eran dos sentimientos que siempre tenían fugas en sus líneas divisorias? Una cosa estaba clara, una vez más, Aimé era obligado a decirle adiós a alguien que se había asomado a través de su coraza y eso siempre sumaba puntos al lado hermético del francés.

Pasaron varios días en los que nos dedicábamos a dormir, a comer lo que nos acercaban hasta la puerta y a conversar, sobre todo a esto último. Una tarde sacamos a pasear nuestras historias del pasado más avergonzantes o salidas de tono. Colin nos contó cómo un día bailó delante de toda la familia entera, a pesar de ser el más tímido, después de un atracón de *cranachan*[13] demasiado cargado de *whisky*, yo les relaté lo bien que lo pasábamos Hasin y yo cada tarde después de las clases de mister Montrose haciendo el salvaje por los jardines de mi casa, un comportamiento muy lejano al de una señorita decente según los cánones marcados por la reina Victoria, pero, como no podía ser de otra manera, el francés se ganó toda nuestra atención cuando nos esbozó las anécdotas de un travieso Aimé adolescente que se fugaba del cuidado de su tía para bañarse desnudo en la playa de Marsella.

---

[13] El *cranachan* es un postre típico de Escocia. En general consiste en una combinación de crema batida o queso, *whisky*, miel y frambuesas frescas, junto con avena tostada remojada durante la noche en un poco de *whisky*.

—¡Venga, Aimé! —insistí yo dejándome llevar por la curiosidad que tanto me despertaba su emocionante vida—. ¡Cuéntanos más detalles!

—Querida, ¿sabes que esa curiosidad podría matar a una cándida gatita como tú?

—Por favor…

Aimé se acariciaba la barbilla mientras dejaba que su mirada se perdiera en las vistas a un plácido mar que le ofrecía la ventana del camarote. Aquella pregunta le había removido un íntimo recuerdo sepultado por años y su mecanismo de defensa había echado mano de la salida más fácil. Contaba con un talento natural para la seducción que le ayudaba a escapar de forma magistral por el lado tangente de cualquier encrucijada.

Pero esa vez sería diferente, aquellos días se le veía dispuesto a abrirse, se sentía arropado y la llegada de la madurez le estaba regalando las fuerzas necesarias para enfrentarse a los traumas del pasado.

—Está bien —dijo, al fin, clavándome unos profundos ojos como dos almendras que tras su cáscara ocultaban mil secretos dulces y alguno que otro amargo. Estaba claro que yo no pensaba darme fácilmente por vencida y él lo sabía—, voy a contaros algo que jamás le he revelado a nadie. Me intriga saber qué tenéis vosotros pensado ofrecerme a cambio de tan íntima confesión…

—Dependerá del grado de satisfacción que tu relato deje en mi curiosidad —respondí yo implacable.

Colin hacía ver que no entraba en el juego con la vista clavada en uno de sus libros, pero una risa indiscreta se le escapó.

—¡Buena respuesta! —Aimé rio a gusto ante mi elocuencia—. Me parece que eres una conversadora más hábil de lo que yo creía. Espero no defraudarte y obtener así tu moneda de cambio, junto a la del caballero del fondo de la sala que finge no escucharnos.

Se acomodó de nuevo en el sofá, cruzó las piernas y volvió a dejar la vista suspendida en el ocaso marino en busca del hilo con el que empezar a enhebrar su historia:

—Corría el año 1858. Yo tenía tan solo catorce años y estaba pasando un feliz verano en la casa de campo de la tía Anette en Marsella. Mi mayor y único hermano seguía internado en el colegio de París, pero conmigo mi padre siempre era más indulgente en temas de responsabilidades y me había permitido salir para disfrutar del sol de la Costa Azul.

»Echando la vista atrás, me pregunto si siempre he sido un alma libre y por eso mi padre nunca me ha podido enjaular o si fue su trato laxo para conmigo el que favoreció estas tendencias *libertinas* que habitan en mí.

»Si me permitís el inciso, os recuerdo, querido público, que no llegué a conocer a mi madre, pues la pobre falleció al poco de darme a luz, así que siempre me queda el recurso fácil de culpar a la falta de una figura maternal por mi comportamiento.

»Pero retomemos nuestra historia, pues lo que ese verano ocurrió me marcó para siempre.

»Yo no conocía a nadie en aquella ciudad ni tenía posibilidades de hacerlo por mí mismo, ya que debía acompañar a mi tía a todos lados. Ella acostumbraba a merendar cada tarde con la esposa del alcalde, aunque más que tomar el té lo que hacían era fundirse un buen puñado de monedas en una verdadera timba de *écarté* con otras damas vecinas del lugar. Por suerte, el alcalde y su señora tenían un hijo y una sobrina que pasaba con ellos los meses de julio y agosto, ambos de una edad similar a la mía, y aquella recurrente afición por los juegos de cartas de nuestras tutoras de verano pronto nos convertiría en una pandilla inseparable.

»Charlotte era la que tramaba todas las travesuras que yo secundaba antes de que tuviera tiempo de acabar de maquinarlas, mientras que su primo Claude era la prudencia personificada. Los dos tirábamos del carro para convencerlo juntos de cometer toda clase de locuras divertidas, como escarbar el baúl de las enaguas de la criada más joven donde guardaba la correspondencia que mantenía con su fogoso prometido, y al final siempre acababa siendo él el que se resistía a marcharse sin leer una misiva más.

»Los tres éramos muy jóvenes y teníamos ganas de exprimir al máximo las vacaciones en contraposición a los lúgubres inviernos que pasábamos en nuestros respectivos internados de caballeros o de señoritas, respectivamente. Con aquella edad que se resistía a despedir del todo a la infancia, nos cogimos tal confianza que, cuando estábamos solos no teníamos ningún problema en saltar unos encima de otros o en darnos brutos empujones seguidos de sinceros abrazos. Sentíamos curiosidad por nuestros cuerpos y el deseo exacerbado propio de aquella etapa de cambios nos comía las entrañas.

»Durante sus interminables partidas nos dejaban jugar libres por los campos de aceitunas de la casa del alcalde. A veces íbamos a la playa a bañarnos, pero siempre regresábamos a tiempo para que no se dieran ni cuenta de que nos habíamos escapado hasta el mar. Allí nos lanzábamos al agua agarrados de la mano desde los acantilados y, después de revolcarnos como críos por la arena, nos ayudábamos unos a otros a recomponer nuestro aspecto antes de volver con cara de no haber roto nunca un plato.

»Pasaron las semanas y nuestra amistad fue dando paso a sentimientos más ardientes. Aquellas tentaciones prohibidas nos tenían hechizados a los tres, pues existía la misma atracción por parte de cada uno de los lados del triángulo equilátero que habíamos acabado formando.

»Una noche me invitaron a quedarme en casa de Claude para cenar con la familia y disfrutar de la tradicional velada anual en la que acostumbraban a trasnochar para ver la lluvia de perseidas desde su terraza. Se nos hizo muy tarde observando las estrellas y sus padres nos abandonaron para irse a dormir, mientras que nosotros quisimos quedarnos un rato más.

»Todos en la casa dormían y reinaba un silencio que solo era roto por el canto del cortejo de los grillos y por alguna que otra rana enamorada. Nos arropaba una oscuridad casi absoluta y las espesas matas de dama de noche envolvían aquella terraza con su aroma. Charlotte sacó las últimas cartas que le había podido incautar a la criada y, pegando las tres cabezas junto a una débil luz de gas, nos dispusimos a leerlas en susurros.

»Como era de esperar, el ambiente cada vez fue elevando su temperatura un poco más hasta que solo faltaba que alguien diera un primer paso para detonarlo todo. Os confieso que el del primer paso fui yo, es algo que se me da bien. Dejé volar mis manos, cada una sobre el cuerpo de uno de mis dos amigos, que enseguida pasaron a ser ardientes amantes entregados al placer sin tapujos.

»No teníamos experiencia más allá de lo que aquellas tórridas cartas relataban, pero la naturaleza es sabia y conoce a la perfección los caminos del placer. Nos deshicimos de las ropas que nos molestaban y fundimos nuestros labios en un beso donde tres lenguas partieron en distintos recorridos. Jamás olvidaré aquel acto tan puro, hermoso dentro de su erotismo limpio, sano y libre de todos los prejuicios que pronto llegarían para enturbiar nuestros inocentes corazones.

»Borrachos de lujuria, nos olvidamos de ser más cautos y, en un descuido, la lámpara de gas cayó al suelo con tan mala suerte que acabó rodando hasta la pata de una mesa cubierta por un elegante mantel de hilo bordado cuyo algodón se prendió fuego como si de una mecha se tratase.

»La madre de Claude fue la que divisó las incipientes llamas desde la ventana de su dormitorio y apareció en la terraza como una bala a apagarlas a cojinazos. Lo que aquella mujer no sabía era que lo más ardiente de aquel lugar no eran los jirones de tela de su mantel, sino la escena que estaba viviendo su momento más álgido tras las pobladas ramas de la dama de noche.

»La oscura y mágica madrugada de San Lorenzo de 1858 tuvo a bien mantener oculta la indiscreta luz de la luna y nos salvó de ofrecer más detalles de los que aquella mujer podría haber digerido, aunque con los movimientos de caderas, piernas, espaldas arqueadas y los jadeos que escapaban aleatorios por nuestras gargantas tuvo bastante como para comprender la magnitud de aquel acto pecaminoso.

»Desde ese día no permitieron que nos viéramos más. Nunca supe qué contó exactamente aquella mujer, pero jamás me permitieron volver a pisar Marsella. Las tres familias reforzaron nuestras prisiones académicas hibernales y, aunque nunca hablé directamente con mi padre de lo sucedido, me dejó claro que aquello no debía repetirse en el futuro y me suplicó que tratara de centrarme en seguir un camino más "convencional" o mi vida iba a ser muy desgraciada.

»Primero me sentí confuso, pues aquella experiencia que para mí había sido tan natural, perfecta y hermosa a rabiar parecía que para los demás era digna de criaturas satánicas. Yo mismo me demonicé y pasé años de barbecho sexual, hasta que el tiempo me hizo comprender que hay tantos tipos de amantes como colores visten a la naturaleza y que lo que debía hacer era probar a mezclar mis pinturas con las que estuvieran dispuestas a combinar conmigo. Aquellas que se repelían como el agua y el aceite lo mejor era simplemente evitarlas.

»Y aquí acaba mi historia, curiosa amiga —anunció Aimé con una sonrisa bañada de añoranza y con tintes de expectación—. Ese fue mi primer contacto con los goces de la carne. Espero no haberos escandalizado con este pasaje de mi adolescencia.

—Al contrario —respondí lidiando con cierto rubor—, ha sido muy interesante conocerte un poco más.

—Pues concédeme que te comparta un secreto más. No hay noche estrellada que no regrese a mi mente el calor de aquella velada y me haga desear volver a revivir su pasión. —El francés descruzó las piernas y se inclinó hacia delante para hablar lo más cerca posible de mí—. ¿Te atreverías a acompañarme a ver una lluvia de perseidas o me tendrías miedo después de lo que os he contado?

—¡De verdad, Aimé! No pienso responder a eso —negué en un intento de mantenerme erguida y digna—. Vas a acabar escandalizando a Colin.

—Bueno, bueno… —farfulló él y nos lanzó sendas miradas inquisitorias—. Os lo advertí, a partir de este momento estáis en deuda conmigo y no la saldaréis hasta que me contéis una historia en primera persona que rivalice en pasión a la mía.

—Llevas claro que yo te comparta algo tan íntimo —solté y dejé ir a gusto una carcajada de aprendiz de bruja manipuladora que acabó fundiéndose en una risa sincera de los tres, detonada al escucharse un lastimero «ojalá» por parte del siempre tan correcto escocés.

Aimé fue recuperando gradualmente su humor y, con la hacinada convivencia, los lazos de confianza entre los tres se fueron estrechando de tal forma que ciertas barreras de respeto inevitablemente cayeron, tanto físicas como morales.

Estaba a gusto entre aquellos dos hombres con los que cualquier señorita podría haberse sentido fuera de lugar, o haber sido tratada de forma diferente, pero juro que llegamos a un nivel de comodidad que se podía palpar en el ambiente, y no negaré que aquella anécdota de las perseidas a veces visitaba mi mente y me hacía dudar de si su retorcido autor se la habría inventado solo para turbarme, hasta que una tarde lluviosa todo cobró sentido.

Las nubes se compactaron y descargaron un chaparrón que reunió a varios pasajeros ociosos en el salón comedor. Uno de los músicos del pasaje tocó el violín lo suficientemente fuerte como para que la brisa nos acercara su alegre melodía por la ventana. Yo estaba tan muerta de aburrimiento, a la vez que feliz por la nueva amistad forjada y la mejoría de Aimé, que me levanté y me puse a bailar como si hubiera perdido el juicio. Cerré los ojos y dancé sin reglas, sin pasos estudiados, mi cuerpo se expresaba libre. Al poco, Colin se unió a mí. Me agarró de las manos y bailamos con la fresca espontaneidad con la que lo harían dos niños. Nos reímos y dimos vueltas mientras Aimé nos miraba desde su sofá con una amplia sonrisa adornándole los labios. Había adelgazado bastante en aquellos días y se le marcaban un poco más los pómulos, pero, lejos de ofrecer un aspecto demacrado, su rostro brillaba con una felicidad que yo jamás le había visto.

En un rato tuve que parar, pues con tanto día de inactividad estaba exhausta y mareada de tanto giro. Me lancé sobre la cama, el techo me daba vueltas, pero para mi sorpresa el escocés no paró, sino que invitó a Aimé a acompañarlo. Le tendió la mano galante y, a la segunda mueca divertida, consiguió que se levantara.

Al principio también danzaban como dos críos jugando, pero Aimé enseguida tuvo que bajar el ritmo, pues aún no contaba con todas sus fuerzas. Vi cómo Colin se ofreció a acompañarlo al sofá de nuevo, pero él forzó la posición agarrándolo de la mano para seguir bailando juntos a un paso lento. Yo empequeñecí y quise desaparecer hundida entre las almohadas de la cama por la intensidad de la escena que estaba contemplando ante mí.

Como si el violinista se hubiera confabulado con la suerte, cambió la pieza por una más suave, lenta y melancólica que sonaba al servicio de aquellos dos bailarines que parecían haber bailado toda la vida juntos. Sus miradas hablaban sin necesidad de usar palabras. Los iris caramelo se fundían en un inmenso mar negro. No se parecía a ninguna mirada que dos hombres se hubieran regalado jamás ante mis ojos. Era la progresión lógica de la mirada de adoración que había iniciado Colin al cuidar de Aimé cuando estaba tan grave. Y al fin lo comprendí todo: se gustaban, se comprendían, habían sintonizado a la perfección. Aquellos dos hombres se amaban.

Con las costas de Suez a pocas millas y en medio del mar Rojo, dos almas de colores atípicos habían combinado como cuando un óleo se mezcla con un barniz para brillar todavía más.

La música finalizó, pero ellos se mantuvieron en un abrazo estrecho y largo que me dejó sin respiración. Si hubiera podido dejarlos solos, sin duda lo hubiera hecho, pero era imposible y por respeto a mí se acabaron separando. Colin ayudó a instalarse a Aimé bajo su manta de convaleciente, pero antes de soltarlo le dio un breve beso en los dedos de la mano como el que se le daría a una dama en pleno cortejo. Fui testigo de cómo dos hombres se podían enamorar exactamente igual que cualquier pareja de hombre y mujer, y me convertí en una firme defensora de la consecución de aquella historia de amor.

El secreto que ocultaba Colin ya había salido a la luz. Él jamás me había cortejado a mí, sino que desde nuestro primer encuentro en cubierta había quedado prendado de mi falso hermano Aimé.

Un buen día nos trajeron a Andy al camarote y me llegó al alma la alegría con la que se reencontraron ambos. Nuestra cuarentena había acabado. Ningún tripulante más había fallecido, pues habían añadido a su dieta el suero de Colin, aunque el doctor no aceptó dejar de aplicar sus sangrías depurativas.

Colin y el niño pasaban más tiempo en nuestro camarote que en el suyo. Aimé enseñaba a dibujar con sorprendente paciencia a Andy, bajo la dulce contemplación de su tío, cuyo corazón se derretía al ver la ternura con que su amado guiaba al pequeño. El francés se empeñaba en negar que los niños le gustaran, pero era indudable que le estaba tomando mucho cariño a la revoltosa criatura que parecía una versión reducida del escocés.

Yo sabía que Aimé estaba perfectamente recuperado, pero más de una vez acepté gustosa quedarme al cargo de Andy mientras Colin acudía a la falsa llamada de ayuda para afeitarse, o bañarse, con la que el francés excusaba la necesidad de dos amantes de disfrutar de ratos de intimidad.

Me sentía pletórica por ellos, era como si a través de sus contenidas demostraciones de afecto en público, caricias furtivas de las manos y fugaces miradas cargadas de deseo, yo reviviera mi propia historia de amor con Hasin en el punto en el que se había quedado congelada en el tiempo. Cada día le echaba de menos con más intensidad. Nosotros teníamos aquella magia, ese algo tan irracional, ilógico e incontrolable que me negaba a creer que pudiera haber sido borrado en siete años sin vernos, ni en siete mil.

Y con toda esa vorágine de sentimientos a flor de piel, nuestro barco llegó a Suez.

15. La suerte devuelta

Londres, 15 de febrero de 1867

Las buenas acciones traen buena suerte de vuelta. Es algo así como iniciar una cadena de positividad, y, aunque esta no es una regla infalible, eso fue lo que le salvó la vida al indio más famoso del momento en Londres.

Henry McQuaid había sobrevivido durante años inmerso entre aquellas desafortunadas gentes, por lo que la historia de su sorprendente amistad con el generoso caballero extranjero se había extendido como la pólvora hasta los rincones más recónditos de los suburbios de la ciudad.

El guarda de los almacenes no acudió al lugar del incendio hasta que las llamas ya habían alcanzado el techo de la nave. Después de unos tragos para calentarse los huesos, se había quedado traspuesto. Sin poder escuchar ni los golpes ni los gritos, cuando el olor a humo lo alarmó, salió corriendo. Al llegar, las puertas parecían dar paso al mismo infierno, todo el cargamento ardía sin piedad. Al lado de la entrada se encontró, desvanecido sobre el pavimento, al joven indio cubierto de sangre y de hollín. Era evidente que había sido víctima de una agresión, aquello no podía ser un accidente. Con semejante diferencia de envergaduras, el pobre hombre lo arrastró como pudo hasta dejarlo a salvo de perecer engullido por la densa nube negra y fue a pedir auxilio.

La voracidad del fuego alertó a varias prostitutas que rondaban por aquellas calles del puerto. Al asomarse al lugar del siniestro para saciar su curiosidad, vieron el cuerpo inconsciente del elegante extranjero que estaba en boca de todos. El enjuto guarda trataba de reanimarlo con todas sus fuerzas mientras esperaba ayuda. El pobre infeliz hacía lo posible por salvarlo y con ello salvar su sentimiento de culpabilidad. Pronto, el chisme llegó a oídos del trilero del barrio, de él al veterano carterista, que a su vez se lo comentó a su amigo el cochero y la bendita casualidad quiso que este último fuera Jack Williams, el antiguo trabajador de la familia Spinner, quien conocía de primera mano cómo localizar a Henry, su vecino de la pensión de miss Green.

Y así fue cómo el destino giró las tornas, salvador y salvado habían invertido sus papeles. Poco antes de las seis de la mañana, Henry sostenía sumergido en agua tibia a Hasin, dentro de la bañera de su habitación del Langham. Como lo hubiera hecho por un hermano pequeño o por su propio hijo, le frotaba con cuidado las manchas de sangre coagulada, propia y ajena, y le limpiaba la pátina de negro tizne para que el médico del hotel pudiera evaluar la verdadera gravedad de las heridas.

De la cocina le subieron un filete de carne, bien fresco, con el que mitigar la inflamación del hematoma púrpura de la nuca. Le consiguieron también varios ungüentos para el escaldamiento de la piel que había quedado expuesta al calor de las llamas. El paciente sufría una fuerte conmoción, pero ninguna de sus lesiones suponía un riesgo de muerte.

Henry le aplicó todas aquellas curas con dedicación. Hasin fue recuperando la consciencia, poco a poco, mientras este lo secaba con delicadeza por encima de las magulladuras. En cuanto consiguió despegar los párpados, tomó consciencia de lo acontecido y quiso hablar, pero la garganta le ardía tanto como para no permitirle sacar más que un débil hilo de voz ronca.

—¿Se ha quemado todo? —preguntó entre toses secas.

—Lo lamento mucho, patrón —respondió el más mayor—. No se ha salvado nada.

—Debo ir a la reunión del comité —anunció con gesto serio.

—¿Cree usted que está en condiciones de presentarse en la UKFT? —consultó Henry con miedo de que desfalleciera de nuevo con semejante contusión craneal.

—Necesito que me ayude a estar presentable —pidió sin dar lugar a réplicas. Se levantó con lentitud y, agarrado a la pared y medio encorvado por el dolor, expuso con solemnidad—: Mi honor está en juego. Debo dejar a la Compañía de Hilado y Tejido de la India Central en el mejor lugar, aunque literalmente me deje la piel en ello.

—Como desee.

Le indicó a su ayudante dónde estaba el traje de terciopelo azul que había reservado para causar la mejor impresión en aquella decisiva reunión. Este le ayudó a vestirse y a calzarse, pues el golpe del abdomen le dificultaba doblar el tronco y el de la cabeza, cada vez que se movía, conseguía que sintiese como si el cerebro se le fuera a salir del sitio.

Esa mañana, desde bien temprano, el salón más grande de la UKFT bullía de actividad, pues albergaba la reunión de los más ilustres empresarios textiles de la Corona. Divididos por grupos, muchos de aquellos selectos caballeros tomaban infusiones de prejuicios y mezclaban el humo rancio de sus pipas, entablando relaciones no siempre de lo más lícitas.

A la hora acordada, el señor Radhav comparecía ante el comité seleccionador de la Exposición Universal e intentaba mantener la más digna verticalidad apoyándose en los hombros de su leal ayudante.

En un rincón de la sala, Bruce Spinner, especialmente risueño y con el pecho henchido de aires de superioridad como lo haría un pavo real a punto de desplegar su cola, charlaba con otros colegas del gremio textil, pegado al lado de Connor Wilford, el presidente de la asociación. En cuanto el maltrecho indio apareció por la puerta, no pudo disimular su sorpresa, los ojos se le salían de las órbitas y unas gotas de sudor frío le cubrieron la frente en el acto.

—¡Ya está aquí nuestra joven promesa de la India! —exclamó mister Wilford abandonando de forma descarada a los demás hombres para centrar toda su atención en el empresario que le tenía impresionado—. ¿Cómo está, mister Lamba Pa? ¿Preparado para conquistar al comité con sus espléndidas muestras?

—Buenos días, mister Wilford —saludó él con la voz quebrada—. Disculpe mi mal aspecto… y mis manos vacías, pero anoche fui asaltado en mi almacén del puerto por unos malhechores que, no contentos con apalearme hasta perder la consciencia, incendiaron deliberadamente todo mi cargamento.

Varios murmullos de estupor salieron de entre los presentes, menos de uno de ellos, que solo se limitaba a observar la escena enmudecido.

—Entonces…, ¿no tiene nada que mostrarnos? —preguntó con cierto tono de decepción y ni una pizca de compasión.

El presidente acababa de demostrar que no le importaba que el indio hubiera sido víctima de un claro sabotaje. Con ello dejaba claro que ese tipo de incidentes debían de estar a la orden del día entre aquellas turbias esferas.

—Ahora mismo no, pero si me dan unos días podría reunir varias piezas de mis clientes británicos, franceses y españoles. —Hasin había meditado aquella solución, como la única más inmediata, de camino a la cita—. Seguro que le complacerán tanto como lo que usted ya vio con sus propios ojos. Y no se preocupe, para la fecha de inauguración de la Exposición de París encargaré que me manden la mejor selección desde Bombay…

—¿Pero me está diciendo que ahora mismo no puede enseñar ni uno de sus trabajos a mis colegas?

—No, ahora mismo, me temo que es imposible.

—Reconozco que me sabe muy mal. Tenía muchas expectativas puestas en su empresa, pero aquí tenemos unas normas y la imagen formal de la nación es nuestra prioridad. Si su trabajo hoy no resulta seleccionado, no podemos ofrecerle prórroga alguna. Va contra las normas y sería injusto para los demás que sí están cumpliendo con las bases para la postulación. ¿Lo comprende, usted?

—Lo entiendo a la perfección, pero usted mismo comentó que lo que le mostré era el mejor muestrario que jamás había visto. Yo le doy mi palabra de que…

—De veras que lamento muchísimo decirle esto, pero debo pedirle que abandone esta reunión. Sin sus ejemplares me es imposible hacer nada por usted.

—De acuerdo. —Hasin agachó la cabeza—. Igualmente, gracias por haberme dado esta oportunidad. Espero que quien viaje a París en mi lugar ofrezca un trabajo digno de dejar bien alto el pabellón de la industria textil británica en la nueva capital de la moda. No solo con una colección de telas de alta calidad, cuestión que no pongo en duda, sino digna de las damas más ávidas de modernidad, en vez de dirigida al público de la tercera edad —sentenció descansando una mirada cargada de intención en mister Spinner.

—Eso esperamos todos, mister Lamba Pa —respondió el padre de Angelina al sentirse señalado—. Dar la mejor imagen de la Corona es el interés común de todo miembro de la UKFT. Me sumo al pesar de mi amigo mister Wilford, ¡qué mala suerte ha tenido! —añadió con desbordante falsedad.

—No creo que mi desgracia sea una cuestión azarosa, sino más bien malintencionada.

Aquella situación despertó el rencor guardado durante años por aquel que le acusó injustamente de ladrón. Él no era de naturaleza vengativa, pero el dolor causado a la familia Radhav entera todavía le quemaba clavado en su honor. No podía creer que, una vez más, la vida le pusiera en el punto de mira de la crueldad de aquel demonio inglés que volvía a retorcer su destino.

Los ojos de Hasin lanzaban rayos de ira sobre el que, a todas luces, recaían todas las sospechas de ser el auténtico culpable del ataque.

¿Para quién más resultaba una amenaza su muestrario? ¿Quién más lo había visto? ¿Quién podría tener tanto interés en evitar que se presentara al día siguiente en tan decisiva reunión? Pero realmente no tenía pruebas como para acusar a nadie, ni siquiera la prensa se había hecho eco todavía del aparatoso incendio de los muelles.

—No se preocupe, es usted joven, seguro que habrá una nueva oportunidad más adelante… —le consoló Bruce Spinner empleando a fondo su cinismo.

—Gracias por sus ánimos —dijo Hasin apretando con fuerza la mandíbula. La atmósfera de tensión contenida podía palparse por todos los curiosos que presenciaban la escena—. No dude que, con trabajo duro, honradez y buenas intenciones, mi empresa llegará muy lejos. Ahora solo me queda desearles la mejor suerte a todos los presentes.

El indio rozó el ala de su sombrero con los dedos enguantados y se despidió de la oportunidad de continuar su aventura en París.

Las dos veces que había visitado aquel maldito edificio había acabado llorando, y eso que era un hombre más bien inclinado a tragarse las penas, mas en aquel rincón gris del mundo, las lágrimas no pedían permiso para brotar. Por suerte, le constaba que la lluvia perenne hacía que las gotas de sus mejillas se fundiesen, dulces con saladas, y su tristeza quedara oculta a ojos del mundo, excepto de Henry, quien acompañaba en silencio a su herido patrón de regreso al coche de caballos.

El viaje a Londres había resultado un auténtico desastre. No solo no había sido capaz de encontrar a su Angelina, sino que había tenido que encajar el duro golpe de descubrir que estaba prometida y, lo que es peor, con un gobernador. ¿Quién era él al lado de alguien con un cargo así? ¿Qué podía ofrecerle en comparación?

Aquellas preguntas tenían una inicial respuesta muy lógica en términos pragmáticos, pero Hasin sabía bien que las cosas no siempre son como aparentan en primera instancia. Algo no le acababa de cuadrar con los ideales que Angie y su bondadosa madre le habían demostrado defender. Se tomó el momento que dura un suspiro profundo y, con una segunda lectura de la situación, pudo darle un enfoque bien distinto.

Lejos de dejarse amilanar por aquella aparente desventaja, Hasin tenía práctica usando las adversidades como puntos de ancla desde los que tomar impulso para crecer. La respuesta a aquellas cuestiones se le abría preclara, en esos momentos más que nunca. Él le entregaría un amor sincero, tan noble, puro e incondicional como el que aquella calaña de personajes codiciosos solo demostraba por su propio trasero.

Hasin Radhav se había labrado un nombre y un futuro prometedor en su país, a base de sacrificio y dedicación, mientras que la mayoría de ese atajo de ricos de pacotilla se habían especializado en prosperar a costa de los actos más viles: los sobornos, las influencias de poder e incluso la contratación de sicarios para aplastar a la competencia. Con la cabeza bien alta podía asegurar que su estatus era lo suficientemente bueno como para pretender la mano de Angie.

Entonces recordó el comentario que le había hecho a Henry el antiguo cochero de los Spinner. Aquel hombre despechado había insinuado que el compromiso con Beadon había significado un buen parche para las finanzas de Fine Cotton Spinner's y una nueva cuestión le invadió la mente con un dolor más grande que el del golpe en el estómago: ¿habría sido capaz de *vender* la mano de su propia hija a cambio del saneamiento de sus cuentas?

—Henry, se acabó. Tiro la toalla. Regreso a la India —anunció tajante.

—De verdad que lamento lo que ha ocurrido, ¡es tan injusto! Le aseguro que, de haber podido, le hubiera clavado la pipa en los ojos al viejo Spinner... ¡Seguro que fue él quien pagó a esos matones!

—Yo también lo creo, pero lamentablemente la justicia funciona tan lenta que, aunque se consiguieran reunir pruebas, dudo que llegáramos a tiempo de solucionar nada. Y todo eso contando con que exista un juez tan imparcial como para firmar una sentencia en contra de un londinense y en favor de un indio.

—Cuánto lo siento. Sé lo que ir a París significaba para usted...

—De nada sirve estancarse en algo que no tiene solución —reflexionó el joven subiendo al carruaje con esfuerzo—. Nuestra misión ahora es hacer el equipaje para decirle adiós para siempre a esta ciudad y a los sueños que en ella se han frustrado. Vayamos a comprar mi billete de vuelta, a no ser que quiera que compremos otro para usted también... —El indio clavó una mirada interrogativa en los ojos azules de Henry—. Yo estaría encantado de que me acompañara a la India.

Se hizo un breve pero intenso silencio.

—Puede que lo haya dicho usted por mera cortesía y sin valorar bien todo lo que ello implica, pero ¿se asombraría si no rechazara su oferta tal y como las normas de esa misma cortesía dictan? —preguntó con timidez—. Estoy dispuesto a aceptarla, nada me ata aquí.

Con aquella sentencia de mister McQuaid, Hasin vio la luz. Al fin lo comprendía todo. Nada ataba ya allí tampoco a Angelina. La compañía de su padre, por desgracia, no era la más agradable y su madre había fallecido hacía años. La niña rebelde que él conocía hubiera aprovechado la primera oportunidad para viajar de vuelta a la India a buscarle. Sonaba a locura, pero el caso es que él sabía que ella era capaz de eso y más.

Él era un hombre con tendencia al optimismo, un luchador incansable y un rayo de esperanza empezaba a querer asomar por su destino. La cuestión era si era prudente abrirle la puerta a esa nueva ilusión o si lo más sensato sería mantenerla cerrada como barrera a un nuevo desengaño.

—¿De veras me ve como un hombre cuyas proposiciones se queden en vacuas cortesías? —Una sonrisa cómplice les iluminó el rostro a ambos—. Marchemos juntos, pues, amigo, aunque antes haremos una visita a la residencia del gobernador Beadon en Cuttack. Después de esta nefasta experiencia, algo me dice que una versión más madura de mi Angelina bien pudo propiciar un conveniente compromiso para escapar de tan desalmado padre y a la vez obtener un pasaje a la India…

—Desde luego, yo también me alejaría de la tutela de ese hombre, aunque tuviera que surcar los siete mares. Además, ¿Cuttack no es a donde se mudó su familia después de ser expulsada de Calcuta?

—Eso es.

—No quisiera darle falsas esperanzas, todo esto es muy retorcido… —Henry pensaba en voz alta—. ¿No aprovecharía tan brava mujer una oportunidad así de milagrosa para intentar reunirse con usted?

—En efecto, coincidimos en que es bastante retorcido, pero no imposible, tratándose de Angie. —Entonces un recuerdo le ensombreció el gesto—. Solo me frena seguir mis instintos que le prometí a mi madre, y a mí mismo, que si no localizaba aquí a mi amada, regresaría de inmediato a formalizar el enlace con mi prometida.

—No quiero ser abogado del diablo, pero técnicamente no estaría usted rompiendo su promesa. Me explico: si hubiera sabido que su dama estaba comprometida con alguien… digamos de Manchester y que se hospedaba allí, ¿hubiera pasado a visitarla?

—Sin duda.

—Entonces solo debe pensar que Cuttack está un poco más lejos que Manchester.

—Visto así… —Los labios de Hasin dibujaron una amplia sonrisa cargada de ilusión—. Por cosas como esta me acuerdo de por qué le contraté, mister McQuaid. ¡Volvemos a la India!

A pocas millas de allí, en una tienda de especias del barrio londinense de Brick Lane, el señor Carpenter pasaba al almacén de la trastienda dispuesto a abrir un par de cajas del cargamento que les había llegado hacía pocas semanas desde la India.

Varios clientes fijos esperaban ansiosos por sus encargos de cúrcuma y curri plantados delante del mostrador. Había sido una mañana caótica y aún no le había dado tiempo de reponer los cajones desde los que dispensaba sus productos a granel. Y es que, a las ventas directas a la gente que entraba desde la calle, se le había unido que la mayoría de hoteles de la ciudad le exigían la entrega puntual de sus respectivos pedidos quincenales con los que buscaban satisfacer las peticiones culinarias, cada vez más extravagantes, de sus huéspedes extranjeros.

El pobre tendero se secó el sudor de la frente con su delantal y, armado con una palanca, destapó el primero de los dos enormes contenedores de madera.

—¡¿Pero esto qué es?! —exclamó extrañado por el contenido que acababa de descubrir—. Son todo telas…

Revisó la otra caja y, en efecto, dentro había lo mismo. Observó con atención los grabados que marcaban algunos listones de aquellos envases y le pareció leer algo así como Compañía de Hilado de no sé qué de la India.

El señor Carpenter necesitaba recuperar con urgencia su cargamento de especias y estaba seguro de que se habría confundido con el de aquella empresa textil durante el desembarco en el muelle la noche de la tormenta. Movió cielo y tierra para descubrir que su desgracia iba a ser la fortuna de otra persona.

El propio guarda que sacó a rastras el cuerpo de Hasin del almacén incendiado se ocupó, personalmente, de localizar al pobre indio que casi muere quemado ante sus ojos para darle la noticia de que habían localizado parte de su cargamento que se creía destruido.

Aquello lo cambiaba todo. No era mucho, pero había el suficiente surtido de tejidos como para conquistar al público parisino con su calidad, su paleta de frescos colores y sus innovadores estampados.

Debía aplazar el regreso a la India. El futuro de los Radhav y el de las familias de sus empleados estaba en sus manos, y esa vez no los decepcionaría.

—Querido Henry, hay un cambio de planes —anunció Hasin nada más recibir la noticia—: Me siento en el deber de posponer mis asuntos personales del corazón. Partimos primero a consumir nuestra última oportunidad de entrar en la Exposición Universal de París. No hay tiempo que perder.

16. Jaque mate

Port Taofik
Suez, 17 de febrero de 1867

Una vez más me sobrevenía la idea de que las personas no somos más que piezas a merced de un destino voluble y antojadizo. En esa ocasión, aunque ambos peones coincidíamos en la misma casilla del tablero, a Aimé y a mí nos esperaban jugadas muy distintas. Por mi parte, aquella posición estratégica significaba estar más próxima a la victoria, mientras que para él implicaba lo más parecido a perecer en el abismo de un jaque mate.

Habíamos desembarcado en Port Taofik, en la ciudad de Suez, desde donde Colin y Andy debían sumarse de inmediato al resto del pasaje que partía en una caravana para unirse a la ruta por tierra que cruzaba Egipto hacia el Mediterráneo. Había llegado el momento de que nuestros caminos se separaran.

Un océano de tristeza habitaba dentro de la piel de aquellos dos hombres. Se podía palpar el dolor que rasgaba sus corazones.

Yo ya había consumido mi escaso cupo de minutos de despedida agarrada al cuello del escocés llorando como una Magdalena, pero no quería robarles ni uno de los últimos segundos juntos a la pareja.

Me había retirado hacia un puesto de dátiles, para dejarles espacio, llevándome conmigo de la mano al pequeño. Habíamos pasado tantas horas juntos en el barco que los dos nos adorábamos mutuamente. Lamentaba no poder verlo crecer. Estaba convencida de que bajo la tutela de su tío iba a convertirse en un hombre magnífico y hubiera sido un placer seguir a su lado, mas en esos momentos yo no solo desconocía cuál sería mi destino, sino que ni siquiera tenía la más remota idea de dónde me encontraría al día siguiente.

Apartados de cualquier mirada curiosa, tras unas cajas de madera que se apilaban bajo un techado de hojas de palmera, dos amantes escapaban de la inminente y amarga realidad de un adiós navegando en un profundo beso. Desde mi posición, solo cuando los rayos de sol que se colaban por entre las palmas me lo permitían, podía ver fragmentos entrecortados de tan intensa escena. Se miraban como si a parte de ellos solo existiera el vacío. Pero aquellos ojos no hablaban de atracción ni de placeres de la carne, sino de la ansiedad por absorber hasta la última esencia del otro para no dejarlo marchar.

Aimé se mantenía más entero, aunque su gesto contenido solo era el resquicio de esa coraza elaborada durante tanto tiempo. Sin embargo, Colin había caído derrumbado y lloraba de rodillas, abrazado a la cintura del francés. Destrozaba ver cómo había dejado atrás su habitual compostura para pasar a abrirle sus muros sin reservas. El problema era si sería capaz de volver a cerrarlos.

La siguiente instantánea me los mostró a los dos postrados en el suelo, rotos de dolor. Aimé acunaba en el pecho al escocés, que lloraba con tanto desconsuelo que no podía frenar las sacudidas del llanto.

Entonces el cochero gritó la última llamada antes de partir y aquellos dos corazones resquebrajados tuvieron que asumir que había llegado el final. Mi falso hermano se colocó a mi lado. Se mantenía muy erguido, su rostro tenso e impertérrito no mostraba restos de lágrimas, mientras que Colin tenía la cara amoratada y los ojos tan irritados que debían de escocerle como si cada gota fuera un pedazo de su alma quebrada. Cogió en brazos a su sobrino y evitó mirarme de nuevo, no quería arriesgarse a perder las pocas fuerzas que le quedaban para irse.

Los vimos subir al carruaje. Un profundo suspiro escapó de las entrañas de Aimé, quien había contenido la respiración desde antes de desembarcar, cuando, por entre las piernas de los pasajeros, el travieso Andy se escurrió y se dirigió directo a los brazos del francés llorando a mares. Lo abrazó fuerte con sus pequeñas manos y aquello fue la prueba de fuego para su entereza. Él trataba de calmarlo acariciándole el pelo y con palabras dulces mientras avanzaba como si sus zapatos estuvieran hechos de plomo. Lo depositó dentro del habitáculo del coche y se dio media vuelta con una palidez descompuesta.

Jamás olvidaré la imagen de fondo de los caballos levantando el polvo al iniciar la marcha, sobre la que se recortaba la silueta de él regresando a mí, para acabar explotando sobre mi hombro. No había ni rastro de su capa de ironía ni de su escudo de frialdad. Aquella pena que le calaba hasta los tuétanos no tenía consuelo y yo me dejé contagiar por ella. Nos mantuvimos un rato unidos en la burbuja de un abrazo con el que buscábamos alivio mutuo a nuestro hondo pesar.

—No te preocupes, podrás volver a verlos... —conseguí decirle para tratar de sacarlo de aquel estado tan amargo.

—Eso no va a ser posible. Un adiós es un adiós —respondió él en tono seco.

—Je suis désolé de briser ce moment magique, mais, si je ne me trompe pas, c'est mon fils prodigue...[14]

Un caballero de porte elegante, completamente canoso y con un amplio bigote de aristócrata se nos acercó sonriente. Era el vizconde Ferdinand de Lesseps, el padre de Aimé.

—¡Padre! ¡Qué alegría verle! —exclamó Aimé alisándose el pelo y la chaqueta con las manos. Capté que le había respondido en inglés para que yo los pudiera comprender. Se abrazaron con energía y, en cuanto se separaron, le dijo—: Le presento a mi amiga... Alice.

[14] 'Lamento interrumpir este momento mágico, pero, si no me equivoco, este es mi hijo pródigo...'.

—Es un verdadero placer, mademoiselle Alice, además de toda una sorpresa... —El hombre dio un paso hacia mí y me besó la mano casi sin tocarla, a modo de saludo respetuoso. De cerca, a pesar de las canas, observé que todavía se conservaba joven. Tenía un fuerte acento francés, pero se manejaba a la perfección en mi idioma—. No esperaba que mi hijo me visitara acompañado de una dama, pero sin duda esto es una gran noticia que debemos celebrar.

—Encantada de conocerle, señor De Lesseps —balbuceé—. Pero yo no...

Estaba claro que me tomaba por una especie de pareja de su hijo y más habiéndonos encontrado compartiendo un gesto tan íntimo.

—Padre, Alice será nuestra huésped, pero ella solo está de paso. Un compromiso urgente requiere de su presencia en Londres y quisiera que me ayudara a encontrarle un pasaje en el medio más rápido —explicó Aimé, el rey de las salidas espontáneas.

—¡Una joven británica! Pues no podía haber llegado en mejor momento... —Una sonrisa emocionada le llenó los ojos—. ¡Esto parece obra de un milagro! Le voy a ahorrar a usted diez días de viaje, si le apetece acompañarnos en una aventura que va a hacer historia...

—¡¿Diez días?! —Aquello desde luego que sí sonaba milagroso.

—En efecto. En un par de horas zarparemos en nuestra primera travesía de prueba a través del «canal del progreso»: el canal de Suez[15] —anunció el vizconde henchido de orgullo—. Esta misma noche, si todo va bien, está previsto que sobre las once atraquemos en Port Said, al norte de Egipto. Si se une a nosotros en esta experiencia, me encargaré personalmente de que tenga un pasaje en el primer barco que zarpe a Brindisi para proseguir desde allí su viaje a Inglaterra. Solo le pongo una condición, que me telegrafíe a su llegada a Londres para convertirse usted en la prueba viviente de

[15] El 17 de febrero de 1867 un primer barco atravesó el canal, aunque la inauguración oficial se realizó el 17 de noviembre de 1869 con la presencia de la emperatriz Eugenia de Montijo.

la ventaja que radica en el uso de este canal para acortar distancias entre continentes. ¿Qué me dice? ¿Tenemos trato? —acabó preguntándome a la vez que me tendía la mano para sellar el acuerdo.

—¿Cómo voy a negarme? *Quid pro quo!* ¡Me parece la mejor noticia que podría recibir!

Acepté su mano y nos la estrechamos con firmeza. Era un pacto mucho más favorable para mí de lo que hubiera imaginado jamás. Llegaría diez días antes a Londres, lo que hacía que casi tocara con los dedos la posibilidad de interceptar allí a Hasin.

—¡Pues no se hable más! Vayamos los tres a mi residencia para que Aimé Jérôme pueda descargar su maleta y ambos adecuéis vuestro aspecto a la etiqueta que requiere este evento.

—¿Etiqueta? —Aquello sí que iba a ser un problema—. Me temo que no sé si mi indumentaria va a estar a la altura. Mi equipaje es ligero y…

—Querida, usted estaría bella aun envuelta en sucios harapos —me tranquilizó el vizconde—. No se presione, se trata de un acto íntimo con algunos amigos. Daremos una cena a bordo a modo de ensayo de inauguración, a muy pequeña escala, la *de verdad* ya vendrá después con toda su pompa.

No es que fueran dos gotas de agua, pero pude ver muchas similitudes entre los caracteres arrolladores de padre e hijo. Ambos derrochaban un carisma capaz de arrastrar a los más escépticos tras su voluntad.

Pocas horas después, como si todo aquello fuera un sueño, Aimé y yo volvíamos a embarcar, esa vez en un velero, vestidos con nuestras mejores ropas.

Cuando recogí las prendas del armario de casa de Cecil, no imaginé que precisaría tanta ropa de gala para mi escapada clandestina. Elegí un sencillo vestido estrecho, con mucha caída, de escote recto y color azul turquesa, que complementé con unos guantes largos de seda para añadirle un toque de solemnidad a mi aspecto. Tampoco tenía tocados con los que adornarme el cabello, así que recurrí a unas flores de loto naturales para rematar mi recogido. Con todo ello, sumado al máximo tesoro que me hacía brillar la piel: la juventud, obtuve un resultado original, fresco y a la altura de tan magnánimo evento.

—Angie, te aseguro que, aunque el resto de damas puedan ir ataviadas con las joyas más caras y las ropas más suntuosas, jamás conseguirán parecer una ninfa salida de la mejor de mis fantasías —me piropeó Aimé justo antes de guiñarme el ojo—, y créeme que soy muy bueno fantaseando…

—Eres un seductor nato —respondí sonrojándome una vez más ante sus halagos—. ¿Pero tú te has visto? No va a haber mujer alguna que no suspire al verte pasar con ese traje de lino. ¡Te ves tan galán! Eres un hombre muy hermoso y te sabes sacar partido con tanto gusto…

—Cógete de mi brazo, pues, y procedamos a despertar envidias, querida.

—Una vez más debo agradecerte la ayuda —añadí a la vez que pasábamos al salón—. Voy a llegar mucho antes de lo previsto y a asistir a un hecho histórico, todo gracias a ti.

—Así somos los De Lesseps —bromeó con una sonrisa altanera quitándole importancia a mi agradecimiento—. El mundo nos debe tanto…

El pasaje del barco lo conformaban la alta alcurnia de la zona y los contactos más decisivos de su padre. Por supuesto, Aimé y yo no conocíamos a nadie y, a pesar de los esfuerzos del vizconde por integrarnos en varios grupos de jóvenes, ninguno de los dos estábamos por la labor de socializar. Nos apetecía disfrutar de nuestra mutua compañía, que se preveía breve ya, y no queríamos desperdiciar el tiempo en formalismos e hipocresías banales. Eso sí, nos tuvimos que tragar el discurso eterno que pronunció su padre en honor al hecho de que aquel fuera el primer viaje después de tantos años de trabajo, esfuerzo y problemas.

Fue justo a mitad de dicho discurso cuando se me reactivó ese sexto sentido que ya estaba aprendiendo a dominar. Sentada entre los asistentes había una joven, de una edad similar a la mía, que miraba a Ferdinand con la misma mirada de devoción que yo ya había visto antes, de esas que se regalan a alguien que te interesa de verdad. De hecho, en cuanto el padre de Aimé abrió el baile, lo hizo acompañado de esa misma joven.

Observando a aquella pareja bailar, me transporté durante unos instantes al país de los recuerdos. Tal vez eran familia, eso explicaría los lazos invisibles que se podían percibir, pero Aimé me lo habría dicho... Absorta en aquella diatriba mental, no me di cuenta de que se nos había acercado alguien conocido, mas no muy de mi agrado: las Myers.

—¡Qué gusto ver de nuevo a los encantadores hermanos De Lesseps! —saludó la madre con su siempre irritante timbre.

—No esperábamos tener el honor de verlas aquí... —respondió Aimé, consciente del lío en el que me podrían meter si hablaban con su padre.

—Disculpe la osadía de esta pobre anciana —le susurró al oído, todo lo bajo que aquella voz de pito podía hablar—, pero mi hija Grace estaría encantada de que usted le reservara un baile.

La aludida se dedicó a mirar al techo, mal disimulando que no oía todo a la perfección. Sentí unas irracionales ganas de arrancarles las plumas que adornaban sus recargados atuendos, y me reí por dentro imaginándolas corriendo cual gallinas desplumadas.

—¡Hermano! ¿No nos dijo padre que el capitán nos esperaba en el puesto de mando? —improvisé para escapar de allí cuanto antes.

—¡Es verdad! Casi lo olvido. —Él enseguida aprovechó mi lance—. Perdonen que estemos tan ocupados, pero este evento es muy importante para él y queremos ayudarle a que todo salga perfecto. Quizá más adelante pueda bailar con su bella primogénita.

—¡Me alegra que ya conozcas a la familia Myers, hijo! —intervino de repente el señor Ferdinand y yo me temí lo peor.

—Sí, padre. Viajamos juntos desde Bombay y compartimos alguna velada. Ahora si nos disculpan... —dijo Aimé y me pasó la mano por la cintura indicando que nos íbamos.

—Tiene usted unos hijos maravillosos, monsieur De Lesseps —cacareó la gallina vieja señalándonos a los dos—. El joven De Lesseps es tan apuesto... y su hija es tan bella y delicada como una flor...

El embrollo ya estaba montado.

—Sí que son maravillosos, sí... —respondió él mirándonos con cara de no entender nada, pero, aun así, le siguió la corriente a la señora Myers—. Les dejo que sigan disfrutando de la fiesta. Debo ausentarme, pues me gustaría atender a cada invitado como merece y el tiempo es oro. Después las veo.

Todos los asistentes bailaban y bebían animados, ocasión que Aimé y yo aprovechamos para escaparnos a cubierta en busca de un lugar apartado. El paisaje era exótico y desolador a la vez. Una llanura de arena se extendía interrumpida de vez en cuando por grupos de palmeras salvajes que recordaban que la vida es capaz de abrirse paso en los entornos más hostiles. Y fue a raíz de ese pensamiento que inicié la conversación que resultó como la apertura de la caja de Pandora.

—Aimé, ¿por qué me dijiste que ya no vas a volver a ver nunca más a Colin?

—Porque así es como debe ser —contestó con la mirada perdida en el desierto—. La vida me ha enseñado que siempre llega un momento en el que hay que decir adiós... y yo ya he aprendido a superarlo.

Hablaba el niño frustrado que no podía encariñarse con nadie porque, cada vez que lo hacía, se veía obligado a trasladarse a un sitio nuevo para volver a empezar de cero.

—¿Puedo hacerte una pregunta? —Decidí usar otra estrategia. Quería ayudarle a comprender que podía cambiar las cosas si cogía la sartén por el mango.

—Sabes que yo no te pediría permiso para preguntarte nada, ¿verdad?

—Lo sé —admití antes de lanzarle la cuestión clave—. ¿Tú estás enamorado de Colin?

—Ya te dije que yo no creo en el amor.

—No me puedes decir que no has sentido algo muy fuerte por él.

—Y si lo sentí, ¿qué?

—¿Cómo que qué? ¿Vas a dejarlo ir sin más? ¿No vas a luchar por seguir a su lado?

—No.

—¡¿En serio vas a considerar tu relación con él como una más de tus frívolas aventuras pasajeras?! —Me encendía su terquedad—. Yo fui testigo de vuestra compenetración, de cómo juntos erais mejores que separados. Colin te aporta paz y compromiso..., y tú eres ese punto de rebeldía que a él le hace falta.

—Las cosas no son tan sencillas...

—¡No te entiendo! —Me enervaba pensar que la solución estaba en sus manos y no iba a aprovecharla—. Tienes los medios económicos y la libertad suficiente como para establecerte en Edimburgo, si yo fuera tú...

—Esa es la diferencia, *petite poupée* —expuso él con su acostumbrada frialdad—. Creo que ya me conoces, soy un tipo egoísta, con tendencia al vicio e inclinado al libertinaje... ¿Crees que alguien así está hecho para estar al lado de un hombre que tiene un hijo? Si al menos él no fuera padre, yo no sentiría tanta presión por...

—Aimé, Colin no es el padre de Andy —le revelé—. Pensé que él te lo habría dicho. Megan era su hermana y el niño es su sobrino, así que esa excusa ya no te sirve...

Se mantuvo unos instantes en un silencio reflexivo.

—Bueno, conociendo lo blando de su corazón, seguro que se hace cargo del niño como si fuera suyo, y entonces yo ya...

—¿Tú ya qué?

—¡Yo no podría huir si me canso! —respondió él alterado. Habíamos llegado al núcleo de sus miedos—. Le he cogido cariño a ese niño del demonio y no quiero hacerle sufrir con mi ausencia. No soportaría convertirme en una constante en la vida de una criatura para luego desparecer como un cobarde, vencido por mis propias debilidades, y saber que podría herirle…

—Pero no debes pensar así. No es justo… No puedes dejar de intentar empezar algo por miedo a un final que no tiene por qué llegar.

—Colin me llegó a conocer bien en este breve tiempo —continuó él sin haberme escuchado—. Él ya sabía que lo nuestro duraría hasta tocar tierra, pues, poco antes de despedirnos, me dijo que, como no se veía capaz de defender sus inclinaciones ante la conservadora familia Blair, se vería abocado a aceptar el matrimonio con alguna de las mujeres casaderas de las familias del gremio cervecero. De hecho, me insinuó que quizá aquella sería la mejor opción para Andy.

—Pero a él no le gustan las mujeres, jamás será feliz… ¡Vuestro amor sí merece la pena!

—Él es más bueno que yo y mucho más sacrificado. Seguro que, en pro de un bien mayor, es capaz de vivir manteniendo su secreto tan bien escondido como hasta la fecha. —Y, con una sonrisa amarga, continuó—: Solía decirme que me envidiaba porque yo lo tenía mucho más fácil para sobrevivir, ya que a mí también me gustan las damas…

—Pobrecito… Tal vez si tú le ayudaras… A mí me contó que había aprovechado la oportunidad de salir de Edimburgo para evitar un matrimonio convenido y poder vivir nuevas experiencias —reflexioné en voz alta—. Ahora comprendo lo que quería decir en su plenitud. Viajar a la India significó la única forma de ser consecuente con sus inclinaciones amorosas hacia personas del mismo sexo, lejos de la mirada reprobatoria de la familia.

—¡Por fin encuentro a mis invitados de honor: mis *dos maravillosos hijos*! —nos interrumpió el señor De Lesseps imprimiendo un acento irónico sobre esas últimas tres palabras—. Ahora que han acabado los actos sociales, al menos por el momento, me gustaría que me acompañarais a un lugar privado para poder conversar un rato. ¿Os parece?

—Será un honor charlar con el protagonista de esta obra faraónica —dije.

—Claro, padre.

Le seguimos hasta un camarote enorme, que más parecía el despacho de algún dirigente. Estaba cubierto de alfombras y tapices en tonos granates, y el robusto mobiliario era una exhibición de maderas nobles, oscuras y con detalles dorados. Él se acomodó en un sillón, al lado de la puerta, y nos ofreció asiento en un sofá de dos plazas situado enfrente. Nos separaba una mesa baja de centro con una bandeja provista de vasos de cristal, finamente tallado, y una botella llena de un licor oscuro. Sin preguntar, nos sirvió una copa a cada uno.

—No me lo podéis rechazar —advirtió—, me lo tomaría como una ofensa. Es el mejor coñac que he podido conseguir que me trajeran desde Francia.

Cada uno le dimos un trago a nuestra bebida. Ellos intercambiaron una sonrisa de satisfacción que evidenciaba la calidad de aquel caldo, y yo solo traté de esconder el escalofrío que me hizo sentirlo bajar por la garganta para incendiarme el estómago.

—¿Y bien? ¿A qué esperáis para explicarme eso de que ahora tenga también una hermosa hija? —preguntó apoyando, expectante, la espalda sobre el respaldo y cruzando las piernas.

—Padre, aquello no fue más que una broma que se nos fue de las manos…

—Aimé, por favor, te ruego que le digas la verdad a tu padre —le corté de inmediato. Mi honor no me permitía recibir la ayuda de alguien a través de mentiras—. Asumiré las consecuencias.

—Esto se pone emocionante… —masculló Ferdinand—. Me parece que vamos a necesitar otro trago.

Nos sirvió otra copa, que esa vez yo dosifiqué en pequeños sorbos, mientras entre los dos le relatamos mi estrambótica historia hasta el momento del embarque en Bombay. Aquel hombre no parecía escandalizarse por nada, claro que, con tantos años de tratos diplomáticos por el mundo, seguro que había conocido historias más enrevesadas que la mía.

—Sir Cecil Beadon… Cecil, Cecil… —repetía él pensando en voz alta—. ¡Ya sé de qué me suena! Recientemente su nombre salió a la palestra por la nefasta gestión de una terrible hambruna en una región de la India.

—Exacto —concluí yo—. Justo de ese hombre tan malvado es de quien he huido.

—Entonces, ¿Angelina Spinner escapó de su prometido para encontrarse con su amor de la niñez en Bombay y resultó que él está ahora en Londres?

—Así es, señor…

—Si no fuera algo tan delicado para usted, me parecería de una comicidad gloriosa la ironía de tales hechos…

—Padre, puede usted reírse —intervino Aimé con una de sus sornas—. Angie ha aprendido a encajar el humor De Lesseps.

—¡Qué remedio me ha quedado!

Los tres nos reímos un rato a gusto. Siempre era agradable dejar atrás las falacias y sentirse rodeada de buenos amigos.

—Señor De Lesseps, debe saber que le estaré eternamente agradecida a su hijo por haberme ayudado desde el primer momento… y ahora también a usted.

—¡Basta de agradecimientos, Angie! —me cortó Aimé con talante serio—. Padre, lo que sí debe saber es que gracias a Angelina estoy vivo. Ella me salvó de morir de cólera.

—¿¡Cólera!? —exclamó volviendo a erguir su postura—. Pero, hijo, yo no sabía nada. Esa enfermedad es muy grave, ha arrasado grandes territorios…

—A decir verdad, el único mérito de que su hijo haya sobrevivido es del señor Colin Blair —puntualicé yo.

Noté cómo Aimé dio un respingo al oírme pronunciar aquel nombre que tenía incrustado como una astilla en el alma.

—¿Y quién es este tal Colin Blair? ¿Un doctor?

Unos ligeros toques en la puerta interrumpieron la conversación.

—¡Adelante! —invitó el señor Ferdinand.

La joven que había bailado con él asomó tímida por la puerta, pero, al ver que no estaba solo, dijo:

—*Excusez-moi, je vois que vous êtes occupé...*[16]

—*Oui, je serai là un moment, puis je te retrouverai... avec toi... avec le reste*[17] —respondió él titubeando nervioso.

¿Era posible que entre aquel hombre y aquella mujer de edad tan dispar hubiera algún tipo de relación? Mis conocimientos de francés eran limitados, pero si mi vista no me engañaba, sí, era posible.

—Os presento a la señorita Louise-Hélène Autard de Bragard, es la hija de un viejo amigo de isla Mauricio.

—*Enchantée, mais je ferais mieux de t'attendre dehors*[18] —se excusó ella muerta de vergüenza.

—*C'est un plaisir de te connaître*[19] —respondió Aimé.

La joven miró por unos instantes fijamente al joven y, bajando la vista al suelo, salió de la estancia. Quizá estaba acostumbrada a mantener encuentros a solas con el vizconde y le había sorprendido que esa vez estuviera acompañado.

—Es una buena amiga, nada más... —justificó, sin ninguna necesidad, el señor Ferdinand.

—Padre, ¿sabe que yo me alegraría si usted encontrase de nuevo pareja? —añadió raudo Aimé.

---

[16] 'Disculpe, veo que está ocupado...'.

[17] 'Sí, estaré aquí un rato, luego te veré... contigo... con el resto'.

[18] 'Encantada, pero mejor te espero afuera'.

[19] 'Es un placer conocerte'.

Por lo visto, el hijo había percibido lo mismo que yo. El diplomático se sirvió una nueva dosis de coñac, bebió con parsimonia y al fin confesó:

—Siempre supe que habías heredado el lado sensible y especial de tu madre... En ese caso, te diré que tal vez estemos iniciando un romance, aunque te confieso que me frena nuestra diferencia de cuarenta años de edad. Si lo nuestro llega a algo más, vamos a ser la comidilla de la sociedad francesa, y no sé si estoy preparado para ello.

—Pues a mí me parece precioso. El amor no debería tener barreras. —El alcohol de mis venas me había dado alas para dar mi opinión, aunque nadie me la hubiera pedido—. Su hijo debería aprender de usted.

—¿Tienes que contarme algo más, hijo? —Con una mirada afectuosa posada en Aimé, me señaló para decir—: Deberías aprender algo de la valentía de tu amiga, es un ejemplo en la lucha por el amor —prosiguió—. ¿Sabes que siempre has contado con mi apoyo?, a mí lo único que me importa es que seas feliz y ya tienes edad de...

—Señores, les ruego que me disculpen. —Lo tuve claro, debía dejarles intimidad para que pudieran hablar sin una extraña de por medio—. Voy a dar un paseo. Les dejo solos para que puedan sincerarse en una conversación padre-hijo, hace demasiado tiempo que no se ven.

Antes de salir, le clavé los ojos a Aimé y, con un gesto cargado de intención, le quise infundir valor para que le revelase a su padre toda la verdad en materia de sentimientos. Tenía la suerte de contar con un padre amante del progreso. Era un hombre de mundo, de aspecto tolerante y comprensivo... Quizá, si contaba con su apoyo se sentiría capaz de marcharse a Escocia. Desde luego, esperaba no haberme equivocado con aquella impresión, de lo contrario, un escollo así supondría un cerrojo infranqueable para la coraza de frialdad de mi amigo...

Al cabo de un buen rato, Aimé me encontró apoyada en la barandilla contemplando el espectáculo del flamante sol poniente que ocultaba su incandescencia tras las dunas. Se pegó a mi lado y yo apoyé la cabeza sobre su brazo. Seguía oliendo a lavanda, continuaba siendo uno de los hombres más atractivos que había visto jamás, pero su proximidad ya no me hacía sentir esas confusas mariposas en el estómago, sino un amor limpio y puro como el que estoy segura que sentiría por un hermano, si lo tuviese.

—Te quiero, Angie —me dijo con la boca sobre mi pelo.

—Yo también te quiero, Aimé —le respondí sin dejar de ver cómo la esfera roja desaparecía para dar paso a una serena noche estrellada.

—Nunca pensé que una *estirada* como tú sería capaz de descubrirme el amor, y todo ello sin dejarme verle ni un seno...

—¡Siempre serás incorregible!

Me aparté, escandalizada y divertida a partes iguales. Pero, en cuanto nuestras miradas coincidieron, ambos reímos a carcajadas. Se le veía feliz, como cuando estaba con Colin, lo que me hizo comprender que había obtenido la bendición de su padre.

—¿Entonces vas a visitar Edimburgo?

—En cuanto pase un tiempo con mi padre aquí, sí.

—¿Me lo prometes?

—Te lo prometo.

Me puse tan contenta por que mis dos grandes amigos fueran a tener una oportunidad juntos que salté a sus brazos y le besé repetidas veces en la mejilla.

Las quince horas de viaje a través del recién abierto canal habían transcurrido increíblemente fugaces. En un abrir y cerrar de ojos, me había despedido del señor De Lesseps padre y estaba a punto de hacerlo del hijo, antes de embarcar de nuevo en el barco que partía de Port Said hacia Brindisi, en Italia, donde proseguiría mi viaje en tren.

Ferdinand había cumplido su parte del trato y me había conseguido un pasaje en aquella nave que zarpaba menos de una hora después de nuestra llegada con el velero. Aimé y yo corrimos de la mano por el puerto para llegar a tiempo, agradecí que él cargara con mi maleta.

Nos abrazamos unas noventa veces y nos regalamos miles de sonoros besos fraternales. Nos prometimos que jamás perderíamos el contacto, que nos telegrafiaríamos, como mínimo una vez al mes, y que nos enviaríamos tanta correspondencia como fuera necesaria para saber de nuestras vidas. Dejé un trozo de mi corazón con él para que lo usara cuando las fuerzas le flaquearan en el empeño de iniciar su primera relación de verdad, y otro gran fragmento del suyo me acompañaría siempre para guiar mi pasión en busca de mi amor verdadero.

—Ese Hasin es un tipo con suerte. Como me entere de que te hace daño alguna vez, no lo cuenta... —amenazó, medio en verdad, medio en broma—. Cuídate mucho, Angie. Siempre te querré, hermana.

—Yo también, hermano.

Esas fueron las últimas palabras que nos dijimos y, finalmente, el barco soltó amarras. Puesto que me había acostumbrado a viajar acompañada de mi francés loco preferido, seguro que aquella parte del trayecto me iba a resultar tremendamente aburrida.

Era tarde, pasada la medianoche, y yo estaba realmente agotada, aunque no tenía ni pizca de sueño. Fui a buscar un sitio donde acomodarme para estirar un poco las piernas. Me senté al lado de una ventana, mi pequeño vicio era disfrutar de los paisajes, y apoyé la cabeza sobre el cristal, dispuesta a dejar vagar mi mente entre tantas vivencias acumuladas, a cuál más intensa, cuando una voz conocida se dirigió a mí:

—¡Dichosos los ojos, Angelina Spinner! Al fin encuentro a mi prometida...

Estupefacta, solo pude balbucear:

—¡Cecil! Yo…

Me puso un dedo sobre los labios para hacerme callar.

—Prefiero que no me cuentes nada, no soporto las mentiras. Te diré lo que vamos a hacer: regresaremos juntos a Londres y haremos como si nada de esto hubiera ocurrido. ¿Te queda claro, querida?

—Sí.

17. La capacidad de volar

Londres, 26 de febrero de 1867

No recordaba lo insignificante que me hacían sentir los hombres como Cecil. Mis opiniones o no tenían validez o eran dignas de escarnio, mientras que cada comentario suyo debía ser respetado como un dogma de fe. Era vanidoso, déspota y, lo peor, aburrido como el zumbido de las abejas en una tarde de verano.

Echaba de menos las salidas de tono de Aimé. Reconozco que al principio me irritaban, pero ni la más grosera de ellas era tan insultante como la actitud de mi prometido. Viéndolo con perspectiva, todas aquellas picardías, lejos de hacerme de menos, tenían como finalidad adularme. Desde luego que, con aquella forma tan retorcida de mostrar sus halagos, había tenido que tragarme muchos descréditos sobre mi fe en el amor, pero, al final, él había tenido que sucumbir a darme la razón.

Fue una semana de viaje en la que mediamos las palabras justas. La tensión entre Cecil y yo podía cortarse con una navaja, pero lo cierto es que jamás me preguntó nada sobre mi huida. El mérito fue haber llegado tan lejos, a pesar de tener tantos ojos puestos en mí. Solo me dijo que me habían visto embarcar en Bombay del brazo del mismo caballero que me había llevado hasta Port Said, pero no quiso saber ni quién era, ni qué podía significar para mí, ni los motivos de mi escapada. Se limitó a tratarme con condescendencia, como cuando pillas a un niño haciendo novillos. Estaba claro que, por fortuna, mi persona no parecía importarle lo más mínimo, sin embargo, le faltó tiempo para anunciarme que nuestro matrimonio sería celebrado en el plazo más breve posible desde nuestro regreso a casa.

Cuando llegamos a Londres todavía reinaba el invierno. Hacía un día helado de febrero, de los que el viento silba en los oídos con un aullido quejumbroso. El cielo, de un color lechoso, servía de lienzo a las ramas negras de los árboles urbanos que se retorcían en su aciaga desnudez. La lluvia azotaba, fina pero imparable, cubriendo el suelo de moho y charcos fangosos. Lo único que le agradeceré toda mi vida a Beadon es que me prestara uno de sus enormes abrigos gruesos para poder cubrirme. Mi escaso equipaje, pensado para el clima de Bombay, se dedicaba a recordarme que yo no pertenecía a aquel lugar.

Se aseguró de que llegara a casa de mi padre, no sin antes dejarme claras las nuevas bases del juego. Me advirtió de que no aguantaría ninguna niñería más, que se las arreglaría para avisar al servicio de que tomaría represalias si alguno de ellos no conocía en todo momento cuál era el paradero de su señora y que, como incentivo, recompensaría muy bien al que le informara de cualquier salida sin un motivo justificado.

De pequeña cuidé a un gorrión en una preciosa jaula. Nunca le faltó comida ni agua ni un techo bajo el que cobijarse de las inclemencias del tiempo. Con inocente convicción, creía que su trino era de felicidad, pues yo me afanaba en colmar sus necesidades, pero la verdad es que aquel animal solo fue feliz el día en el que se escapó y recuperó su libertad. ¿Desde cuándo un ave ha sentido que tras los barrotes de una pajarera está su hogar? Por fin comprendía que la verdadera dicha está en volar cuando uno quiere, aunque la libertad sea peligrosa, incierta o incluso implique la muerte. Entendí que preferiría morir libre que vivir una eternidad encerrada en una jaula de inferioridad, descrédito y sumisión.

Desde mi llegada, me había limitado a mirar a través de la ventana de mi habitación, casi sin parpadear, rezando por que la suerte conspirara de mi parte y Hasin viniera a rescatarme de allí como lo hacían los príncipes de los cuentos de hadas. Soñaba que lo veía bajar de un carruaje justo delante de la puerta. Fantaseaba con imaginar su aspecto de hombre adulto de veintiún años, y lo veía irrumpir en casa con la firme determinación de sacarme de allí y llevarme con él. Pero lo cierto es que se apagaron las luces de la calle y la oscuridad se tragó mi esperanza junto con parte de mi juicio. Tal vez Aimé tenía razón y aquellos príncipes de cuento no eran más que el grano más dulce del alpiste con el que aquella sociedad nos alimentaba en nuestras cárceles domésticas.

Pensé en mi pobre madre. ¡Cuánto la echaba de menos! Recé por ella y agradecí que hubiera podido asomarse al mundo exterior lo suficiente como para inculcarme ciertos valores que iban muy a contracorriente con las creencias establecidas. Siempre había sido generosa, ecuánime y cariñosa, y sobre esos tres pilares había asentado mi educación, aunque no siempre le hubiera resultado fácil. Era una mujer inteligente y fuerte, y siempre me había preguntado por qué no se rebeló más contra las injusticias que se cometían a su alrededor, pero ya conocía la respuesta. Las aves criadas en cautividad no saben que tienen la capacidad de volar.

Viví las primeras veinticuatro horas de mi vuelta a Londres como una autómata. Vi cómo las manecillas del reloj visitaron cada una de las horas y, conforme el tiempo avanzaba por la esfera, inexorable, aumentaba mi frustración por estar faltando a mi palabra.

A la mañana siguiente, entró la doncella, Emily, a anunciarme que mi prometido iba a unirse a almorzar con mi padre y conmigo. En los brazos llevaba un vestido, limpio y recién planchado, de los que yo me había dejado allí antes de partir a Cuttack, y en la cara traía su mejor sonrisa compasiva.

Las lágrimas me caían en total silencio mientras ella se empleaba a fondo en apretarme el corsé, prenda que me había jurado que jamás volvería a usar. Era la segunda promesa que incumplía en menos de un día. Después de todo lo que esa familia había hecho por mí, yo solo le había prometido al señor De Lesseps un telegrama que atestiguara mi llegada, y ni eso había podido hacer.

Emily me peinaba, yo no tenía ni ánimos para ello. Al acabar miró mi reflejo en el espejo, que más que a una novia esperando a su amado parecía mostrar a una res a las puertas del matadero, y me preguntó con timidez:

—¿Se encuentra bien, señorita Angelina?

—No, Emily.

—¿Hay algo que pueda hacer por usted? —Me acercó su rostro rollizo, de mejillas siempre sonrosadas, y me susurró al oído—: La parte del servicio que hemos estado desde siempre con su madre y con usted no pensamos sucumbir a las amenazas de ningún gobernador de tres al cuarto. Así que dígame si hay algo que esté en mi mano para aliviarla y lo haré con gusto.

—Gracias. Tus palabras significan mucho para mí —la tomé de la mano con afecto sincero—, pero no pondría en juego ni tu puesto... ni a saber qué más. Si caes en manos de ese vil hombre, quién sabe de qué puede ser capaz...

—Insisto, señorita. —Me apretó los dedos y me miró fijamente con los ojos vidriosos—. Todos pensamos que usted se merece a alguien mejor, así que cuente con mi total discreción.

—En ese caso, solo te pediré un favor —accedí—. Pero ten cuidado y prométeme que lo harás solo cuando sea seguro. Necesito que envíes un telegrama lo más pronto posible.

—No tema, en la siguiente salida al mercado lo dejaré en la oficina. Tiene mi palabra.

—Antes de que te vayas, Emily, tengo una pregunta. —Quería despejar la duda que me rondaba la cabeza desde mi llegada—.

¿Alguna vez vino a buscarme un joven indio o llegó alguna carta o telegrama para mí?

—No, señorita, lo siento y si algo así hubiera ocurrido le aseguro que me hubiera enterado…

Era obvio que Hasin jamás había recibido mi telegrama desde Bombay.

Durante el almuerzo, me dediqué a pasear los guisantes de un lado al otro del plato. No me pasaba ni un bocado por la garganta. Por suerte, mi posición de cara a la ventana me permitía el lujo de evadirme en mis fantasías de príncipes rescatadores. Ni qué decir que la conversación era tan soporífera que podría poner a dormir a todo un ejército.

—Amigo Cecil, no te haces una idea de lo favorables que le han resultado a Fine Cotton Spinner's los contactos que me proporcionaste para hacernos un hueco en la Exposición Universal de París. —Aquel tema sí que atrapó mi atención—. Gracias a ellos hemos podido eliminar del mapa a un indio que a punto estuvo de usurparnos nuestro legítimo derecho a representar a la Corona.

—¡¿Un indio?! —exclamó el gobernador con desprecio—. ¡Qué osadía querer pasarle por encima a una empresa de un británico!

—Comprenderás, pues, que fuera una suerte que todo su muestrario y el resto del cargamento de pretenciosas telas chillonas fueran víctimas de un… *accidental* incendio en los almacenes de Tilbury —expuso mi padre en un tono irónico que me heló el corazón.

Todos mis sentidos de alarma se activaron de pronto.

—Entiendo… —respondió Beadon con desagradable complicidad.

—Además de recibir unos buenos correctivos que le dejaron claro cuál es el sitio que le corresponde al tal señor Lamba Pa, Lamba Pa… —se mofó del nombre repetidas veces y remató—: El sucio Bombay.

Demasiadas coincidencias.

Un indio de la industria textil que postulaba para exponer en París y procedente de Bombay... Pero ¿ese nombre...? Y, de repente, todo encajó con máxima claridad. La traducción del bengalí *lamba pa* vino a mí como uno de esos recuerdos de la infancia que no creemos conservar, pero que anidan en lugares recónditos de la mente para asomar, muy de vez en cuando, si logramos invocarlos. Significaba 'patas largas', justo como había estado llamando a mi Hasin los últimos meses antes de separarnos en Calcuta. Pero, si era él, ¿por qué mi padre no lo había reconocido?

Me iba a estallar la cabeza con tantas dudas, pero algo me decía que debía tirar de aquella pista e investigar más.

—¡Bravo por devolverlo al lugar al que pertenece! —exclamó Cecil levantando su bebida en actitud de brindis.

—Nuestras opiniones no pueden ser más parejas. ¡Me alegra tanto que pronto vayamos a estar emparentados! —Mi padre le correspondió haciendo chocar sus copas. Entonces me miró por encima de las gafas y anunció—: En cuanto volvamos de París, organizaremos el casamiento. ¿Podrás esperar, Angelina?

—Padre, yo...

Quería gritar, negarme, llorar, escapar... Me hubiera dejado hasta cortar un brazo por irme de allí. Pero no sé por qué me esforcé en hablar, si ni siquiera me dirigieron la mirada. Nada importaba lo que yo pudiera decir.

—Esperaremos sin problemas —respondió Cecil por mí con la boca llena de pan untado con mantequilla—. De hecho, ha llegado el momento de que ambos rememos juntos por los mismos intereses... Como pronto seremos familia, estaría muy interesado en viajar contigo a Francia para mover allí unos cuantos hilos que seguro que nos van a resultar beneficiosos a ambos, y más después del injusto informe de la comisión de investigación...

—No comprendo qué clase de mentecatos conforman esa comisión... —Ya solo me faltaba aquello. Mi padre estaba de acuerdo con la desalmada actuación de Beadon en Cuttack—. He seguido el caso de cerca a través de la prensa y no le veo faltas a ninguna de tus decisiones durante la hambruna de Orissa... —Se acercó a su gran amigo y, para reforzar que estaba orgulloso de la forma de proceder, le ofreció uno de sus mejores puros, justo antes de ponerle la guinda a su comentario—: Hablemos claro. Si Dios designa que mueran unos cuantos indios, ¿quiénes somos nosotros para impedir la divina voluntad?

—¡Así se habla, Bruce! —afirmó con una sonrisa de suficiencia con la que parecía que la barbilla fuera a ser engullida por la papada—. A mí me han destituido del cargo, pero será digno de ver cómo actúan a partir de ahora cuando se ponga en práctica toda esa «humanidad y generosidad» de la que se jactan los más *progresistas* y los gobiernos empiecen a malgastar el dinero de los impuestos en esas razas inferiores que se reproducen como ratas. —Era irritante cómo se explayaba el exgobernador en presencia de mi padre—. Esas mentes noveles e ignorantes, nubladas por un sentido de la equidad utópico, pretenden hacer creer que todas las culturas, aun por primitivas que sean, merecen el mismo respeto, ignorando que ya han sido tamizadas por la razón, la religión y la auténtica moral.

Siempre había justificado las peores acciones de mi padre como fruto de una necesidad de luchar por la subsistencia del negocio y, por tanto, asegurarse el bienestar de nuestra familia, pero jamás pensé que fuera tan despiadado. Durante aquella sobremesa, fui consciente de que yo siempre había buscado justificaciones plausibles para sus malas decisiones, aferrándome a aquel asidero para no ahogarme viviendo bajo su viciado techo.

—Entonces, retomando nuestros asuntos... —dijo para reconducir la conversación—. Será un placer que me acompañes a París. Estoy convencido de que, aunando mis conocimientos sobre el negocio junto a tus dotes diplomáticas, seremos capaces de comernos el mercado europeo.

—Eso es indudable, amigo Spinner. Tengo varios contactos allí que nos pueden ofrecer mucho por muy poco... Nuestra unión va a ser muy fructífera para los dos... —rectificó con teatral falsedad—, para los tres.

Me quedé paralizada al sentir el peso de las miradas de aquellos dos hombres cuyos valores no podían ser más opuestos a los míos. Me limité a responderles con una sonrisa desvaída e impostada.

—Comentan que el hueso más duro de roer es un tal Giuseppe Petruzzelli —comenzó a explicar mi padre—. Parece ser que se ha proclamado como el sastre de moda parisién y todo el mundo sigue a pies juntillas sus opiniones. Debemos trazar una estrategia de acercamiento a este endiosado inmigrante italiano, aunque sea a costa de hacer uso de ... ciertos señores que los dos conocemos.

—¿Ves?, a misiones como esta es a lo que me refería, Bruce. Lo primero será averiguar la casta que está detrás del «sastrecillo valiente» y focalizarnos en ella. Cuando un artesano despunta entre el vulgo, no es nunca solo por mérito propio, sino gracias a algún buen padrino...

Ellos prosiguieron con sus planes, mientras yo, tras una inocente y abnegada fachada, hacía mis cábalas de cómo podría visitar el almacén incendiado del puerto para averiguar algo más. Si bien todo apuntaba a que mi Hasin había vuelto a Bombay, y eso era lo peor que podría haber ocurrido...

—Entonces ¿nos acompañarás a París, hija? —preguntó de repente mi padre— Cecil y yo partiremos en una semana.

—La verdad es que me siento algo cansada después del viaje a la India, preferiría...

—No es necesario que Angelina nos acompañe, Spinner. —Mi futuro esposo se apresuró en anular mi palabra, una vez más—. Allí solo se aburrirá. Además, nuestro entorno de negocios no resulta apropiado para una dama.

Por una vez agradecí la intervención de Beadon. Durante la ausencia de ambos seguro que encontraría la manera de investigar por mi cuenta y, si era necesario, me volvería a lanzar al mar... o a las mismísimas vías del tren, si no encontraba ninguna solución para evitar mi enlace y, lo que es peor, el de Hasin con la fastidiosamente hermosa Sundari.

—Creo que aprovecharé más el tiempo aquí dedicándome a los preparativos para la boda —inventé, allanando el terreno para sembrar el resto de mi excusa—. Además, debería visitar a mi modista cuanto antes, aparte de por mi vestido para la ceremonia, para adecuar mi ropero al invierno londinense. Cecil sabía que hubo un percance con mi equipaje y la ropa de abrigo fue extraviada durante nuestro regreso. —Miré al exgobernador, quien, delante de mi padre, tuvo que contenerse las prohibiciones. Ya sería demasiado que un padre dejara que su hija pasara frío—. ¿Puedo pedirle a la doncella Emily que me acompañe mañana mismo a casa de madame Lanchester?

—Por supuesto, hija.

Lo tenía. Había conseguido un salvoconducto para iniciar mis labores detectivescas.

Al día siguiente, mi cómplice, Emily, y yo nos dirigimos al puerto de Tilbury en busca de alguna evidencia de un reciente incendio, que no fue difícil de localizar. El guarda de aquella parte de la dársena era un hombre muy corpulento, con un estrecho bigote que se me antojó una raya de lápiz de carbón. Le pregunté si tenía alguna información sobre el accidente ocurrido allí y me comentó que solo sabía que un joven indio había estado a punto de morir, pero que al final se había salvado, aunque todo su cargamento de telas no había tenido la misma suerte. El hombre no parecía estar muy al corriente de lo acontecido, pero sí me confesó que aquel asunto olía mal, que pintaba a que alguien quería deshacerse del pobre infeliz y obligarlo a regresar a su tierra con el rabo entre las piernas.

Le agradecí aquellos datos que poco más habían hecho que corroborar lo que yo ya sabía. La parte positiva era que Hasin estaba vivo, todo lo demás era nefasto. Se había visto obligado a regresar a Bombay sin encontrarme allí y, además, a poco que hubiera investigado, puede que se hubiera quedado con la falsa impresión de que yo me hubiera prometido por voluntad propia con el gobernador Beadon.

Caminábamos de regreso al coche de caballos, justo cuando, a nuestras espaldas, se producía el cambio de turno de los guardas. Ambos trabajadores compartieron unas breves palabras y, con un pie ya dentro del habitáculo, el que acababa de llegar me interceptó antes de entrar. Era un hombre con un aspecto extremadamente opuesto al de su compañero, su cuerpo era víctima de una delgadez tal que no hubiera sido de extrañar que el viento gélido del mar pudiera derribarlo.

—¡Señorita! Me ha dicho mi compañero que buscaba información sobre el incidente del señor Radhav.

¡Era él! Estaba claro que mi príncipe había estado aquí hacía solo unos días… y a punto de morir por culpa de mi padre.

Se me partió el alma.

Pero, para mi sorpresa, obtuve más información de la que yo había supuesto. Me informó de la milagrosa recuperación de dos cajas extraviadas del cargamento de la Compañía de Hilado y Tejido y me relató lo feliz que se había sentido al darle la noticia de dicho hallazgo al educado y apuesto joven indio que se hospedaba en el Langham.

—¿Sabe usted cuál podría ser el paradero del señor Hasin Radhav ahora mismo? —pregunté sin muchas expectativas.

En efecto, no lo sabía. Pero me compartió que aquel descubrimiento parecía haber cambiado los planes del caballero y que era posible que siguiera allí alojado o, con un poco de suerte, alguien del hotel podría aportarme más datos.

Le pedí al cochero que nos llevara al Langham con máxima urgencia. Los nervios me consumían por dentro. Puede que aún llegara a tiempo de encontrarlo allí o tal vez siguiera en algún lugar cercano…

¿Sería capaz de reconocerlo? Mi padre no lo había sido… Aunque, mejor, porque de haberlo hecho, este le hubiera tildado de ladrón en público y habría sufrido algún descrédito injusto... Comprendí que aquella era la razón por la que él se había presentado con un nombre falso. Hasin le tendría miedo, y más como competidor en la obtención de un puesto en la exposición. Aunque quién sabe qué hubiera sido más peligroso, pues, aun sin conocer de nada al señor Lamba Pa, no le había temblado el pulso en ordenar anularlo a toda costa.

Al fin llegamos a tan lujoso hotel. Bajé del carruaje casi en marcha y crucé la calle, a punto de ser atropellada por otro coche que venía en sentido contrario. Entré corriendo en aquel enorme *hall*, para salir, en menos de un minuto, con la mejor noticia que podía haber obtenido.

—¿Lo ha encontrado, señora? —me interrogó mi doncella, ansiosa, al verme regresar con una sonrisa de esperanza iluminándome la cara.

—Emily, vamos a ver a madame Lanchester —le indiqué a modo de respuesta—, pero para pedirle un encargo más especial que mi traje para la boda con Cecil. Necesito estar a la altura de las invitadas a la Exposición Universal de París.

18. La «Joya del estanque»

Palacio Ómnibus
Edificio de la Exposición Universal
París, marzo de 1867

Multitud de operarios se afanaban en rematar cada detalle de las instalaciones destinadas a la exposición. El tiempo corría rápido, en menos de un mes llegaría el día de la inauguración, momento culminante en el que todo debería lucir perfecto, pues cada país pugnaba por brillar por encima de los demás.

Entre golpes de martillos, serruchos cortando tablones y el vocerío del personal de montaje, el vizconde Ferdinand de Lesseps saciaba su curiosidad paseando por los grandes pabellones de las naciones más influyentes, cuando un alboroto procedente de la sección de la industria textil británica atrapó su atención. Se acercó a una distancia suficiente como para poder otear entre las cabezas de los mirones y no tardó en leer más allá de la superficie de los hechos que acontecían ante sus ojos.

Un caballero joven, de raza india, solicitaba permiso para reunirse con un tal mister Connor Wilford a dos trabajadores británicos que le prohibían la entrada con excesiva vehemencia, sin darle tregua alguna para exponer sus razones, solo alegando cumplir órdenes estrictas de no permitirle entrar bajo ningún concepto.

A pesar del desagradable trato que estaba recibiendo, aquel hombre trataba de justificarse sin perder la compostura ni los modales en ningún momento. Ni siquiera entró en el juego de levantar la voz con las groseras provocaciones de los otros. A Ferdinand le pareció que allí había gato encerrado. ¿Por qué existía tanto interés en echarlo sin ofrecerle ninguna explicación racional?

Desde su posición, el vizconde veía cómo el extranjero les mostraba unos planos y un maletín, e insistía en que todo ello era del máximo interés de aquel señor. Haciendo uso de su aventajada estatura, el joven miraba hacia dentro de la estancia que quedaba detrás de aquellos tipos, por si la suerte quisiera permitirle interceptar a aquella persona con la que le urgía entrevistarse. Entonces a uno de los tipos se le acabó la paciencia y se aventuró a ponerle la mano en el pecho para frenar literalmente su acción.

En un acto reflejo, cargado de inteligente prudencia, el indio dio un paso atrás para no caer en aquellas burdas provocaciones con las que solo conseguiría el propósito de los otros: ser expulsado de allí. Se recolocó la casaca de estilo hindú, hecha de una noble tela azul marino con flores bordadas en dorado, y cuyo corte entallado, largo hasta las rodillas, favorecía su imponente silueta masculina en contraste a las de aquellos dos tipos desgarbados. Se apartó unos pies de la entrada, prometiendo que no se movería de allí hasta que el propio mister Wilford le transmitiera su negativa a atenderlo en persona.

A esas alturas, la escena ya había creado un corrillo de espectadores indiscretos, que, en vez de incomodar al elegante joven, le servían de testigos a la grosera educación de los custodios de la entrada frente a las buenas maneras de aquel hombre de porte tan solemne y vestiduras tan exóticas que bien parecía un príncipe venido de Oriente.

Pero al cabo de pocos instantes, una vez finalizada la actuación, la atención de la gente se dispersó. Los dos rudos trabajadores retomaron sus funciones en el montaje del pabellón, aunque con patente recelo, sin dejar de ojear al misterioso extranjero que se apoyaba en una pared cercana, dispuesto a esperar cuanto fuera necesario hasta conseguir su propósito.

Fiesta de inauguración de la Exposición Universal
Palacio de las Tullerías
París, 1 de abril de 1867

El centro de París bullía de modernidad, repleto de ilustres visitantes llegados de todas partes del mundo. Con motivo de la inauguración de la más ambiciosa Exposición Universal que se hubiera organizado jamás, la noche del 1 de abril se celebraba una esplendorosa fiesta, digna de tan grandioso evento. Los empresarios exponentes y demás integrantes de las altas esferas mundiales habían sido invitados al palacio imperial de las Tullerías.

El edificio había sido engalanado con monumentales centros florales, cada columna de mármol rematada de pan de oro relucía pulida hasta parecer un espejo y la flamante iluminación eléctrica, de la que tan orgullosos estaban, era capaz de cegar a los invitados con los destellos de los miles de cristales de Bohemia que componían las lámparas colgantes.

No podía creer que al fin estuviera allí, pero mis planes habían salido bien.

El primer obstáculo superado había sido conseguir viajar a París con mi padre y con Beadon. Al primero le vendí la excusa de la tristeza de quedarme sola en la casa de Londres, donde, desde mi regreso de la India, la pena por el recuerdo de mi madre me afligía cada noche hasta no dejarme descansar. Un par de días fingiendo llantos, pintándome ojeras y con algún desmayo ocasional hicieron que él mismo le insistiera a mi prometido en la imperiosa necesidad de que yo los acompañara, pues temía que mi salud siguiera por el mismo camino de fragilidad que la de su mujer. Desde luego, mi muerte no era algo nada conveniente para los intereses de ninguno de los dos, más allá de que mi estado les afligiera o no.

La segunda traba la salvé apoyándome en la primera coartada. Ese falso afligimiento del que adolecía desde la vuelta a Europa me impedía asistir a ninguna fiesta. No quería fastidiarles la posibilidad de reforzar alianzas con sus contactos o simplemente disfrutar de la velada con mi incómodo pesar emocional. Por supuesto, ellos comprendieron que, si iba a ser un lastre, sería mejor que los esperara en la paz de mi habitación de hotel.

Cuando estuve segura de que ambos habían partido hacia las Tullerías, desplegué toda mi artillería y me puse manos a la obra. Madame Lanchester había hecho un trabajo soberbio. Había captado mi idea a la perfección, por extravagante que esta fuera.

Unos minutos después, mi identidad resultaba irreconocible. Con la maravillosa «Joya del estanque», la pieza de seda que me había regalado Dyvia, e invirtiendo el resto del dinero que aún me quedaba de la venta de mi collar en Cuttack, me había procurado un atuendo singular. Siguiendo a pies juntillas mis directrices, la modista londinense había confeccionado un sari muy especial. Era una meditada fusión entre el clásico estilo hindú y la última moda victoriana. Sin necesidad de ceñirme en ningún corsé, mi cintura y mi escote se mostraban espléndidos, sin artificios. Me peiné los cabellos rubios en varias trenzas untadas de aceite, entre las que intercalé abalorios florales dorados y, al acabar, los cubrí con un delicado pañuelo color granate que combinaba con los pétalos del estampado de la tela de mi singular vestido. Me maquillé los ojos con un grueso perfilado negro, tal como hacía mi *alter ego*, Alisha, y la emoción que corría por mis venas fue la responsable de generar el rubor necesario para teñirme de forma natural las mejillas.

Las piernas no me respondían, ocupaban sus fuerzas en tratar de que no me cayera al suelo de los nervios. Estaba de pie, justo donde daba comienzo la alfombra roja que conducía directa a la entrada del palacio. En esos momentos, un grupo de personas que por su indumentaria deduje que provenían de Egipto dirigía su paso hacia el interior del edificio y pensé que ese era el momento idóneo para pasar desapercibida con mi aspecto oriental. Me uní a poca distancia de aquella comitiva y accedí sin problema alguno, más allá de la atracción de las miradas de muchos asistentes, sobre todo del género masculino.

Me había jugado toda la suerte a una carta. Si Hasin había logrado hacerse un hueco en la exposición, seguro que asistiría a la fiesta, pero también cabía la posibilidad de que, a pesar de haber recuperado aquella parte de su cargamento, no le hubieran concedido la entrada al pabellón británico. De cualquier forma, no me hubiera perdonado jamás desperdiciar la oportunidad de encontrarlo allí.

La belleza de los jardines, enfatizada por elevadas fuentes de agua en continuo movimiento, se integraba con la opulencia de los salones interiores que ostentaban varias alturas. Desde los arcos de cada piso se podían contemplar las mesas de níveos manteles, repletas de fabulosos manjares, y la rigurosa sobriedad de los caballeros asistentes, ataviados con negros fracs que contrastaban con la suntuosidad de los coloridos vestidos de cola de las damas.

Oculta tras aquella identidad con la que ya tenía cierta práctica, me dediqué a recorrer cada rincón del salón principal sin éxito alguno. No era la primera vez que me preguntaba cuál sería el aspecto del Hasin adulto, pues en siete años, igual que yo había cambiado, él tenía que ser un hombre diferente, pero estaba casi convencida de que si mis ojos lo captaban, conseguiría distinguir su mirada de ámbar entre millones.

Una vez barrida la estancia principal, inspeccioné las salas contiguas, igualmente enormes. Al asomarme por la segunda, el corazón me dio un vuelco cuando escuché la risa soberbia de Cecil. Salí de allí de inmediato y en el ímpetu de mi huida choqué con alguien espalda contra espalda. Me afané en pedirle perdón para poder alejarme lo antes posible, mas descubrí que el azar viraba una vez más de mi lado: era el padre de Aimé. Nos reconocimos al instante. Iba del brazo de la joven del barco de Suez y saltaba a la vista el halo de felicidad que envolvía a la novel pareja.

—¡Mademoiselle Angelina! ¡Es un gusto encontrarla a usted aquí! —expresó con gesto de agradable sorpresa—. Ya me preguntaba si no asistiría a este magnífico evento. Por su telegrama me constaba que había llegado a casa de su padre en Londres, pero me faltaba información…

—¡Qué alegría verle, señor De Lesseps! —Era verdad que se me había ensanchado el pecho al ver aquella cara amiga, que además contenía ciertos rasgos muy similares a los de su hijo, al que tanto echaba de menos.

—Ya conoce usted a mi prometida, Louise-Hélène.

Ella inclinó la cabeza con una sonrisa cohibida.

—Sí, la recuerdo de la fiesta del canal… Me siento muy feliz por que hayan formalizado ustedes su relación. Hacen una pareja preciosa.

—No mienta, Angelina —bromeó él—. Ella sí es preciosa, pero yo ya parezco más una momia que un novio, por muy bien vestido que vaya.

—Está usted muy guapo. La belleza De Lesseps es difícil de aplacar.

—Querida, perdone que meta mis narices donde no me llaman, pero, hablando de bellezas, ¿podría saber si lleva usted este particular atuendo porque va acompañando al señor Radhav?

—¿Se acuerda de su nombre?

—Por supuesto y, lo que es más, ahora doy fe de que todas las bondades que usted contaba sobre él se quedan cortas comparadas con la realidad.

—¿¡Le ha conocido!? ¿¡Sabe si está entre los asistentes!?

—Si no me equivoco, debe figurar entre los invitados del pabellón del país anfitrión.

—¿Francia?

—Sí, y me declaro culpable de ello. Fui testigo de que alguien británico tenía mucho interés en que este joven no expusiera su trabajo en el pabellón inglés y no pude evitar atar cabos.

Yo le escuchaba con interés, aunque no negaré que con gusto hubiera dejado de hacerlo en pro de salir corriendo en busca del grupo francés. En breves palabras, me explicó que sus influencias con el rey egipcio, Ismail Pasha, eran oro para el gobierno galo, por lo que nadie puso pegas a su petición de dejarle un hueco para exponer a Hasin por libre, en calidad de invitado de Francia.

Le agradecí una vez más su crucial intercesión en nuestras vidas y me despedí tras desvelarle que me había costado mucho lograr acudir a aquella fiesta de incógnito, con el único propósito de encontrar a Hasin. El mismo que había sido el motor de mi vida desde nuestra injusta separación, pensé.

—¿Y se puede saber qué hace usted perdiendo el tiempo hablando con un viejo en vez de buscar a su amado?

Casi me empujó de forma literal a que me fuera de allí. Mis modales me habían obligado a no irme con la urgencia que el cuerpo me suplicaba, y más después de ser consciente de que le debía un nuevo favor a aquel ángel de la guarda. Consciente de todo ello, él me agarró con suavidad por los hombros y me dio la vuelta para despedirse con una cálida sonrisa bajo su bigote blanco diciendo:

—Podrá encontrarlo en el salón contiguo al jardín trasero.

El corazón había comenzado a latirme con tanta fuerza que hacía que todo el cuerpo me vibrara a su ritmo. Parecía que cada vez hubiera más gente allí dentro. Me costaba avanzar entre tanto vestido ampuloso, camareros cargados de bandejas y caballeros bebiendo de pie de sus copas. Agradecí que la música de la orquesta de cámara llenara la sala con su melodía. La gran mayoría de los asistentes tenían su atención puesta en ella y no reparaban en la joven de peculiar vestimenta que luchaba por abrirse paso entre los asistentes con la misma urgencia como si hubieran declarado fuego en la sala.

Salí al jardín, donde el fresco de la noche parisina contribuyó a calmarme el pulso. Pensé que, atravesando por el exterior donde había mucha menos aglomeración, llegaría antes al salón que me había indicado Ferdinand, y así fue. Antes de lo previsto, me encontré ante la cristalera que daba paso a dicho salón donde se reunía el personal francés. Me detuve, protegida por la penumbra; necesitaba tomar aire, pues de pronto me asaltaron mil y una dudas.

¿Y si Hasin no había asistido a la fiesta? ¿Y si ya se había cansado de esperarme? ¿Y si no sabía qué decirle? ¿Y si iba acompañado de otra mujer? ¿Y si no nos reconocíamos ni él a mí ni yo a él? ¿Y si había cambiado tanto que…?

Pero entonces lo vi y todos mis temores se esfumaron de un plumazo. Era un hombre hermoso, grande y fuerte, había crecido muchísimo desde los catorce años. Se había convertido en la imagen que colmaba mis sueños infantiles de cómo debía ser un auténtico príncipe bengalí.

Llevaba el pelo corto, peinado de lado con elegancia de forma que su color negro azabache relucía con reflejos azulados. Bajo una favorecedora barba negra, recortada con pulcritud, le asomaba la tostada piel del rostro. La deslumbrante casaca larga, de un tejido compacto color rojo vino, bañaba sus bellas formas masculinas con un intrincado bordado floral en tonos marfil. Gracias a la impecable confección a medida resaltaba la anchura de sus hombros, en contraste con la estrechez de la esbelta cintura. Casi a la altura de las rodillas, le asomaban unos pantalones de un tejido ligero claro, un poco bombachos, que a partir de ese punto se le ceñían sobre los gemelos para acabar rozando unos mocasines de piel que imitaban el mismo estampado de la chaqueta.

Conversaba animadamente con un caballero de mediana edad mientras ambos bebían de sus copas de champán. Acompañando a su oratoria, gesticulaba con las manos y justo ese detalle fue el que me hizo reunir las fuerzas necesarias para entrar. Podía reconocer a la perfección cada uno de sus movimientos. Comprendí que, aunque el envoltorio hubiera mejorado muy por encima de mis expectativas, en el interior seguía habitando mi amigo, mi familia…, mi amor.

Tomé aire y, nada más entrar, el calor de la sala me encendió las mejillas. En una involuntaria reacción, se me empezaron a humedecer los ojos. Al fin lo tenía enfrente. Escuché su voz por primera vez en siete años y, aunque más grave y serena, era el mismo timbre que me embriagaba en cada regresión hacia mis recuerdos. Con la respiración contenida, me coloqué tras él, no sabía cómo debía llamar su atención. Para darle unos toquecitos a la espalda casi tendría que ponerme de puntillas, pero ese sería un reencuentro demasiado patético.

De pronto, el hombre con el que seguía charlando se percató de mi presencia y rompió mi bloqueo de la forma más inesperada posible.

—*Ma cos'è questo?*[20] ¡¡Esto es justo lo que estaba buscando!! —exclamó con cara de haber encontrado el hallazgo de su vida mientras señalaba mi sari haciendo aspavientos—. No me lo diga... Usted debe de ser la esposa del señor Radhav.

—Yo...

No llegué a responder. Mi interlocutor obvió la respuesta, pues era evidente que los dos vestíamos a juego, estábamos al lado y seguramente debía de percibirse en el ambiente alguna conexión magnética más.

Entonces Hasin se dio la vuelta y me vio por primera vez. Se quedó mudo. Me clavó los ojos y yo me dejé invadir por ellos. El tiempo se detuvo. Sin poder evitarlo, se le empezó a pintar de emoción la mirada. Vi cómo se le mojaban las tupidas pestañas oscuras que acentuaban el añorado color ámbar de sus orbes mientras me observaba. Nunca olvidaré aquel gesto compuesto por una sorpresa contenida, una turbación sofocada y un enjambre de cuestiones por resolver.

—Esto sí que no me lo esperaba... —continuaba explayándose aquel hombre, cuyo flequillo liso no paraba de zarandearse mecido por sus enérgicos ademanes. Tenía un marcado acento extranjero que ayudaba a enfatizar aún más sus cumplidos—. Este tejido agua-

[20] '¿Pero qué es esto?'.

marina es el *palampore* más bello que he visto en toda mi vida y su mujer lo luce de una forma tan natural…

Me tendió una mano y, una vez se la di, me atrapó la punta de los dedos en una invitación a hacer un giro, como si de un paso de baile se tratase.

—¿Me permite que la observe en todo su esplendor? Discúlpeme el atrevimiento —le pedía perdón a Hasin, convencido de que era mi esposo, y a mí aquello me pareció la experiencia más excitante de mi vida—, pero comprenda que mi curiosidad es estrictamente profesional…

—Lo entiendo… —dijo él y me miró con las cejas levantadas, en un gesto cómplice de no entender por dónde iba a salir aquel hombre tan excéntrico, pero que parecía contar con todos sus respetos.

Cuando acabó de observar mi indumentaria de arriba abajo, me depositó la mano sobre el antebrazo de Hasin. Me devolvió a mi lugar, a mi esposo, y dio un paso atrás para contemplarnos a los dos con más perspectiva. Era la primera vez que lo tocaba desde hacía siete años y hacerlo fue sentir que al fin había llegado al sitio donde quería estar. Como si él pensara lo mismo, me cubrió la mano con la suya. Al notar su calor, creí que me derretiría allí mismo.

—Son ustedes la pareja más hermosa, elegante y original de toda esta fiesta… y me atrevería a decir que de toda Europa. El vestido de su esposa —prosiguió— es un derroche de calidad y creatividad. Esa tela me ha dejado sin palabras y, créanme, un italiano rara vez se queda callado. Esa mezcla de estilos es justo la que mi clientela femenina está deseando comprar. Si su fábrica es capaz de trabajar así…

—Señor Petruzzelli, si usted me concediera el honor de una entrevista —le propuso Hasin aprovechando la coyuntura—, yo podría enseñarle la pequeña parte del muestrario de nuestro trabajo que tengo aquí conmigo, y en menos de un mes reuniría muchas piezas más para que usted…

Entonces recordé que ya había oído aquel nombre antes y que había sido por boca de mi padre. Ese caballero de acento extranjero era el famoso sastre Giuseppe Petruzzelli, el que manejaba los hilos de la moda parisina. Comprendí que aquello debía de ser la gran oportunidad de negocio por la que Hasin había cruzado medio mundo. Tuve claro que nuestra misión era seguirle el juego a tan influyente caballero.

—Les voy a proponer una cosa a los dos, señores Radhav —comenzó a exponer el sastre—: Estaría interesado en que mañana mismo vinieran a mi taller vestidos con estas mismas ropas, pues estoy convencido de que si les presento a varias de las mejores modistas de París, van a quedar enamoradas de que un matrimonio tan estiloso sea el proveedor de sus materias primas... Ustedes forman un equipo imbatible para este negocio. Las prendas ya hablan por sí solas, pero con el porte y la gracia de ambos por bandera todavía alcanzan un brillo más especial.

Sin meditarlo mucho, un poco acalorada por la situación y otro poco envalentonada porque sentía que ya no necesitaba ocultarme de nadie, me retiré el pañuelo que había usado para ayudarme a ir de incógnito. Mi ornamentado cabello dorado contribuía a aumentar el exotismo del mestizaje de culturas de mi indumentaria.

—*Che bellezza!*[21] ¡Además, es usted una preciosa mujer británica...! ¡Mis clientes les van a adorar!

—Muchísimas gracias por sus halagos —me lancé a hablar—. Debe usted saber que esta pieza se llama «Joya del estanque» y es un diseño que mi esposo mandó a tejer como prueba de su amor por mí. Estará usted de acuerdo conmigo en que es uno de los detalles más hermosos que un hombre puede tener con una mujer.

Hasin me miraba asombrado. Estaba paralizado.

—Querida, el destino ha confabulado para que coincidiéramos en el lugar preciso y en el momento justo. —Quedaba claro que aquel hombre era muy de tocar. Me tomó de las dos manos a la vez que me contemplaba de nuevo de pies a cabeza—. Se me ocurre una

---

[21] '¡Qué belleza!'.

estrategia infalible. Si usted no tuviera inconveniente en hacer de modelo, yo podría componer unos patrones, a modo de bocetos de vestidos para la nueva temporada, que serían confeccionados con las telas de la Compañía de Hilado y Tejido. —Hizo una breve pausa dramática y añadió—: Usted sería algo así como mi musa. Diseñaré las nuevas creaciones y las modistas harán el resto. ¿Qué me dice, señora? Siempre que a su esposo también le parezca bien, claro está.

—No dude que allí estaremos mi marido y yo a primera hora —me anticipé en responder. En mi nueva vida no dejaría que nadie hablara por mí, ni aunque fuera el hombre que más amaba en el mundo—. Estamos encantados de que les brinde a nuestras fábricas esta excelente oportunidad.

—Créanme que el placer es mío. Entonces, ¿tenemos trato?

El italiano insistió mirando a Hasin en busca de su conformidad. Pero él, en vez de contestarle, me señaló con la mano y sumó a su gesto una sonrisa de satisfacción que significaba «¿no ve que ya le ha respondido mi esposa? No necesita que yo reafirme sus palabras. Ella tiene su propia voz y yo la respeto».

—Por supuesto —concluimos Hasin y yo al unísono.

Nos dimos un firme apretón de manos con aquel hombre que era un manojo de nervios.

—Bueno, yo ya he obtenido de esta fiesta más de lo que esperaba, mejor me retiro —se excusó el sastre envuelto en movimientos de brazos exagerados—. Mañana tenemos mucho trabajo que hacer, ahora mismo mi cabeza es un hervidero de ideas…

Y con aquellas cavilaciones en voz alta se despidió de nosotros para salir de la estancia como una exhalación, ignorando a un buen número de caballeros que, a su paso, luchaban por captar la atención de un tipo tan influyente.

Al fin nos quedamos solos.

—Y bien, señora Radhav —me dijo con una sonrisa que se me antojó pura provocación—, ¿le apetece que salgamos un rato a tomar el aire al jardín… o tiene miedo de acabar mojada dentro de la fuente?

—No hay nada que me apetezca más ahora mismo que dar un paseo por fuera… acompañada de mi esposo —respondí aceptando el juego.

—Vamos, cójase.

Hasin me ofreció el brazo para que me agarrase a él. Lo hice y el leve recuerdo de ir cogida de Aimé acudió fugaz a mi mente. El francés me había hecho atravesar mil emociones desde que lo había conocido, mas ninguna parecida a la que en esos momentos invadía todo mi ser. Tocar a Hasin era sentir que había llegado a casa, pero no una casa cualquiera, sino un hogar soleado, confortable y seguro, ubicado en lo más alto del cielo.

Juntos nos encaminamos a la puerta. Salimos y, en cuanto me volví a sentir arropada por las sombras, me detuve en seco. Ambos nos miramos, una vez más habíamos tenido la misma idea. Nuestra sincronización seguía intacta. Como si todavía fuéramos aquellos dos niños inocentes que vivían en Calcuta, emprendimos una carrera por llegar el primero hasta la enorme fuente que coronaba el fondo de los fabulosos jardines imperiales.

Los dos corríamos muertos de risa. Nuestras carcajadas seguían empastando igual que las dos voces del mejor dueto de cantantes, cada una servía para hacer crecer más a la otra. Era evidente que me dejaba cierta ventaja, pues un paso de los suyos equivalía a tres de los míos, y así ambos alcanzamos la fuente al mismo tiempo. Una vez allí, nos sentamos juntos en el borde de piedra para recuperar el aliento.

—¡Eso no vale, patas largas…! —me quejé añadiendo un codazo—. Ahora tus piernas miden el doble que las mías…

—¿Quieres que pida que me las corten? Creo que ahora mismo sería capaz de lo que fuera por…

—¡Ay! ¡Qué desagradable eres! —le reñí dándole un cariñoso manotazo con la mano en el fuerte brazo.

¿Qué me pasaba? No podía dejar de tocarlo.

—Aunque no sé si te conviene tener un esposo sin piernas… —bromeó guiñándome un ojo.

—Yo a mi esposo lo quiero tal cual está, para mí es, y siempre ha sido, perfecto.

—Angie, tengo tantas preguntas que hacerte que no sé por dónde podría empezar para acabar cuanto antes y poder besarte.

—Pues empieza por el final. Hazme la última.

—¿Estás segura?

—A tu lado, no puedo estarlo más.

—En ese caso…

Se incorporó para colocarse en pie justo delante de mí. Era increíble el hombre tan colosal en el que se había convertido aquel niño delgaducho. Sus rasgos se habían vuelto más angulosos, como si cada línea y cada curva hubiera encontrado su lugar preciso en un complot para seducirme. No había casi luz en aquella parte del exterior, más allá de la lejana iluminación del edificio, del resplandor de la luna y del brillo de la sonrisa blanca de Hasin. Como si llevara ensayando aquello toda la vida, se arrodilló ante mí, me tomó una mano y me dijo en tono solemne:

—Angelina Spinner, ¿quieres casarte conmigo?

—¡Sí! ¡No hay nada en este mundo que desee más!

—Como imaginarás, no he venido con ningún anillo en el bolsillo, pero ese nimio detalle podemos resolverlo más tarde… ¿Ya puedo besarte? —preguntó todavía postrado.

Mi respuesta fue abarcarle la cara con mis pequeñas manos y acercar mis labios a los suyos. Eran suaves, carnosos y míos. Todo él era mío, al igual que yo siempre le había pertenecido, pero aquella posesión no se trataba de anular la voluntad de nadie, sino de la unión de dos almas indisolubles, que se entregaban la una a la otra para formar juntas una verdad más grande y más fuerte. Habíamos nacido para estar unidos y nada nos lo iba a prohibir jamás. Sin separarse de mi beso, él se incorporó y con las manos me acarició la espalda hasta la cintura y, una vez allí, me levantó a pulso hasta elevarme a su altura. Yo le abracé las caderas con las piernas, todo lo que el exceso de ropajes me permitió, y él me pegó a su cuerpo sin dejar de aferrarme con sus potentes brazos. Pronto nuestro beso pasó a convertirse en algo más profundo, más intenso, más carnal.

Yo le hundía los dedos en el cabello, los deslizaba por la nuca y disfrutaba del suave tacto varonil de su barba. Él me mordía la boca con los ojos cerrados y aquellos bocados provocaban un fascinante dulzor en mi interior.

No sé cuánto rato estuvimos en ese trance del que nos negábamos a salir, hasta que, finalmente, él me depositó de nuevo en el suelo. Me cogió por los hombros y, dejando su frente pegada a la mía, me susurró en un tono gutural:

—Si no paramos ya, acabaré por perderme en ti hasta el último aliento.

Nos mantuvimos un rato en esa misma posición, juntos en silencio, hasta que nuestros corazones descendieron el ritmo frenético que habían alcanzado. Sin prisas, me dediqué a grabar en mi mente cada detalle de aquel momento. Su piel olía a jengibre especiado, a verde lima y a madera, y su aliento evocaba a la caña de azúcar.

—Creía que no podría encontrarte nunca, y me sentía morir por dentro de solo imaginarme una vida sin ti —le confesé desde el fondo del alma.

—Te quiero tanto, Angie. Créeme que he intentado olvidarte muchas veces, pero siempre he fracasado en el intento. Entonces, ¿eres libre para estar conmigo?

—Me parece que ambos tenemos una larga conversación pendiente…

Nos negamos a entrar de nuevo donde el bullicio de la fiesta solo rompería nuestra burbuja de intimidad mágica, así que nos acomodamos en un banco de hierro forjado y procedimos a desnudarnos las almas.

Al fin pude pedirle el perdón que mi madre y yo nos moríamos por pedir. Le expliqué que mi único asidero para no perder la cordura ni las ganas de vivir había sido ir a la India a buscarle, pero que para poder conseguirlo había tenido que comprometerme con alguien que no significaba nada para mí. Le relaté cómo el azar me había llevado a encontrarle en una carta con un ofrecimiento de ayuda humanitaria, dirigida a Beadon, remitida de su puño y letra. Le expuse que lo único bueno para lo que me había servido aquel collar maldito había sido para venderlo y financiar mi huida hasta Bombay. Sazoné mi historia con el viaje en tren por la India y la aparición de Aimé como personaje clave en mi epopeya, aunque sin entrar en demasiados detalles, ya habría tiempo para eso.

Le conté el maravilloso reencuentro que había tenido con Dyvia y ambos concluimos que era obvio que mi telegrama jamás había sido enviado por Sundari. Su madre y yo habíamos pecado de inocentes al entregárselo, pues ambas pensamos que ella no tendría ni la más remota idea de quién podía ser yo, pero me confesó que desde el anuncio de su compromiso él le había sido sincero contándole que su corazón estaba roto y que cada pedazo, hasta ese momento, le pertenecía a una mujer de otro continente.

Conversamos largo rato, con los dedos entrelazados, sin llegar a creer que aquel tacto fuera real. Cuando fue su turno, en mi interior se libraba una dura batalla entre escucharle con verdadero interés y dejarme perder por la forma de su boca. Notaba cómo se me posaba el frío rocío de la noche sobre el pecho, pero era tal el calor que manaba de mí que ni el aire siberiano me hubiera podido enfriar. Adoraba su forma de hablar, tan segura, su voz grave, cada mueca y cada gesto eran la culminación de la perfección. Era como si yo le hubiera dejado de ver cuando solo era un boceto de la magnífica obra de arte en la que se iba a convertir. Sus padres y su tío, el benefactor señor Tata, podían estar bien orgullosos de aquel hombre tan formado, educado y apuesto a rabiar, en cuyas manos habían depositado el futuro de la compañía.

—¿Y qué vamos a hacer ahora, Angie? —Al fin llegó la pregunta clave.

—Vayámonos juntos a Bombay, yo solo quiero estar contigo.

—Eso lo tengo claro, pero ¿no crees que deberías hablar primero con tu padre?

—¡Ya has visto de lo que es capaz! Me asusta lo que pueda llegar a decirte. ¡Él jamás te dará mi mano, ya lo sabes! —me lamenté bajando la mirada—. Escapemos juntos de aquí sin que nadie se entere. Mi padre ya no merece mi respeto después de todo el daño que te ha hecho.

—Te comprendo, sin embargo, no me parece que eso sea hacer las cosas bien —insistió—. Yo no le tengo ningún miedo. Cuento con suficientes armas para lidiar con su crueldad, además, ahora puedo ofrecerte un buen futuro...

—Hasin, él no te escuchará, y yo no quiero arriesgarme a que te hiera otra vez, y menos por mi culpa... ¡Yo solo quiero irme de su lado para hacer mi vida! —le imploré —: Por favor, hazme caso, vayámonos sin más...

—De acuerdo, pondremos un poco de distancia, pero prométeme que lo pensarás y le irás informando de tus pasos hasta que estés preparada para conversar con él. Al final, eres su hija y debe saber que te has ido por tu propia voluntad...

Lo callé de la mejor forma que supe. Lo besé de nuevo con fuerza, lo atrapé en aquel trance delicioso que había aprendido a generar al juntar nuestras bocas, y al rato le dije:

—Yo te quiero y tú me quieres. Creo que no hay verdad más firme sobre la faz de la Tierra, así que ¿por qué no nos vamos ya de aquí?

—Está bien.

Cogidos de la mano, deshicimos el camino por el jardín y entramos de nuevo en el edificio en dirección a la salida del palacio. Íbamos a buen paso, pues nos apremiaba la necesidad de retomar nuestra intimidad. Una vez fuera, Hasin le dio unas indicaciones al mozo y este se ausentó para avisar a su asistente, quien le aguardaba junto al carruaje.

Mientras esperábamos, me pegué a su lado y le apoyé la cabeza sobre el hombro. Como hacía bastante fresco, él me apretó más contra su costado y me pasó el brazo por encima para darme calor. Yo estaba extasiada, envuelta en su calidez y embriagada con su adictivo aroma, cuando una presencia a nuestro lado me causó un escalofrío.

—¿Dónde se supone que vas, Angelina? —me interrogó la voz de Cecil en un tono sibilino.

—Pero ¿qué haces aquí, hija? ¿No te encontrabas indispuesta? ¿Y por qué vas vestida así? —preguntó a su vez mi padre con una mueca de disgusto. Entonces nos miró, su cabeza puso a rodar cada engranaje y, uno a uno, fueron encajando con demasiada precisión—. ¡Este es el hijo de… los Radhav!

—Sí, señor, yo soy Hasin Radhav —se presentó él tratando de retener la rabia que aquel hombre le despertaba detrás de un muro de contención hecho de cortesía.

Era evidente que lo único que le importaba era que yo padeciera lo menos posible ante una situación tan violenta, pero mi padre cada vez tenía los ojos más desorbitados y la cara más encendida.

—¡Tú eres el ladrón que yo expulsé por robarme en mi propia casa! Después de eso tienes la desfachatez de presentarte en la UKFT, con un nombre falso y un urdido plan para robarme mi legítimo derecho a exponer… —Su exaltación iba en aumento—. ¡¿Y ahora quieres quitarme también a mi hija?! ¡¡¡Retira tus sucias manos de ella!!!

Hasin, en vista de la reacción tan exacerbada de mi padre, había preferido no soltarme. Era un acto de pura protección que los otros tomaron como un desaire desafiante.

—Bruce, ¿quieres que llame a alguien?, ¿a la policía?, ¿a nuestros *refuerzos*? —Beadon trataba de ayudar a su amigo, sin saber cómo. A él se le daban muy bien los enfrentamientos a larga distancia y desde la comodidad de un despacho, pero cara a cara era algo muy distinto.

—No va a ser necesario, Cecil. —Mi padre me agarró del brazo y tiró de mí para arrancarme a la fuerza del lado de Hasin—. Angelina, ¡nos vamos!

Me resistí y me solté de su agarre. No estaba dispuesta a consentir que nadie me obligara a hacer nada que yo no quisiera, y menos a la fuerza.

—Padre, no pienso volver con usted... —Me planté—. Ni voy a permitir que tache a Hasin de ladrón delante de mí. Él jamás robó nada. Traté de decírselo hasta la saciedad, pero usted nunca me dio crédito.

—¡Tú qué sabrás de la verdad, niña! —me replicó con desprecio—. El hurto del chaval de los Radhav fue la gota que colmó el vaso, pero el problema ya estaba bien enquistado. —Aquella revelación era nueva para mí. No sabía por dónde iban a ir los tiros—. Su padre, Aadi, había sido mi mano derecha en la fábrica de Calcuta durante demasiado tiempo. Los trabajadores le adoraban hasta el punto de llegar a ignorar mis mandatos y seguir los suyos —me explicaba a mí, aunque a la vez miraba a Cecil buscando su aprobación. Por otra parte, yo notaba cómo Hasin iba poniéndose cada vez más tenso—. ¡Es muy fácil jugar a ser justo y bueno cuando el capital que se pone en riesgo es el de otro!

Entonces dio un paso hacia el indio, quien mantenía firme su posición, para escupirle a la cara una sarta de improperios:

—¡Tu padre era un hipócrita, un muerto de hambre con ansias de poder que conspiraba para adueñarse de mi fábrica! —Elevó los talones para acercarse aún más a la altura de Hasin. Estaba fuera de sí—. ¡Erais una familia de ladrones que había que quitarse de encima como fuera!

Hasin se contuvo las ganas de golpearlo y las redujo a agarrarlo por el cuello de la camisa con una de sus enormes manos. Bajó la cabeza para enfrentarlo cara a cara y, apretando los dientes, le dijo:

—No toleraré que insulte a mi familia, señor Spinner.

Lejos de achantarse, mi padre subió el tono todavía más y, aun cogido por el otro, le rebatió con cinismo:

—¡Jamás te llevarás a mi hija! Tú no eres nadie y ella ya está formalmente prometida con un hombre respetable.

—¡Rompo mi compromiso ahora mismo! —anuncié en tono firme—. Ni Cecil ni usted tendrán jamás mi respeto. Sé que provocó el incendio en los almacenes del puerto y que contrató a unos matones para que le dieran una paliza, y todo por sus prejuicios y su ambición… ¡Me voy a casar con Hasin, le guste o no!

—¡Cállate, chiquilla insolente!

Y entonces hizo lo peor que podía haber hecho, me levantó la mano con la intención de abofetearme. Una mano que Hasin interceptó al vuelo con la suya. Su cara, con la mandíbula apretada, era la verdadera imagen de la ira contenida que, en milésimas de segundo, prometía ser liberada en forma de puñetazo en el mentón de mi padre. La diferencia de envergaduras ponía al mayor en seria desventaja, pero el veneno de sus venas no se dejaba amilanar y seguía lanzándole al indio ácido con la mirada.

El exgobernador salió de nuevo en defensa de su viejo amigo y lanzó un torpe gancho de derecha. Hasin lo esquivó sin ningún esfuerzo y el otro trastabilló hacia adelante. Tragó saliva y se limpió el sudor de la frente con el dorso de la mano mientras estudiaba la forma de atacar de nuevo. Se encontraban en un punto de no retorno, las palabras no iban a resolver nada y los golpes solo harían que empeorarlo todo.

De pronto un carruaje se detuvo a nuestra altura. De él descendió un caballero de mediana edad que portaba un elegante bastón y lucía el cabello del color de la cerveza atado en una pulcra coleta estirada. Al tanto de la gravedad de la situación, avanzó en nuestra dirección con presteza. Se acercó por detrás de la espalda de mi padre y de Beadon y le negó con la cabeza a Hasin indicándole que se contuviera. Todos sabíamos que un acto violento sobre un británico de avanzada edad solo le traería serios problemas al extranjero. Él lo captó a la perfección y detuvo su puño congelado en el aire.

Entonces los dos enormes iris azules del desconocido me atraparon la mirada y se la llevaron hasta el bastón que sostenía inclinado tras las rodillas de Beadon, con el extremo apuntalado en el suelo. Con una media sonrisa cómplice, comprendí que estaba de parte de Hasin y con un guiño le indiqué que sabía lo que debía hacer. Tomé impulso y empujé en el pecho al que había sido mi prometido con las dos manos. La intensidad de mi embiste había sido irrisoria, a pesar de haber puesto todo mi empeño, pero fue la justa para desequilibrarlo hacia atrás y que no pudiera recuperar la verticalidad al tropezar con el bastón. Lo vi desplomarse de espaldas en una ridícula caída sobre sus posaderas a la que arrastró a mi padre al tratar de asirse de su brazo. La visión de aquellos dos hombres, malvados y orondos, braceando en el suelo como dos cucarachas que no pueden darse la vuelta, era patética. Pero aquella maniobra resultó idónea para resolver nuestra marcha de aquel lugar.

Antes de que asimilaran lo sucedido, nuestro salvador nos abrió la puerta del carruaje y, a una voz suya, el cochero puso al trote a los caballos para llevarnos muy lejos de allí.

Poco tiempo después supe que aquel caballero se llamaba Henry McQuaid y que sería el padrino de nuestra boda.

19. Dafnis y Cloe

París, abril-mayo de 1867

Nuestra experiencia con Giuseppe Petruzzelli resultó, tal y como él mismo había pronosticado, un éxito rotundo. Su círculo de influencias se extendía entre los que en un futuro serían considerados artistas, pero que en aquellos tiempos solo se les dejaba brillar como buenos «artesanos»: los mejores sastres y modistas de París que ramificaban su red de influencias a toda Francia. Lo que él mostraba como tendencia acababa estando en boga, y lo que defendía como calidad, con buen criterio terminaba demostrando ser el mejor género del mercado. Grandes mandatarios y demás personajes de la alta sociedad cruzaban las puertas de su taller en busca del secreto de Petruzzelli, para descubrir que este no era más que, según las palabras que oirían de su boca hasta la saciedad, «una combinación de la técnica británica, el estilo italiano y la precisión gala»[22].

Y justo esa era la razón por la que nadie había podido manipular a aquel hombre, su talento y su tesón no vivían pegados a las faldas de ningún mecenas de las altas esferas. Era un trabajador incansable, dotado de buen gusto y de un peculiar carisma, que no había

[22] Referencia extraída de Giuseppe Cifonelli, sastre en el que se inspira el personaje de Giuseppe Petruzzelli.

necesitado hacer uso de las sucias influencias de las que mi padre y Beadon esperaban poder echar mano para someterlo a su voluntad.

Aunque sea un gesto muy desagradable —sobre todo porque uno de ellos me había dado la vida—, puedo dar gracias a que jamás volvimos a ver a ninguna de aquellas dos viles sabandijas. Si bien, solo por darle el gusto a mi príncipe, le envié escuetas pero periódicas misivas a mi padre desde el momento en el que zarpamos de tierras francesas para mantenerle sabedor de mi buen estado y de un paradero aproximado.

Más allá de lo bondadosa que había sido la naturaleza al regalarle a Hasin unos ojos hipnóticos, unos rasgos que superaban en belleza a los óleos más cotizados y una envergadura capaz de envolverme el cuerpo entero en un solo abrazo, cada día me sorprendía con su vestuario. Me enseñó que aquellas ornamentadas casacas de colores vivos y delicados bordados se llamaban *sherwanis*, igual que aprendí miles de palabras más de la terminología propia del gremio textil. Después de un día agotador, se lavaba y se colocaba una de sus *kurtas*, esas camisas vaporosas y sin botones que le daban un aspecto fresco, personal y seguro de sí mismo. Pero lo que más me llamaba la atención eran los *dhotis*, unos amplios pantalones hechos de una pieza de tela de algodón que se enrollaba por las piernas y se anudaba a la cintura, cuyo estilo tan ligero y natural nada tenía que ver con el de las rígidas prendas masculinas de occidente.

De camino a una de las primeras reuniones de aquellos círculos de influencia del sastre, Hasin me contó cómo al llegar a Inglaterra había tratado de vestir a la moda londinense. Me confesó que, antes de descubrir el sustrato de hipocresía que se extendía bajo la superficie del suelo británico, siempre vestía con los trajes oscuros que imponía la moda, las habituales levitas que incluso complementaba con guantes y chistera. Deseaba parecer un caballero respetable, capaz de nadar como un pez en las aguas de aquella sociedad, que resultaron ser una charca putrefacta y no el próspero mar abierto que él se había figurado. Mas cuando todo empezó a torcérsele y descubrió aquella falsa moralidad que maquillaba la realidad, se dio cuenta de que lo auténtico siempre es lo mejor. Nadie es digno de ser idolatrado por encima de los demás, y menos si es a costa de perder tu verdad, tu integridad, la esencia de lo que cada uno es. Así pues, tras el rechazo por parte de la UKFT, Hasin tomó la decisión de ataviarse con las ropas indias que siempre le habían resultado cómodas y con las que se sentía plenamente identificado.

Petruzzelli fue el sastre más feliz de la historia cuando Hasin le hizo un encargo personal. Le pidió que me confeccionaran un ajuar completo, para diferentes tipos de clima, con las mejores telas de la Compañía. Desde aquel momento, el estilo que había defendido la noche de la fiesta de las Tullerías marcaría mi forma de vestir. Había encontrado la manera de expresarle al mundo quién era yo, una joven orgullosa de pertenecer a dos culturas.

Interpretamos nuestro papel de marido y mujer, con sorprendente facilidad, delante de todo aquel al que nos presentó el sastre, a quien decidimos mantener también ignorante de la verdad. Tomados de su mano, nos convertimos en la pareja más influyente del panorama de la actualidad francesa. Éramos conscientes de que nos envolvía un aura de exotismo que jugaba a nuestro favor. Tuvimos que armar una agenda debido a la larga y creciente lista de espera de solicitudes de cita para conocer en persona al matrimonio de moda y el recomendadísimo trabajo de sus fábricas de Bombay.

El radio de acción de nuestras visitas comerciales empezó a expandirse de forma exponencial y, cuando los desplazamientos eran fuera de las cercanías de la capital, a Petruzzelli comenzaba a complicársele la conciliación con sus propios compromisos y labores diarias. Así pues, como ya habíamos aprendido cómo comportarnos ante aquel público al que habíamos alcanzado guiados por el talentoso sastre, llegó un día en el que nos dejó volar solos.

—*Miei cari amici!*[23] —comenzó a despedirse mientras nos abrazaba a ambos con la efusividad que tanto lo caracterizaba—. Ha sido un verdadero placer haberlos conocido y haber hecho negocios con ustedes. Pocas veces me engaña mi intuición, y esto es un ejemplo de ello.

Por nuestra parte, no encontramos palabras suficientes para agradecerle la cantidad de puertas que nos había abierto y los innumerables conocimientos en los que habíamos sido instruidos. Nos entregó un listado de empresas con sus ubicaciones en ciudades diseminadas por todo el país y en las que nos esperaban con la mayor celeridad posible. Cada una de aquellas citas suponía la captación de clientes nuevos y el consiguiente aumento de trabajo para las fábricas de Bombay, a las que íbamos anunciando periódicamente nuestros progresos mediante telegramas, con el propósito de ir previendo el abastecimiento de materias primas, la ampliación de la plantilla e incluso la de las instalaciones.

—Quiero que me prometan que, la próxima vez que vengan, lo harán con uno o varios niños de la mano —nos pidió él como la fórmula de cortesía habitual que se tenía con un matrimonio joven. Lo que no sabía es que a mí con aquello me había hecho explotar de ilusión las entrañas—. Pagaría por ver los vástagos tan bellos que pueden salir de la combinación de sus rasgos…

Ambos le seguimos el juego, restándole importancia a aquella última promesa que a ninguno de los dos nos pasó desapercibida. Nos despedimos de él con demostraciones de sincero afecto y abandonamos nuestras habitaciones del hotel de París para emprender la ruta por toda Francia.

Solo había algo que me seguía quitando el sueño desde mi llegada a Europa. Yo me había comprometido a mantener informado a mi gran amigo Aimé de cada uno de mis pasos para no perder nunca el contacto, y llevaba demasiado tiempo faltando a mi palabra.

[23] '¡Mis queridos amigos!'.

Durante tantas horas de travesía, conversación tras conversación, le conté a Hasin toda la verdad sobre el francés. Hasin era la persona que más me conocía en el mundo y con la que no quería tener ni un secreto, pero me sentí avergonzada y con miedo de hacerle daño si le desvelaba lo de aquel beso en el tren, así que le relaté toda mi epopeya, excepto ese nimio detalle. Quería que conociera cada pedazo de la historia para que así él pudiera componer el verdadero sentido de nuestro afecto en toda su magnitud. Le hablé de Colin, de Andy, del cólera y de la dolorosa despedida en Suez. Tal y como esperaba, su carácter empático y tolerante encajó con plena naturalidad el amor que se profesaban aquellos dos hombres, a los que de corazón les deseó la mejor suerte, consciente de lo difícil de mantener un amor prohibido en tierras *civilizadas*. Finalicé exponiéndole mi grave preocupación por desconocer el paradero del francés, justo en ese momento que moría por hacerle partícipe de la noticia de haber podido llegar al lado del hombre al que siempre había amado. Él enseguida empatizó con mi frustración y me prometió que, en cuanto las visitas se espaciasen, haría lo posible por tratar de averiguar algo.

En verdad no teníamos ni un segundo para detenernos a pensar y ser conscientes de la vorágine de trabajo y nuevos contactos que estábamos viviendo. El tiempo en Europa corría rápido y había que exprimirlo al máximo antes de nuestro regreso a Bombay. Aun así, cada día lo disfrutábamos juntos como una aventura, pues suponía un verdadero goce solo el hecho de poder vivirlo el uno al lado del otro.

Camaret-sur-Mer, mayo de 1867

Me sorprendió que Hasin escogiera como uno de nuestros primeros destinos de viaje sin Petruzzelli una población del noroeste de Francia, en la región de Bretaña, llamada Camaret-sur-Mer. Insistió en que los clientes de allí eran muy especiales y que, para evitar cualquier imprevisto, Henry partiría de avanzadilla. Debíamos asegurarnos un buen alojamiento, pues se preveía una estancia de dos o tres días allí. El señor McQuaid, quien nos acompañaba a todas partes, más que en calidad de empleado como si de un familiar nuestro se tratase, cumplía con total éxito la misión de hacernos la vida más fácil. Era imposible no cogerle cariño. Su mirada cobalto era puro amor, y contaba con el don de prever cada una de nuestras necesidades, incluso cuando dicha demanda era un rato de intimidad, un bien demasiado escaso dentro de aquel ritmo de compromisos tan vertiginoso, en relación al deseo carnal que cada vez nos resultaba más difícil de contener.

Marchó pues con un día de ventaja que nosotros aprovechamos para visitar varios talleres de Laval y de Rennes, dos importantes ciudades que nos venían de paso, y, finalmente, nos reunimos con él en aquella pintoresca ciudad costera.

Llegamos un mediodía de mayo en el que la primavera acababa de eclosionar sobre aquellas tierras, llevando el verde pasto hasta lamer las mismas orillas de un mar de aguas turquesas.

Era una pintoresca población de edificios multicolores que flanqueaban el trazado cóncavo de la urbe con el puerto marítimo. Al final de las construcciones, la naturaleza había creado un estrecho paso entre las aguas que servía de puente hasta una zona en la que la tierra volvía a ensancharse para dar cabida a una robusta torre de vigilancia —hecha de yeso naranja y ladrillos— y a una modesta capilla de piedra.

Cuando nuestro carruaje se detuvo, enseguida noté que allí se cocía algo extraño. Henry nos esperaba en pie, apoyado en su bastón, justo en medio de ambas construcciones, con actitud de resuelto anfitrión que tiene todo previsto para la llegada de sus invitados de honor. Hasin bajó y se acercó a él. Se dirigieron unas pocas palabras, en un volumen demasiado bajo como para que yo pudiera escuchar nada, pero lo que me acabó de descolocar fue el caluroso abrazo que ambos se regalaron. Entonces, mi príncipe se acercó a ayudarme a descender del coche con una radiante sonrisa iluminándole el rostro entero. Me cogió con sus enormes manos por la cintura y, en cuanto puse los pies en el suelo, me anunció:

—Llevo tiempo pensando en que hay algo que tenemos pendiente de resolver desde el día de nuestro reencuentro... ¿Quieres seguirme, por favor?

—No comprendo nada de lo que está pasando, Hasin...

Ni él me respondió ni yo esperé que lo hiciera, me cogió de la mano y los actos hablaron por sí solos. La puerta de aquella sólida torre estaba abierta. Unos viejos escalones de madera rojiza daban paso con sus crujidos a la parte superior. A pesar de ser un día de cielo raso y deslumbrante, dentro de aquel edificio de defensa de gruesos muros reinaba la oscuridad. No entraba más luz que los delgados haces que atravesaban las estrechas ventanas fortificadas y dibujaban unas tímidas líneas de sol sobre las paredes enfrentadas. A contraluz, el ambiente se llenaba de diminutas partículas de polvo suspendido en el aire y de un ligero humo proveniente de unas candelas, colocadas en cada peldaño y que habían sido encendidas para guiar el sentido de nuestra trayectoria. Una vez arriba nos encontramos en una estancia diáfana, bastante amplia, con el techo compuesto de unos tablones superpuestos formando curiosas figuras geométricas. Cada esquina estaba adornada por flores que impregnaban el ambiente con su dulce fragancia y el camino de velas culminaba en un maniquí cubierto por una tela clara. Al lado había un pequeño sillón forrado de raso de color ocre y, ante él, un tocador con un espejo abatible que, a todas luces, habían sido colocados allí para la ocasión.

Podía escuchar a la perfección la respiración de Hasin, la mía y el lejano rumor de las olas. Cada vez que estábamos solos, mi pulso se volvía loco y algo se me apretaba en el estómago. Siempre habíamos dormido en habitaciones separadas y, luchando contra nuestra ansiedad por estar juntos a todas horas, Hasin había querido evitar la tentación de quemarnos la piel antes de que llegara el momento perfecto.

—¿Me harías el favor de tomar asiento? —me pidió, con una mirada de ojos brillantes que ocultaba un mundo de emociones, señalando con una mano el sillón anaranjado.

Me sentía el centro del universo, inmersa en aquella fantasía organizada por mi amado. En aquellos momentos me hubiera dejado llevar por él hasta el mismo infierno. Asentí con la cabeza y me acomodé expectante.

Él apoyó una rodilla en el suelo y me tomó las manos entre las suyas.

—Como mi pedida de mano se quedó a medias y no pude realizarla como es debido… —Hizo una pausa para tomar aire y dijo—: Te pregunto de nuevo: Angelina Spinner, ¿quieres casarte conmigo… ahora mismo?

—¿Ahora? ¿Pero y tu familia? Ya los habías avisado de nuestros propósitos al llegar a Bombay…

—No te preocupes por nada. —Frenó mi cúmulo de dudas apretándome con sus dedos los míos y hablando en un tono sereno que dejaba claro que llevaba mucho tiempo meditando aquella proposición—. Déjame que te explique: creo que lo justo sería que tú y yo nos casáramos aquí, en una ceremonia católica, y una vez allí, ya celebraremos la hindú… ¿Te parece bien? ¿Te apetece?

—¡Me parece la mejor idea que podría haber existido jamás en el mundo de las ideas!

—Pues ahí no acaba todo… —Me miró con intensidad, inspiró de nuevo y me preguntó con voz grave—: ¿Has pensado que así vamos a poder disfrutar de dos lunas de miel?

Un calor sofocante me nació en el pecho y se extendió por todo mi ser. Me abalancé a sus brazos llorando de la alegría. Había encontrado a mi amado, todo era mágico y lo que estaba por venir me hacía flotar en una nube de ilusión.

Cuando recuperé el aliento, se sacó una cajita del bolsillo interior de la chaqueta, la abrió y me entregó un sencillo anillo de oro que tenía la forma de una gota de agua compuesta por varias aguamarinas finamente talladas.

—Este anillo simboliza las fuentes de los jardines de Calcuta, en cuyo reflejo se escribió la introducción de nuestra historia.

El maniquí sostenía mi vestido de novia.

Había sido un encargo secreto, cosido por una de las mejores modistas de Petruzzelli, creyendo que era un obsequio para una familiar muy allegada. La tela blanca, semitransparente, atravesada por múltiples bordados y adornos calados, caía a peso sobre sí misma con la solemnidad que confieren muchas pulgadas de seda impecablemente compuestas en una falda larga hasta los pies, con una sutil cola en la parte posterior. Las mangas tenían una forma abombada de farolillo, desde los hombros hasta el codo, dejando el antebrazo ceñido a la piel y rematado por una eterna hilera de pequeños botones forrados, a juego con los que adornaban la espalda desde el borde superior del cuello alto hasta la cintura. Allí una amplia cinta de seda de un color tostado acentuaba la estrechez de la silueta femenina. A los pies del maniquí descansaban unos zapatos de tacón de color *beige*, que se ataban con una tira sobre el empeine, de los que asomaban unas medias traslúcidas plegadas.

En una esquina de la estancia, un biombo ocultaba un palanganero con agua tibia perfumada con esencia de azahar, unas pastillas de jabón y unas toallas de hilo bordadas. Dentro de los cajones del tocador, un suave papel crema envolvía una tiara compuesta por delicadas flores blancas y otras que insinuaban un pálido tono rosado y, a su vera, unos guantes de satén color champán esperaban lánguidos a que les diera forma con mis manos.

Todo era perfecto. Juro que yo no hubiera podido elegirlo mejor. Me lavé y, cuando iba a colocarme el vestido, una mujer llamó a la puerta. Era Rosalie, una señora del pueblo que había sido contratada para ayudarme con aquel sinfín de botones inaccesibles. La mujer parecía estar todavía más emocionada que yo mientras me trenzaba el pelo para crearle un asiento a la preciosa tiara. No escatimaba en suspiros ni en tiernos halagos, como si fuera una tía lejana que se hubiera pasado a echarle una mano a su sobrina el día de su boda.

Una vez estuve compuesta, bajé la escalera seguida de Rosalie, que me sujetaba la cola. Todo mi cuerpo temblaba de emoción. Al salir, la claridad de aquella tarde resplandeciente me cegó los ojos. En la puerta de la torre me esperaba Henry, vestido de la forma más elegante que recordaba haberle visto nunca. Cuando nuestras miradas coincidieron, a ambos nos rebosaron un sinfín de emociones. Hacía poco que conocía aquel hombre, pero era de esas personas a las que uno parece hacerlo de toda la vida. Saltaba a la vista cuánto quería a Hasin y aquel amor era recíproco, su relación era adorable. Me levanté el velo para abrazarlo y besarlo en la mejilla. Él había sido el cómplice de todo aquello y había superado su misión con creces. Le agradecí el cariño con el que había cuidado cada detalle y él me correspondió sin poder hablar. Me miró con los ojos empañados y, apretando los labios en una trémula línea, me dio un paternal beso en la frente para después ayudarme a recolocar el velo.

Me entregó un precioso *bouquet* de flores silvestres, atadas con una cinta de rafia, que olían a fresco y a limpio, sin estridencias ni más pretensiones. Una vez más habían dado en el clavo con la elección. Nos cogimos del brazo y juntos emprendimos el corto camino hasta la capilla de Notre Dame de Rocamadour en silencio.

En aquel apartado y evocador enclave en medio del mar, no había nadie más que nosotros y un grupo de curiosas gaviotas que salpicaban el firmamento de blanco. Las puertas del templo nos esperaban abiertas. El interior era muy luminoso y acogedor. El techo de las bóvedas estaba forrado con unos pequeños listones de madera lacada del azul de un cielo raso. Las paredes eran de piedra de color arena y tanto la ornamentación como el pavimento de mármol se componían de detalles que combinaban estos dos tonos, creando un ambiente marinero y entrañable, muy alejado de la distante y fría opulencia de las grandes catedrales. Al fondo, sobre una tarima, se alzaba un sencillo altar, también vestido de blanco y celeste, donde la iluminación de la estancia quedaba estratégicamente magnificada, y justo allí delante estaba él.

Llené los pulmones de aire antes de entrar y noté cómo de pronto todo mi cuerpo se estremecía. Henry percibió el ligero temblor de mi mano en su brazo y me la agarró fuerte con la suya a la vez que me susurraba:

—No he visto a dos personas más destinadas a quererse. Con la bendición de Dios, ya no habrá nada que pueda frenar este amor. —Hizo una pausa que llenó con una mirada de puro afecto, primero a mí y después a su amigo del alma, Hasin—. Mejor no hagamos esperar más al grandullón porque, entre usted y yo, está como un flan.

Comenzamos a avanzar por el pasillo entre las bancadas de asientos vacíos. Él me esperaba con una amplia sonrisa y ojos brillantes. Era la primera vez que veía a mi príncipe vestido de caballero europeo, si bien el toque diferente se lo aportaba la particular tela brocada con la que su negra levita entraba en un juego de texturas brillantes y mates. Esta vez ese era el único toque oriental de su atuendo. El resto era también de un gusto exquisito, pero en su vertiente más sobria y elegante. Un chaleco gris marengo sobre una camisa blanca, un pañuelo plomizo fruncido al cuello y unos pantalones, también oscuros, con un intachable corte a medida sobre unos zapatos de reluciente cuero azabache. Se había vestido así solo para mí, igual que sabía que yo me enfundaría en un sari de novia llegado el momento.

Los latidos de mi corazón le marcaban el ritmo a mis pasos. Me acercaba determinada, solemne y devota hacia mi único amor, el hombre con el que había deseado compartir el resto de mi vida desde que tenía uso de razón. Notaba cómo se acortaba la distancia hacia la felicidad plena. Con cierta impotencia, sentía que mis ojos eran demasiado pequeños para lograr captar cada detalle y retenerlo en todo su esplendor, pero lo cierto es que aquel recuerdo me acompañó así de nítido hasta el día de mi muerte.

Cuando llegamos a su altura, Henry me entregó a Hasin, ejerciendo del mejor padrino que podríamos haber tenido, y, al fin, nuestras manos volvieron a estar juntas, aunque detrás de sendos guantes que separaban de una forma casi insultante el tacto de nuestras pieles.

Mientras el sacerdote tomaba posiciones, tuvimos tiempo de intercambiar unas palabras:

—Estás deslumbrante —me halagó con orgullosa sinceridad—. No puedo sentirme más afortunado de que hayas aceptado casarte aquí y ahora, aunque siento que no es esta boda la que mereces. Sin invitados, sin música, sin amigos…

—Amor mío, en esta parte del mundo tengo a todas las personas que quiero a mi lado, ¿qué más puedo pedir? —añadí—. Gracias por organizar todo esto, es perfecto. Estoy viviendo un sueño.

—Me alegra oír eso, y, créeme, esto es solo el principio… —me anunció él en un susurro ronco que me hizo estremecer de nuevo.

Dio comienzo la ceremonia que fue un acto íntimo, muy en la línea de la sencillez del resto. Nuestro padrino nos entregó las alianzas de oro que pasarían a formar parte de nuestros dedos como si de un complemento orgánico se tratase. El anillo de Hasin era liso, ancho y plano, mientras que el mío tenía una curiosa forma diseñada para encajar con precisión con el de mi reciente pedida de mano. Unas cornalinas rojas le daban forma a los pétalos de una flor de loto que quedaba suspendida sobre la gota de agua de nuestro estanque. Tuve que contener las lágrimas al verlos unidos en mi mano contando nuestra historia de amor a través de sus líneas.

El clérigo nos dedicó unas hermosas palabras y, una vez celebrado el sagrado sacramento del matrimonio, acabó articulando la ceremonial frase: «Puede besar a la novia». Hasin parecía haberse cosido las comisuras de la boca a las mejillas, pues mantenía una sonrisa de satisfacción absoluta de la que yo me había dejado contagiar. Por unos instantes, dejamos aquella risa pausada en el tiempo para imprimir la intensidad justa que requería el simbólico gesto de retirarme el velo de pureza.

Cara a cara, comprendimos que ya estábamos unidos para siempre, mal que les pesara a unos cuantos, y aquella inmensa alegría que luchaba por escapar por cada poro de nuestra piel volvió a manar incontenible en forma de espontánea sonrisa, así que nuestro beso de recién casados dio comienzo con un leve choque de dientes. Pero pronto la proximidad de nuestros cuerpos se encargó de activar la pasión. Nuestros labios se buscaban y adoraban bailar juntos, una danza a la que tuvimos que ponerle fin instantes antes de entrar en ese trance en el que nos perdíamos cada vez que nuestras bocas se habían unido.

A la salida de la capilla nos esperaba un carruaje, al que subimos solos, pues Henry se negó a robarnos ni un segundo de nuestra nueva y lícita intimidad. En pocos minutos habíamos llegado a nuestra habitación del hotel más romántico del puerto con vistas directas al Céltico. El color de la superficie comenzaba a teñirse de los tonos cálidos del ocaso a la vez que nuestros cuerpos se comían a ardientes besos detrás de la ventana.

La fábula de Dafnis y Cloe, escrita por Longo, un novelista griego del siglo II, presenta a dos niños abandonados en un bosque y encontrados por dos matrimonios de pastores. Los protagonistas crecían juntos y desarrollaban un fuerte vínculo de amistad mientras compartían las labores de pastoreo que sus familias les habían asignado. Al llegar a la pubertad, sin saber qué era aquello que sentían, habían descubierto juntos el amor y el erotismo. Finalmente, tras muchas aventuras, lograban casarse y dar rienda suelta a toda esa pasión contenida.

Me fascinaba cómo una novela escrita más de mil seiscientos años atrás era capaz de conmover con su dulzura e irrealidad, a pesar de pertenecer a una época tan remota, y cómo sus emociones podían sentirse tan cercanas a las de nuestra propia historia. Tal vez, en lo que a los asuntos del corazón se refiere, las personas de todos los tiempos mantenemos constante una misma esencia de atracción primitiva, visceral e intangible.

Cuando los dos protagonistas eran aún dos niños, se enamoraron, pero sufrían porque no sabían cómo aplacar aquel amor que crecía a un ritmo desbocado. La inocencia los llevaba a creer que acariciarse bajo las ropas y regalarse besos con sabor a mango era amarse, que retozar, piel con piel, entre caléndulas y bañarse juntos en los estanques de nenúfares era el amor; pero nunca conseguían saciarse, cada vez sentían mayor ansiedad y debían despedirse en un estado más acalorado que el de antes de quitarse las vestiduras.

En ese punto de la historia, si tuviéramos que amalgamar ambas tramas, llegaría el momento de nuestra amarga separación. Por mi parte, los progresos en cuestiones carnales, mientras vivíamos en continentes diferentes, fueron nulos, mas la vida de los hombres transcurre por océanos más abiertos, nada que ver con las acequias de corrientes controladas por las que fluimos las mujeres. Una astuta vecina llamada Lycenia fue la encargada de aleccionar a mi Dafnis en qué consistía el desfogue carnal entre un hombre y una mujer. Nunca quise saber qué clase de conocimientos le fueron impartidos, ni la duración ni la proporción de teoría y práctica que contenían. Solo comprendí que hubo un tiempo en el que la infancia recién despedida seguía dando coletazos y la madurez todavía no había sido consolidada. Un tiempo para el aprendizaje y el juego, que por fortuna uno de los dos había podido gozar.

La fábula milesia se internaba entonces en una selva de capítulos de incursiones de piratas, raptos y envidias de cabreros, que querían gozar de la belleza de Cloe, para desembocar en un reencuentro feliz. Una epopeya con demasiadas analogías con mis viajes llenos de aventuras y desventuras.

Llegados a este punto, sería fácil pensar que la acción de la historia había arribado a su clímax final, pero no. Haciendo memoria, Dafnis recordó que aquella instructora le había advertido que Cloe sangraría la primera vez y que tal vez sintiera dolor. El pobre joven no sabía cómo proceder, su tesitura era peor que cuando vivía ignorante. El pastorcillo pensaba: «¿Cómo voy a causar sangre y dolor en mi querida Cloe, mi querido amor?».

Lo que no había tenido en cuenta era que entre ellos existían unas fuerzas magnéticas capaces de superar cualquier adversidad. Una pasión desatada entre dos amantes que entregaban carne y corazón a la vez, en un entorno de confianza plena y un deseo de complacencia mutua.

Al final del relato, Dafnis y Cloe llegaron felices al tálamo nupcial, escena que Longo concluyó con estas palabras: «Dafnis hizo a Cloe lo que le había enseñado Lycenia, y Cloe comprendió entonces que lo que antes hicieron en el bosque y al amparo de los arbustos no habían sido más que juegos de pastorcillos».

Pronto me acostumbré a que sus enormes manos me asieran por la cintura y me ayudaran a mecer las caderas al ritmo adecuado, acompasado y ascendente, directo a la cúspide del placer, cima que cogimos por costumbre visitar en cada momento en el que nos era posible y en lugares donde mi imaginación jamás hubiera alcanzado. Una vez descubierto lo que era capaz de conseguir la simple unión de nuestros cuerpos, vivíamos para propiciar ocasiones en las que explorar los infinitos caminos de la pasión.

Con mi hombre me sentía liberada. Cada pulgada de mi piel reclamaba a gritos sus caricias. Lejos de sentirme cohibida, con él podía ser yo misma y volar en busca del deleite máximo. Seguramente, aquella actitud mía viniera provocada por culpa de haber conocido a un francés que sabía disfrutar de la vida, y muy probablemente no sería nada bien vista bajo los ojos del puritanismo de la reina Victoria, pero, con absoluta sinceridad, me importaba tres cominos. Desde aquellos días de ensueño en Camaret-sur-Mer, tuve claro que lo único que valía la pena era lo auténtico, el ahora, la realidad palpable del momento y el hermoso cuerpo de mi esposo, quien no era consciente de la cantidad de deseo que me provocaba. Si alguien me hubiera explicado todo lo que cada una de sus formas masculinas podía ofrecerme, solo con mirarlo el día de nuestro reencuentro en París hubiera llegado al éxtasis.

Visitamos el resto de ciudades de la lista de clientes potenciales que nos había pasado Petruzzelli y, aunque representábamos nuestra función de matrimonio *experto* ante ellos, en cuanto las puertas de cada uno de los domicilios se cerraban, nuestras bocas buscaban unirse impacientes para no olvidar el sabor del beso que habíamos gozado justo antes de entrar.

Me sentía dentro de la mujer que quería ser, tanto por dentro como por fuera. Completa, deseada, saciada y enamorada del futuro perfecto que se dibujaba junto a mi adorado y gentil esposo.

Al fin llegó el día en el que tachamos el último nombre de la lista y tuvimos que darle fin a nuestra primera luna de miel. Nuestros días en Europa tocaban a su fin y nos dispusimos a hacer el equipaje para partir hacia la India. Entre maletas, sacos y paquetes le pregunté a Hasin:

—¿Has avisado a tu madre de cuándo está prevista nuestra llegada?

Me preocupaba que nuestra familia de Bombay no tuviera tiempo suficiente para organizar nuestro enlace hindú.

—Todavía no —respondió con extraña tranquilidad.

—¿No le deberías telegrafiar antes de partir?

—Eso haré, pero me temo que nuestro regreso aún tendrá que esperar. Antes te debo una última sorpresa.

Al decir eso me tendió un sobre que contenía un telegrama y me dedicó una sonrisa cargada de emoción. Lo abrí. La nota decía así:

Los señores Blair y De Lesseps tienen el placer de convidar a los Radhav a una estancia en su residencia de Edimburgo en cuanto sus obligaciones les permitan disfrutar de este receso.

P.D.: Me muero por ver a mi «estirada hermanita».

20. ¿Quieres ser mi príncipe?

Edimburgo, marzo de 1867

Colin volvía a casa después de la reunión semanal en la residencia de los Sinclair. Eran las siete de la tarde, pero ya anochecía y hacía frío. Una fina cortina de lluvia se esmeraba en mantener húmedo y cubierto de verdín cada hueco entre los adoquines de la calle. Se levantó las solapas del cuello del grueso abrigo de lana, se lo abotonó con prisas y emprendió el camino de vuelta hacia la vivienda familiar. No tenía mucho trayecto por delante, así que pensó que, si apretaba el paso, llegaría a cubierto antes de quedar empapado.

No le gustaban las tardes de los jueves. Se sentía obligado a asistir a aquellas soporíferas reuniones de rancios empresarios cerveceros, en las que, más allá de asuntos de trabajo, se dedicaban a beber como cosacos y, últimamente con demasiada frecuencia, acababan bromeando sobre con cuántas mujeres exóticas habría compartido el lecho el más joven de los Blair durante su viaje a la India.

Él ya estaba acostumbrado a lidiar con aquellas incomodidades, pero lo peor era que, además de tener que soportarlas estoicamente, su naturaleza diplomática le obligaba a permanecer allí más rato del deseado. Mientras los demás vociferaban y se hermanaban en carcajadas ebrias, él contaba los minutos que le restaban para llegar a tiempo de bañar a Andy y darle la cena.

Era consciente de las pocas probabilidades que tenía de engendrar un hijo propio, con lo que cada día agradecía al destino que, dentro de la desgracia, le hubiera regalado a aquel pequeño, quien para colmo parecía su vivo retrato.

A su regreso, se habían establecido en casa de los padres para poder ofrecerle entre todos las atenciones que requería un niño de tan corta edad, y más teniendo en cuenta que Colin había asumido las plenas responsabilidades de la empresa familiar, con la consiguiente absorción de tiempo que ello conllevaba.

Respiraba con la nariz metida dentro del improvisado cuello alto y una nube de vaho le manaba del cuerpo a cada exhalación. La humedad crepuscular creaba una atmósfera de espesa neblina, un blanco velo traslúcido dificultaba la visión a pocos pasos de distancia. Era raro encontrarse a alguien por las calles del centro de Edimburgo a esas horas, la gente allí acostumbraba a retirarse pronto a sus hogares, por lo que le pareció extraño escuchar unos pasos que subían la pendiente de la misma avenida que él descendía.

Poco a poco, la silueta del transeúnte se iba aproximando. Colin pensó, sin ningún género de duda, que aquel caballero que venía de frente era alguien de especial elegancia. A través de la niebla, solo acertaba a distinguir a un tipo alto que vestía un traje de un tono caramelo y un moderno sombrero de copa baja a juego. Pensó que debía de ser extranjero, pues los lugareños no solían vestir con tejidos tan claros, era raro que alguien se apartara del convencional abrigo negro.

Metió las entumecidas manos en los bolsillos, al resguardo del frío, y en el fondo del derecho tropezó con el duro tacto de una chocolatina que había comprado para su sobrino. A su mente acudió con claridad la sonrisa infantil de marcados hoyuelos que le dedicaría en cuanto le entregara aquel premio por haberse aprendido las vocales.

Cada vez estaban más cerca y, paso tras paso, sus caminos se cruzaron. El escocés iba tan envuelto en sus pensamientos que siguió la trayectoria sin volver a mirar al desconocido, quien, por el contrario, se había detenido a observarlo a poca distancia de la intersección.

—¿Ya te has olvidado de mí...?

Colin no sabía si aquello había sido producto de su imaginación. Más de una vez le había parecido oír la voz de Aimé en algún *pub*. Una mañana, en Bristo Square, hubiera jurado ver su cabello castaño rojizo entre la gente y cada vez que pasaba por los puestos de hierbas aromáticas del mercado, el olor del espliego le llenaba los pulmones de recuerdos tan deliciosos que el pulso se le aceleraba a una velocidad vertiginosa.

—¿Aimé? —preguntó con miedo a estar hablándole a una alucinación fruto de su añoranza.

—¿Acaso crees que podría haber alguien tan apuesto de esta guisa que no fuera yo? Me moría por estrenar uno de estos... —confesó, bromeando como si tal cosa, dando unos graciosos toques con los dedos sobre el ala del impecable sombrero.

—¿Qué haces aquí? —interrogó muy serio Colin.

Con deliberada lentitud, el francés acortó el espacio que los separaba para detenerse a una distancia que anticipaba la prudencia de su siguiente pregunta. Aparcó por unos instantes su habitual sonrisa sugerente y le miró con cierto temor a través de la lluvia.

—Dime con sinceridad, ¿he llegado a tiempo? —Un paso más al frente y ambos pudieron contemplarse al fin las caras con nitidez—. Con una palabra tuya, me marcharé para siempre y no te molestaré jamás.

—¿A qué te refieres con llegar a tiempo, Aimé?

—A que si... Ya sabes... —titubeó nervioso, sin ser aquella actitud nada propia de su talante seguro y socarrón—. A que si ya te has prometido con una de esas sensuales cerveceras o si todavía tengo una oportunidad.

—No, no me he prometido todavía, aunque he tenido que esquivar unas cuantas balas... —confesó—. He aplazado lo que algún día será inevitable. Pero, señor De Lesseps, todavía no ha respondido usted a mi pregunta: ¿qué hace aquí? Cuénteme, ¿a qué ha venido?

—He venido a buscarte a ti y solo a ti —prosiguió—. Si tú quieres, estoy dispuesto a quedarme aquí contigo.

A Colin el corazón le bombeaba tan fuerte que creía que se iba a desmayar.

—Pero tú me dijiste que lo nuestro debía quedarse en aquel barco…

—Ya sé lo que dije, eran las palabras de un cretino, pero cierta *petite poupée* me hizo ver que sería un cobarde si no luchaba por ti.

—¿Tú me quieres, Aimé?

—Más de lo que nunca imaginé querer a nadie.

—Sabes que esto no va a ser un camino de rosas, ¿verdad?

El escocés quería dejarle claro que su familia necesitaría tiempo para comprender, si es que alguna vez lograba hacerlo. Las amistades, los vecinos, las críticas, los descréditos, la intolerancia…

—Aguantar a un degenerado como yo, por muy adorable que sea, tampoco te va a ser tarea fácil. Lo sabes, ¿no?

—Siempre podemos apostar a ver quién se hartará antes del otro —bromeó Colin dando otro paso más hasta quedar a un suspiro del francés.

Tras unos segundos de miradas intensas, capaces de sentirse como caricias, Aimé tocó con una mano enguantada la mejilla mojada de su amor, quien apoyó la cara en ella y cerró los ojos aspirando el añorado aroma a lavanda que siempre acompañaba al hombre que copaba sus sueños más húmedos.

—Si no me llevas a un sitio apartado, en breves instantes voy a darte un beso tan ardiente, aquí y ahora, que no sé si podré soltarte después… —amenazó con peligrosa proximidad.

—Sígueme —susurró Colin.

Ambos caballeros cruzaron juntos un par de calles con presteza hasta llegar al número cuatro de la plaza Teviot. Allí la familia Blair tenía una propiedad que consistía en una modesta vivienda en la parte superior y un pequeño bajo comercial, que antes había sido un herbolario, pero que ellos usaban como almacén puntual para los barriles de la clientela de la urbe.

El escocés abrió la puerta, con cierta dificultad debido al temblor de las manos, pues de pronto le dolían por haber recuperado el calor de una forma tan repentina. Una vez dentro, Aimé lanzó el sombrero al suelo, seguido de dos abrigos y unas cuantas prendas más. Sus bocas se unieron en un beso que no parecía capaz de saciar la sed contenida en todo el tiempo sin verse. Se quemaron, se mordieron, se bebieron… Se amaron, y unas horas más tarde recuperaban el aliento, tumbados sobre sus ropas entre pilas de cajas de madera. El francés descansaba con la cabeza apoyada encima del vientre desnudo de su amante, mientras el otro le acariciaba el pelo con las yemas de los dedos.

—Puedo ofrecerte que te instales aquí. Pediré que vacíen esto… Te presentaré como un amigo de la India y ya poco a poco… —Colin reflexionaba en voz alta. Su cabeza volaba haciendo cábalas—. Siento que esto no sea ningún paraíso…

—Amor mío, el paraíso es el lugar donde estemos los dos, y ese para mí jamás será un lugar mediocre, sino el mismo cielo.

Y, en efecto, así fue. El buen gusto y la ilusión por la nueva vida junto a Colin hicieron que el francés convirtiera aquella descuidada vivienda del casco antiguo de Edimburgo en un estudio limpio, acogedor y bendecido por el estilo que los De Lesseps destilaban por naturaleza.

Expuso sus propios dibujos por las paredes, junto con la colección de arte que ya había reunido Colin antes de partir a la India, y se abrió paso entre los lugareños rompiendo el hielo gracias a que algunos buenos amigos de Colin se prestaron a ser retratados por él. El boca a boca empezó a funcionar, un pedido llevó a otro y, entre los encargos de pinturas que le surgieron y algún que otro grupo de alumnos ávidos por aprender arte de la mano de tan talentoso y carismático extranjero, muy pronto comenzó a ganarse bien la vida.

Al principio solo se veían en días alternos, pero, sin poder evitarlo, la frecuencia fue aumentando tanto que Colin acabó mudándose junto a su amante en cuestión de semanas. Las experiencias cercanas a la muerte les habían revelado que la vida es demasiado corta como para desperdiciar ni uno de sus escasos segundos. Lo cierto es que nadie del entorno se atrevió a preguntarles nada acerca del tipo de relación que mantenían. Muchos contuvieron la curiosidad entre los dientes y muchos otros, como los familiares de Colin, simplemente no quisieron indagar más allá de lo contentos que veían a su hijo y a su nieto. Tal era la felicidad que habitaba en aquella bohemia casita del centro que, cuando sus ancianos padres tuvieron que despedirse de su vida en la Tierra, lo hicieron en paz sabiendo que su hijo había construido una preciosa familia, tan peculiar como perfecta.

Edimburgo, mayo de 1867

Aún no se habían detenido del todo los caballos y el impetuoso Aimé ya estaba abriendo la puerta del carruaje para sacarme de él en volandas.

Nos dimos un abrazo tan fuerte que creí que las costuras del vestido me iban a reventar. Volver a verlo, a tocarlo y el aroma de su cabello me transportaron en un viaje sensorial y retrospectivo por medio mundo.

—¡Ya era hora de que vinieras, estirada! ¡Cómo me gusta tu nuevo estilo! —exclamó admirando mis ropas. Sabía que le atraía la moda y estaba convencida de que el trabajo de Petruzzelli le llamaría la atención. Enseguida me soltó y se giró a mirar con todo su descaro a mi marido, que se había colocado unos pocos pasos detrás de mí, a la espera de ser presentado—. Sin duda, tú debes ser el famoso Hasin…

—Encantado, Aimé —respondió él, y ambos se estrecharon las manos con firmeza. Era muy extraño verlos juntos—. Me han contado tantas cosas sobre ti que estaba ansioso por conocerte. Desde luego, ya sé que Angie no exageraba al decirme que eras un hombre muy hermoso.

Era cierto que se veía espléndido, lustroso. Además de la original indumentaria, la estabilidad, la vida sana y el amor le favorecían el semblante. Unos tirantes negros asomaban sobre una camisa holgada de la que llevaba las mangas arremangadas, y un complemento más le añadía ese toque especial que siempre hacía destacar su aspecto: una desenfadada boina de cuadros en tonos tierra, a juego con el pantalón.

—Vaya, gracias... Un hombre que es capaz de reconocer la belleza de otro tiene toda mi aprobación —Me guiñó un ojo y se señaló el cuerpo desde la cabeza a los pies mientras decía entre risas—: A pesar de que tal belleza sea más que evidente...

—No hay de qué —respondió Hasin riendo también. Agradecí que encajara bien el humor del francés—. Yo sí que estoy agradecido por lo que los De Lesseps habéis hecho por Angie y por mí. Sin vuestra ayuda, nada de esto habría sido posible...

—Los agradecimientos son muy aburridos... —se quejó Aimé, a quien realmente le incomodaban esas formalidades—. ¿Qué os parece si pasamos dentro? ¡Colin y Andy se mueren por veros!

—¡Y yo también a ellos! —exclamé emocionada—. ¡Seguro que el diablillo debe de haber crecido muchísimo!

—Está enorme, pero sigue igual de travieso o más. No han podido salir a recibiros porque Colin lo está bañando ahora mismo. Se ha caído dentro de un charco de barro justo recién vestido para recibiros. —Abrió la puerta de lo que parecía una galería de arte y nos invitó a entrar con un amplio gesto de la mano—. Pasad, por favor.

Por dentro, aquel bajo era una mezcla entre un salón de té indio y uno parisino. Las paredes lucían plagadas de obras de arte, a cada cuál más evocadora. El espacio estaba flanqueado por divanes y almohadones inmensos de intenso colorido, que invitaban a tomar asiento y a contemplar todos aquellos cuadros con una taza de *chai* en una mano, en la otra un *croissant* tibio y, de vez en cuando, un trago de un potente *whisky* local. Aunque el cielo de Escocia solía ser gris, allí dentro brillaba el sol. Era un lugar confortable, alegre y tan rico en cultura que más de un museo hubiera envidiado tanto su atmósfera como su colección.

Al fondo de la sala se situaba la zona que servía de taller de pintura. Como si de un bosque de caballetes se tratase, se podían ver más de diez de ellos montados, con lienzos a medio pintar apoyados en ellos.

Si la esencia de Aimé hubiera sido un espacio, sería aquella galería-taller. Allí se daban encuentro los más delicados desnudos femeninos y los seudoeróticos masculinos. Por numerosos rincones y sobre las mesitas bajas de la zona del salón se exhibían esculturas de arcilla de curvilíneas formas insinuantes combinadas con otras de belleza más étnica, casi primitiva, con tallados rotundos y geométricos sobre maderas de oscuros barnices.

A un lado de la sala de estar se abría una puerta de doble hoja adornada con una vidriera multicolor que daba paso al área privada de la casa. Unas escaleras empinadas conducían a la parte superior, la vivienda que compartían mis dos amigos y su ahijado.

—Acabas de encontrar la obra más cara de toda nuestra colección. —Aimé señaló con la cabeza hacia la parte de arriba del dintel y una sonrisa orgullosa le pintó la cara—. Todos los días antes de retirarnos a dormir le damos las buenas noches a nuestra diosa del amor verdadero, Alisha.

Dentro de un marco dorado con flores cinceladas que creaban la ilusión de ser una enredadera de oro, como si de una imagen divina se tratase, se encontraba expuesta la lámina del retrato que el francés más descarado que había conocido en mi vida me había tomado en un tren. Era muy halagador que la hubieran escogido como para *bendecir* la entrada a su hogar.

Entonces empezamos a oír unos pasos atropellados que descendían la escalera a toda velocidad y sin control. Era Andy, vestido con sus ropas de domingo, que saltó de golpe los tres últimos escalones para lanzarse a mis brazos. Había crecido una cabeza entera, pero seguía teniendo el mismo aspecto de bebé travieso que tanto me enternecía.

Mientras le llenaba la cara de besos y lo estrujaba contra mi pecho, Colin hizo su aparición en la sala. Tenía las mejillas encendidas de pelear con su sobrino en el baño, le había crecido el pelo y los brillantes rizos de ébano le caían hacia la cara, otorgándole un aspecto más aniñado y desenfadado. Se secaba las manos con una toalla que debía de haber usado para enjugar al niño. En cuanto nuestras miradas se cruzaron, lanzó la toalla sobre uno de los sofás y ambos corrimos al encuentro. Nos abrazamos, queriendo decir tantas cosas a la vez que no hicieron falta ser articuladas, pues el calor sincero de aquel apretón lo decía todo.

—Nos habéis hecho muy felices al aceptar nuestra invitación antes de partir a Bombay —agradeció Colin en cuanto nos separamos—. Estaréis impacientes por casaros...

—¡Para nada! —respondí enseñando mi combinación de anillos con satisfacción—. Nos casamos en Notre Dame de Rocamadour hace unas semanas. Oficialmente, seguimos en nuestra luna de miel.

—¡Ah! Eso explica por qué no te he visto tan... «tensa y estirada» —bromeó el francés acentuando la habitual picardía que envolvía sus gestos—. ¿Ves como te estabas perdiendo uno de los grandes placeres de la vida?

—¡Aimé, por favor! ¡No seas descarado! —me sonrojé hasta las pestañas.

—Solo estoy casi seguro de una cosa —añadió entornando los ojos—, ¿a que los labios de Hasin no besan tan bien como los míos?

Deseé que de pronto un temblor abriera una brecha en la tierra y se me tragara dentro. Aquel hombre era especialista en ponerme en las peores tesituras. Yo había preferido pasar aquel detalle por alto, hacer como si no hubiera ocurrido, y había salido a la luz... a bocajarro.

—Hasin, yo... —fue lo único que conseguí aportar.

—De lo que se entera uno nada más pisar tierras escocesas... —dijo Hasin en tono pensativo, pero con una leve sonrisa que alivió un poco mi tensión.

—¡Vaya! Creo que acabo de descorchar la botella de los secretos —conjeturó el francés—. Lo siento, yo no quería... La verdad es que todavía me duele la mejilla del bofetón que me propinó tu mujer por mi atrevimiento.

Para mi sorpresa, las carcajadas de mi esposo llenaron el salón.

—Tenemos tanto que agradecerte que, si tiene que haber otro hombre en el mundo que la haya besado, me alegra que hayas sido tú —explicó con voz cálida y serena.

—*Hermanita*, creo que ya comprendo tu obsesión por este hombre. Además de apuesto, es tan comprensivo como para encajar mi charlatanería como un auténtico caballero.

—¡Cuántos halagos juntos, monsieur De Lesseps! —bromeó Hasin, quien empezaba a cogerle el punto al humor del otro—. Siga así e igual me pienso lo de partirle la cara por haberle robado un beso a mi inocente Angelina...

—Viendo el tamaño de sus brazos, señor Radhav, solo le diré que son ustedes la pareja más hermosa del universo, por fuera y por dentro.

Ese fue el inicio de una estancia de constantes risas, diversiones bien encajadas y armonía a raudales. Fueron dos semanas inolvidables en las que visitamos castillos dignos de fábulas, lagos de aguas especulares e interminables prados tapizados de hierba fresca. Hasta un día creí que me moriría de la risa cuando los tres se enfundaron un *kilt* en una competición por ser el hombre más atractivo de Escocia.

Henry había viajado con nosotros hasta las Tierras Altas, pero habíamos separado momentáneamente nuestros caminos para que disfrutara de unas merecidas vacaciones, en una ronda de despedidas antes de partir a la India por las casas de los McQuaid que todavía habitaban en aquella zona. El día en el que debíamos marcharnos hacia nuestro nuevo futuro en la India, vino a por nosotros con su intachable puntualidad británica y cargado de un equipaje rebosante de optimismo.

No nos despedimos todo lo tristes que podíamos haberlo hecho, pues nos aferramos a una nueva promesa, y los cuatro éramos personas de palabra: aquella no sería la última vez que nos reuniríamos, sino la primera de muchas, hasta el punto de que Andy ejercería de primo mayor de tres pequeños nenúfares.

Cada vez que nos visitábamos, en intervalos de máximo dos años, yo me volvía a sentir igual de enamorada del amor que en aquel barco en el que crucé el Arábigo acompañada de la más bella pareja recién formada. Mas al lado de mi príncipe bengalí, yo también me sentía completa. Todos contábamos con nuestra media naranja perfecta y la vida no podía sonreírnos más de frente.

Años después…

Una tarde ociosa de verano, los cuatro disfrutábamos de una merienda ligera bajo la sombra de la pérgola de nuestro jardín mientras los niños jugaban corriendo entre los frutales, como tantas veces habíamos hecho Hasin y yo.

—Muchos hombres siempre se preguntan por qué las mujeres no nos comportamos de un modo racional. Lo que en realidad no entienden es que sí lo hacemos[24] —le explicaba a Aimé echando una mirada atrás sobre el costoso camino recorrido hasta conseguir alcanzar aquel punto inmejorable de nuestras vidas—. No me dabas ningún crédito cuando te hablaba de mi fe en el amor… ¿Ves cómo al final tú también crees en los cuentos de hadas y en los príncipes azules?

[24] Frase de Margaret Atwood, una renombrada escritora canadiense conocida por su obra *El cuento de la criada* (*The Handmaid's Tale*), entre otras. Atwood es famosa por su enfoque en temas de género, poder y sociedad, y esta cita refleja su estilo característico de cuestionar y subvertir las expectativas tradicionales sobre las mujeres y la racionalidad.

—¿¡Colin!? —le llamó de repente en tono divertido.

Sentado en el sillón de ratán de enfrente, el moreno charlaba con Hasin sobre ciertas particularidades de los impuestos escoceses que a Aimé y a mí nos sonaban a chino mandarín. Le pidió disculpas por interrumpir la conversación y respondió a su llamada con un levantamiento de cabeza, acompañado de una mirada interrogativa de cejas levantadas.

—¿Quieres ser mi príncipe? —preguntó Aimé como si fuera una cuestión de lo más normal.

—¿No lo soy ya? —interrogó, a modo de respuesta, con la espontaneidad entrenada debido a tantos años de convivencia con tremendo personaje francés.

—Pues claro que sí, cielo —respondió él con una sonrisa que reflejaba la más absoluta felicidad.

Se levantó y le dejó un beso sobre los rizos que el tiempo se había encargado de salpicar de gris. Aquel tierno gesto de complicidad, tan natural y sencillo, hablaba por sí solo de su relación.

Al final resultó que también existían los cuentos de hadas para Aimé, solo que en aquellos tiempos él todavía no había encontrado al príncipe adecuado para hacerle confiar en la magia del amor.

Agradecimientos:

Todo comenzó a finales del verano de 2019 con un concurso de relato corto, de ahí nació lo que actualmente es el prólogo de la novela. El romance prohibido entre Hasin y Angelina vino a mí en forma de imagen, como si fuera un cuadro al óleo o una secuencia de una película de esas cuya fotografía se come la gran pantalla, y me conquistó el alma. Me documenté una barbaridad y en un mes redacté el relato. El final se quedó abierto, pues ponerle un límite de 3000 palabras a semejante trama que se estaba tejiendo en mi cabeza resultó una misión imposible de cerrar. Pero las lectoras pedían más y entre ellas apareció la jefaza, la que me suelta las verdades sin paños calientes, tanto para bien como para mal, y sentenció: «Lauri, esta història és molt bonica, acaba-la». Y cerca de dos años después la terminé. Jamás se debe desobedecer a una madre.

Un secreto: la asignatura que menos me ha gustado siempre ha sido la de Historia, soy terrible reteniendo datos y fechas, y mi cerebro no se orienta, con lo que la geografía digamos que tampoco es mi fuerte. ¿Cómo iba esta pobre infeliz a ser capaz de escribir una novela histórica y además basada en la India? Muy sencillo, porque a cabezota no me gana nadie y este reto se me metió entre ceja y ceja. ¡Menudas palizas de repaso de escaleta se comió José (mi marido) en nuestros viajes en coche o en las sobremesas! ¡Y qué consejos tan buenos saqué de esa cabeza creativa que tengo la suerte de tener a mi lado! Sin él las escenas de acción hubieran sido una birria. Lo asumo.

La historia que le cuenta Colin a Andy una noche en el barco camino a Suez es la misma que mi abuela María me narraba a mí.

Recuerdo pasar horas sentadas juntas en su balcón, abanicándonos por el calor, con los grillos cantando a pleno pulmón y observando a la luna. ¡Lo que daría por poder enseñarle esta novela! Era una gran lectora y mataría por escuchar su opinión, aun a riesgo de morir de *sincericidio* como con su hija.

Mi ejército de *groupies*, me lean o no, es puro combustible para seguir creando, aunque solo sea por las murgas que se tragan sobre mis aventuras literarias. En este grupo están la Tribu de los Pérez, los Barrachina Cosafina, las Nicolauers, los de Senegal ni tan mal 2025 (ilusos), los de la Pirámide Enigmática, las de Usmé, mis tres hermanas favoritas de Rebollar 9, las Dos Artistas y una Oficinista, mi gente de Las Ranas, mi CF Work Team, mi Asturialba del alma con quien me metería en cualquier jardín (por secreto que fuera), la *meua* Marieta Ferri, la seño Cris, mis tíos Vicente y Feli, M.ª José y Paco, Eva, mis cuatro chicas de Osnabrück, DanielaCriadoNavarro (mi hada madrina), ElenaOrtegaMarti (mi amiga de la Terreta), JosebaLC (mi segoviano más fiel), JMGallegoCanizares (mi lector con sorpresa), BlueBlackFeather (la reina de las críticas más inteligentes), AngelesET (la dulzura en forma de lectora), KathleenCobac (especialista en levantarme la moral), MLSandoval (la Elsa tostadita que me empujó a escribir «una historia más larga»), Carnavaldemonstruos (mi compañera de batallas), SonFuentes (mi malagueña preciosa), Maryoricalenom, Mariferodriguezcalvo, SusanaCarvajalArredo, Flordelcampo64, Ami_Pao06, DayanaElizabethGarc2, Sakurasumereiro, NicBarret, Nyxaquabooks, LizzyVerdejo, MetalyLetras, AryMenRey, Minasalpe15, AuraArisi, Misslunas, ErynGillian, RosselysCarolina, Ocuadros14, Nuri_GR, E-capri y muchísimas personitas más que seguro que me dejo en el tintero y que en cuanto caiga me va a dar una rabia tremenda. Seguisteis la historia desde el comienzo hasta el final o me empujasteis a liarme la manta a la cabeza y tirar adelante o compartimos el proceso de gestación. Cada granito de vuestro tiempo fue una pepita de oro para mí.

Y, finalmente, gracias al equipo del Grupo Editorial Sargantana y a mi editora Marta por darme esta oportunidad, por su cercanía, sus consejos, su dedicación y el amor que pone en cada detalle.